黛玉傳

西岭雪◎著

時代文藝出版社

图书在版编目（CIP）数据

黛玉传 / 西岭雪著．—长春：时代文艺出版社，2017.7

ISBN 978-7-5387-5404-9

Ⅰ.①黛… Ⅱ.①西… Ⅲ.①长篇小说－中国－当代 Ⅳ.①I247.5

中国版本图书馆CIP数据核字（2017）第057988号

出 品 人　陈　琛
产品总监　郭力家
责任编辑　付　娜
助理编辑　佟冰融
装帧设计　孙　利
排版制作　隋淑凤

黛玉传

西岭雪 著

出版发行 / 时代文艺出版社
地址 / 长春市泰来街1825号　时代文艺出版社　邮编 / 130011
总编办 / 0431-86012927　发行部 / 0431-86012957　北京开发部 / 010-63108163
官方微博 / weibo.com / tlapress　天猫旗舰店 / sdwycbsgf.tmall.com
印刷 / 三河市万龙印装有限公司
开本 / 710mm × 1000mm　1 / 16　字数 / 212千字　印张 / 14.75
版次 / 2017年7月第1版　印次 / 2017年7月第1次印刷　定价 / 29.80元

图书如有印装错误　请寄回印厂调换

目 录

第一回

潇湘馆孤芳祭母难 沁芳亭九美庆花朝

却说这日乃是二月十二，林黛玉清晨即起，素服净手，在窗前设下楠木镶心高腿香几，上置一瓶一炉，四碟鲜果，玉胆瓶中插了大朵雪白的千瓣独步春，龙纹鼎里焚了去年亲制的心字茉莉香，青烟袅袅，花香脉脉，又恭恭敬敬地取出父亲生前时常把玩的一幅小镶撞边手卷，与母亲手绣的一柄绿纱纨扇，一并供在案上，眼中含泪，跪拜下去，口内作悲道："佛经上说：'亲之生子，怀之十月，身如重病，临生之日，母危父怖，其情难言。'因此又将生日叫作'母难之日'。母亲生我，却不曾得我一日奉养；父亲养我，亦不能相伴庭前，分忧解颐。黛玉自幼来京，抛老父于千里之外，生不能承欢膝下，死不能洒扫穹冢，是大不孝也。"说罢，叩拜不已，哭得抬不起头来。

紫鹃再三劝解，道："是时候更衣了。等一下拜寿的人来，看到姑娘这样，难免又有话说，况且还要去给老太太磕头呢。"雪雁打了洗脸水来，又奉上膏沐手巾等物。黛玉只得重新洗了脸，换了家常衣裳。紫鹃少不得又劝："太太昨儿特地打发玉钏儿送来新衣裳，专备着今儿坐席穿的，这会子倒又换了旧的，太太看见，岂不多心？"黛玉道："那衣裳来之前，也不知拿什么薰的，异香异气，怪刺鼻的。”紫鹃笑道：“知道姑娘不喜欢薰香。我昨儿已经喷了水，挑在竹子下面晾了小半晌了，好借些竹叶的清爽，那怪味道早已没了。”

雪雁泼了水进来，也笑道：“说起晾衣裳，还有一个笑话呢。昨儿傍晚宝二爷下学回来，一进咱们院子，便同我说：‘你们这里桃花倒开得比别处早。’我心里想，这院里哪有什么桃花？往他指的方向回头一看，原来是那衣裳晾在林子里，竹叶掩映着露出一点儿桃红来，想是他隔得远没看真，还当是桃花开了呢。”说得黛玉和紫鹃也都笑了。紫鹃见黛玉终于掩悲作喜，放下心来，服侍着匀脸敷粉，妆饰一新。

方出院子，便见宝玉远远地正往这边来，迎着黛玉便在沁芳桥矶下立住，唱了一个肥喏，笑嘻嘻道：“妹妹千秋大喜。”黛玉道：“你一大早不去给老太太请安，又跑来做什么？”宝玉道：“给老太太请安横竖天天都要请的，妹妹的芳辰却是一年一度，不可疏忽，所以先赶着来给妹妹拜寿，再一同去见老太太可好？”黛玉便不说话，遂一同出园来，往上房来见贾母。

贾母刚梳了头，看见黛玉一身新衣，桃红柳绿，袅袅婷婷地走来，连紫鹃和雪雁也都打扮得花团锦簇的，十分喜欢，笑道：“女孩儿家就该这么穿。倒是脸上的胭脂淡了些，被衣服的颜色一抢，就显不出来了。咱们家的女孩儿虽不兴浓妆艳抹的，逢年过节，又或是生日喜庆，略微妆点些也讨个吉利。”因命鸳鸯：“把昨儿西域来的那一盒画眉用的青雀头黛，还有那两只圣檀心、猩猩晕的胭脂取来给林姑娘。”

黛玉拜谢了，接过来交给紫鹃拿着。贾母又叹起气来，说道：“你这模样，真真儿跟你娘一个模子里脱出来的。你娘从前才是会打扮呢。我记得她也有过这么一件衣裳，那年过生日，我也给过她一些胭脂水粉，她喜欢得什么似的。如今看见你，就让我想起我那苦命的女儿来，怎么就走在我前头了呢？”黛玉听见，早又流下泪来。鸳鸯、琥珀忙上前劝道：“今天是林姑娘的好日子，老太太难得高兴，怎么倒又伤起心来了？”转眼看见王熙凤同着平儿远远地来了，如得了救星一般，连忙悄悄地招手，又指指黛玉。

凤姐早已看得明白，一脚门里一脚门外就已经先拍手笑道："哎哟哟！林妹妹这个样子，我刚才大老远地过来，还以为昨晚好月亮，嫦娥下凡到我们老祖宗房里来了呢。我倒有一句话要叮嘱妹妹，今儿若是没事，宁可少往那池子边走动才是。"宝玉诧道："为什么不许往池边去？我昨儿还同三妹妹商议，让她把沁芳亭收拾出来，就在那里替林妹妹祝寿呢。"凤姐笑道："亏你还天天上学，读书识字的，竟连我也不如。我就没读过书，也知道个浣纱沉鱼的典故。林妹妹今儿这个模样，这个打扮，若是往池边去，少不得也要沉鱼的，可不是害死了咱们池子里那几条大锦鲤吗？"说得满屋子人哄堂大笑。

贾母笑骂道："猴儿，偏是没学问，偏是卖口齿。西子浣沙，那鱼儿贪看美色，所以沉进水里发了一会子呆，怎么到你这儿就变成沉进水里死了呢？"凤姐故意诧异道："原来只是沉了，并不是死吗？我还琢磨呢，那鱼好好地在水里，便是生气惭愧，也不至于那么大气性，竟就死了；便是气死，也该翻了白肚浮在水面上才是，怎么倒沉到水里了呢？难不成不是气死，倒是淹死，肚子里喝饱了水，所以浮不起来了？枉自纳闷儿了这些年，还是老太太今儿一句话才说明白了。"话未说完，满屋人早已笑倒，贾母指着笑骂道："你个诌断了肠子的，连鱼被水淹死了的话也说得出来，亏你会想。"

说笑间，人已聚齐，用过早饭，便都辞了贾母，簇拥着黛玉往园里来。贾母叮嘱："天气还凉呢。那里略坐一坐，吃茶说话是使得的，吃饭时，还要进屋子里来。"

原来这沁芳亭建于桥上，进了园，穿过曲径通幽处便是，山石环抱，别有洞天，岸上花木葱茏，桥下喷珠溅玉，又离潇湘馆最近，故而将席设在此处。众人穿山依石，迤逦而来，亭里早已摆下大条桌，铺着雪白的石青锁边金线挑牙案巾，供着两盆水仙，十几只缂丝玛瑙盘子里盛着些法制杏仁、半夏、砌香、橄榄、薄荷、肉桂等干果小食，八宝攒心什锦彩漆盒子里盛着山药糕、鸡油卷、蛤蟆酥、羊乳酪、玫瑰蜜饯等点心，又有两个小丫头正在通火烹茶，袭人和侍书带着三四个婆子安放插屏，以为挡风之用。

此时正值早春二月，柳芽新吐，李杏芳菲，风行水上，送来阵阵花香，十分清凉怡人。众人让黛玉坐了上位，余者李纨、宝钗、宝琴、史湘云、邢岫烟、探春、惜春、宝玉等团团围住，并不分主次，不过谁喜欢哪里便坐哪里罢了。宝玉因叹道："可惜少了两个人。"湘云忙问："是谁？"宝玉道："一个二姐姐，一个香菱。"湘云便向宝钗道："何不把香菱接出来，叫她散一日的心。"宝钗道："她现正病着，只怕来不了。"湘云道："来不来，问一声也好。倘若她喜欢，兴许病倒好了。"黛玉道："这说得是。"遂向紫鹃道："你亲自去请来。"宝钗道："果然要请，她便愿意，也未必好意思，也叫莺儿陪着去吧。"紫鹃与莺儿答应着走了。

探春又叹道："香菱还好说。最可叹的是二姐姐，我听说自嫁去孙家，非打即骂，哪里是嫁人，竟是遭贼。又不好三天两头去接。偏是二姐姐性情软弱，又偏是遇到这样一个对家，若是我，拼了性命不要，闹他个天翻地覆也罢了，大不了同归于尽，死也死得痛快。"众人也都唏嘘感慨。

宝钗自抄捡大观园后搬出去，这平时也不常来，纵与黛玉、探春等相见，也都相约在贾母房中，又或是黛玉等出园往薛姨妈处去看她。今儿为着黛玉芳辰，难得进来一趟，却见自今日早起，打老太太往下，从王熙凤到宝玉、探春，个个谈生论死，语意竟大是不祥，便想了个话头，遂道："依我说，人齐不齐有什么要紧，趁此好好玩一玩，才是正经。自从颦丫头建立桃花社，咏过一回柳絮，这一年里竟没再正经起过一社，难得今儿人多，倒把这诗社重振起来如何？"

湘云头一个赞同，便向黛玉撺掇道："你白起了桃花社，却从未好好作一回桃花诗，今儿你生日，现成的东道，不如就起一社，专咏桃花，也不负了你这桃花社社长的美名。"宝玉、宝琴等也都点头称是，独邢岫烟道："桃花还没开呢，不如索性等几日，桃花开得好了，再来起社。"李纨道："等什么。桃花年年开的，应不应景儿，心中也都有数，倒不如占个先机。"黛玉笑道："人家说：'春江水暖鸭先知。'大嫂子原来比鸭子更占先机，难怪住在稻香村。"说得众人都笑了。

李纨笑道："你少同我掉猴儿，我还没谢你那年替我写的那首咏稻香村五言律呢，我最喜欢那句'菱荇鹅儿水，桑榆燕子梁'，看去皆是实事，想来却是动景，何等自然妥帖。赶明儿叫宝兄弟帮我写成条幅，就挂在壁上倒好。"黛玉听见，红绯满颊，心想元妃省亲时，命姊妹们每人题诗一首，独命宝玉四首，自己不忍见他苦思，遂悄悄代作一首稻香村，这事大嫂子如何知道？若是连她都知道了，少不得这些姐妹皆已尽知。想着，心中大没意思，忙一顿闲话岔开，只说："既是你们这样好兴致，我就奉旨起社，咏桃花。可先在这里说好，生日归生日，作诗归作诗，只千万别给我祝寿，写些陈词滥调来塞责。一则不雅，二则我也当不起。"众人都笑道："这考虑得周到。既然你这样说了，倒要拿出精神来，写上几句好的，方不负你雅致。你只管出题来，我们照办便是。"

湘云笑道："自古以来，二月的代称不少，什么夹钟、跳月、令月、仲春、丽月、春中，约莫总有三四十个。今天单挑一个切景的来说，即是'令月'，可见最宜发号施令的。"黛玉笑道："阿弥陀佛，我听她卖弄半天，只怕她要选一个'跳月'出来，叫我们都拖裙曳摆地跳起来呢。原来只是要我做令官，这倒便宜。"宝钗笑道："怕什么？若要'跳月'，也该由你下令，命她一个人跳，我们只看着罢了。"宝琴道："我并不知道二月又有名字叫'跳月'，倒是西南有个部落叫什么'阿细族'，又称'彝人'，素有'跳月'习俗。专捡月亮升起的时候举行集会，一群异族女子围成圈儿跳舞，步子虽简单，倒有趣。有一年我同父亲经过那里，恰碰上了，还换上当地衣裳同她们一起跳过呢。"

湘云顿时来了兴致，怂恿道："你就跳给我们看看。"宝琴后悔不及，只说忘了。黛玉笑道："才说简单，这会儿又说忘了。左右这里没有外人，便跳两下又怎的，又不是当真叫你街头卖艺去。枕霞说今儿是'令月'，该我发号施令的，我便命你'跳月'，违者重罚。"众人都笑说：

"这两个典故连用得巧。"湘云早将宝琴拉起来。

宝琴只得随便拍了三下手，又转一个圈子，复坐下道："不过就是这样，三步一转圈，终究没什么好看，不过仗着人多，齐整，穿戴又鲜丽，趁着月色，便觉有趣。"宝玉听了，悠然神往，说道："许多异族女儿穿着别样服色，在月光下一齐拍手转圈，那是何等的景象，足可惊天地泣鬼神了。昔时唐明皇梦游月府，见众仙羽衣霓裳，翩翩起舞，想来也就和这个不差多少。"

说话间，紫鹃和莺儿两个人已经携着香菱来到。众人见她病容惨淡，身形轻飘，腮上的肉尽皆干枯，竟瘦成了个人影子，都觉恻然，忙让座看茶，铺下座褥，又吩咐取毯子来替她盖着腿。香菱不过意道："我只是个奴才，怎好劳姑娘们这般费心？"又跪下给黛玉磕头，口称："林姑娘千秋。"林黛玉忙令紫鹃搀住，说："别折我的寿了。往年宝玉生日，老太太还不叫人磕头呢。"香菱执意要跪，说："姑娘一是主子，二是师父。香菱命苦，难得前年跟我们姑娘入园住了一年，又蒙林姑娘不弃，收为徒弟，教我写诗。我虽命蹇，一辈子里有这一年，也就值了。"

众人听她说的惨切，都凄伤不忍闻，笑劝道："何必伤感？你不过是身子弱，又受了些闲气，闷在心里；如今搬来与宝姑娘住着，闲时常到园子里走走，心一开，少不得就要好了。"又向黛玉道，"难得她痴心，倒是让她拜一拜的为是，你别当拜寿，只当谢师，领她一个头也不算逾份。"说着，探春、湘云两个按住黛玉，果然令香菱恭恭敬敬磕了三个头起来，紫鹃亲自扶去插屏后锦凳上坐着。

众人便催黛玉出题。黛玉道："虽然由我命题，却也不敢擅专。今日的大题目自然是咏桃花，形式倒是不拘律诗词赋，总要活泼灵动、不落窠臼为妙。"湘云笑道："我们这几社，也有七律，也有联句，也有填词，也有限韵的，也有不限韵的，凡古往今来所有式样，俱已想绝了。你又有什么新鲜题目？除非模仿楚辞汉赋，又或者干脆歌行古风，往常还不大做。"

黛玉笑道："我并不要规定什么新奇题目，倒是恰恰相反，只把以往做过的所有格式俱用阄儿写出，撂在瓶子里，谁拈了什么便是什么，岂不有趣？”宝玉笑道：“这个有趣。亏你想得出来。”黛玉笑道：“这也不是我想的。倒是云丫头一句‘令月’，让我想起去年你过生日的时候，大家抓阄儿行酒令。我想何不化俗为雅，也用这法子，倒比命题作诗的好，且也热闹。”众人也都说新鲜有趣，不落俗套。

于是小丫头侍候了纸墨来，宝钗便命宝琴执笔，黛玉出题，黛玉说了一个七律，因是咏桃，便限定是四豪的韵；又命香菱也说一个，香菱便说了填词，用《千秋岁》牌名。宝玉道：“才说不要祝寿，又来。我最讨厌这些《集贤宾》《贺圣朝》的调调，只看牌名，已经把人限死了。倒不必作诗，直接弄些法螺来吹打着不是更好？”

香菱只得又想一想，道：“那便是《念奴娇》？《满庭芳》？《临江仙》？”宝钗道：“《满庭芳》也还罢了。”又道，“步韵填词，最工的便是苏轼的《水龙吟·次韵章质夫杨花词》，‘似花还似飞花’，反客为主，比原作高出十倍。我以往几次试着要再和上一首，竟然不能。索性今儿便出了这个题目，以待高明。”

宝琴依言写了“《水龙吟·咏桃花步章质夫韵》”，自己又说了一个古风，也写了。湘云道：“我竟简单一些，便是集句成诗吧，只不许有一个‘桃’字，亦不许用前人所有现成的咏桃花诗，原诗本意并不为桃花，然八句集齐，看去却是一首桃花诗。”众人笑道：“这还说简单？偏她最会难为人，又偏不与人同。”余者也有说绝句的，也有说对子的，也有说诗谜的，宝琴一一誊清，捻成阄儿，便放在一只青花釉里红云龙胆瓶里。

黛玉双手抱着摇了两摇，便要发令。湘云偏又阻道：“拈阄儿也是无趣。依我说，不如分别放入锦袋里，悬于柳枝之上，大家蒙上眼睛，摸到哪个算哪个。”探春、宝琴都道：“如此更有趣了。”

黛玉只得又将阄儿倒出，命丫头取锦袋来，须臾捧了十几只来，都绣着花草鸟虫，也有花开并蒂，也有喜上梅梢，也有鸳鸯戏水，也有蝴蝶双飞。宝琴且不装阄儿，只翻覆拿着那些锦袋看，放下这个又拿起那个，笑道：“好精致的针线，是谁绣的？”雪雁抿嘴笑道：“是我绣的，姑娘若喜欢，说个花样子，改日绣来。”

宝玉欢喜地看着雪雁笑道："原来你这样巧手，往日竟不知道。"紫鹃笑道："她们苏州女孩儿，自会拿筷子便会拈针了，绣荷包是入门功夫，也值得二爷这样大惊小怪的，不像夸人，反像骂人了。"宝钗笑道："你两个只管跟着林姑娘学，也这般牙尖嘴利起来。"紫鹃笑道："岂敢。"帮着宝琴将阄儿各自装入锦袋打了结，同雪雁两个走下沁芳桥来，都一一系在池畔柳条上。那柳芽才黄未绿，望去朦朦胧胧的一片，如云如雾，惹人怜爱，再系了这些姹紫嫣红的锦袋，便如挂灯笼一般，煞是好看。

众人都笑道："还是云丫头心思巧，这又好看又好玩儿，果然别致。"彼此挽手扶栏，都往堤上来，只命莺儿陪着香菱在亭中等候，说好留下最后一个阄儿便是她的。湘云第一个下了桥，道："我先来。"自己蒙了眼睛，便要去树上摘取。黛玉叫住："且慢。"亲自过来将她拉住，命道："你也要学琴妹妹刚才'跳月'那样，舞过了才许你摸。"湘云笑着，果然拍了三下掌，原地转了一圈，这才伸出两手只管向枝间寻摸，柳条柔软，虽然牵衣扯袖，倒不至钩破。宝玉看她穿着大红花绸绣花鸟红缎镶领通肩大宽袖对襟女披、水红花纱五彩云雀百褶裙，站在绿柳锦灯下舞着，碧颤香摇，鹤影蝶形，春才三分，趣已十足，不由向惜春叹道："这比你前儿画的白雪红梅图又如何？"惜春笑道："这样活泼跳脱景致，我竟画不出来。"

一时湘云摸到了，遂摘了蒙布，解开袋子，却是对对子。湘云道："倒也爽简。只是一个人怎么对？这得有个对家才行，你出我对，我出你对，才觉热闹。"宝钗道："找一个人来给你做对家倒不难，只是不公平些。依我说，竟是在座每人出一个题目让你来对，不然，倒像联句了。"湘云素来好战，且是遇强则强的，闻言并不推让，反搓手挽袖地道："如此更好。那就是我以一敌十，尽管放马过来。"李纨笑道："现在说得豪放，等下对不出来，才叫打嘴呢。"

接着余人也都摸了，却是宝玉拈着了宝钗的题目，黛玉得了湘云的题目，宝钗摸着了《满庭芳》填词，探春是一个诗谜，惜春是一支小令，香菱是首绝句，宝琴是一篇赋，李纨是古风，邢岫烟是七言律。宝玉笑道："偏我得了这个题。我原说自己不大会填词，又是个限死了韵的。"黛玉笑道："还没做呢，先就拿这些话来垫底，难道为你说了这些话，等下做不出，本令官便不罚你了吗？只是你若做不好，倒辜负这题目了。"宝玉便坐到池边上，眼观鼻，鼻观心，静思默想。湘云捅宝钗道："姐姐这诗题也太难为人，你看他，不是作诗，倒是参禅呢。"众人又笑。

湘云便催众人出对子题目，探春便先出了一个，却是"微君之故"，典出《诗经》。湘云一笑，说："现成的，就是潇湘妃子现住着的'有凤来仪'。"探春笑道："果然被你捡了便宜。"

接下来该李纨，她笑道："早晨老太太才给了林妹妹一盒什么'雀头黛'，说是产自西域，是画眉的上品，我长了这么大，竟没听过这名目，便用它做题吧。"黛玉道："正是呢，我又不大描眉，你若喜欢，只管拿去。"李纨失笑道："可是颦儿疯了。你不喜描眉，难道我一个寡妇家的倒天天涂脂抹粉的不成？"湘云道："且别闲话，我已经有了，就对'竹叶青'。"探春摇头道："雀对竹尤可，头对叶却不工，而且词意也不雅。"湘云又道："要么就'蜂尾针'。"众人都笑道："这更不雅了。且'黛'是画眉之墨，还含着'青色'的意思，'针'则平白。"

湘云性急，不等众人批评，早又对了几个，都不大工。宝钗劝道："你且别急着对，不如先搁了这个，往下说吧。"湘云岂肯认输，又想一想，道："有了，便是'鹤顶红'，这回还不工吗？"众人都吓了一跳，笑道："亏她想得出来。"李纨道："雀对鹤，头对顶，黛对红，工整是工整，只是听着怪怕人的。"湘云笑道："只要对得工，管他怕不怕人，横竖又不是拿来吃。"李纨叹道："越说越不知忌讳。"

下该邢岫烟。她款款站起，未语先笑道："我因见这亭子上的对联写得好，要想另拟一副来记述此情此景，竟不能。只是今天我们在柳条上系锦囊出诗题，如此雅事，焉可不记？所以我便出个即景联儿吧。"遂清声吟道："柳岸何时结锦绣。"

宝玉率先赞喝："这问得好，比我'绕堤柳借三分绿'更有奇情，且也生动，真不负了今朝盛会。”湘云听了，心里早已转过六七个对句，却都不满意，一心要寻个最好的压倒她。因左右张望，忽而看到桥上所镌“沁芳”二字，灵机一动，笑道：“有了，下句也是实情，且是大白话。”吟道：“花溪镇日洗胭脂。”

众人都拊掌赞叹：“这对得绝妙，且是闺阁本色。大观园里的水，可不都是洗得胭脂嘛。这是更比‘隔岸花分一脉香’艳而自然，且关人事。”李纨笑道：“原来惦记着那盒雀头黛的不独是我一个人。”宝钗也笑道：“这确是老太太两盒胭脂的功劳。”

湘云十分得意，便又催宝琴出题。宝琴便也说了个对子：“玉映闺房秀。”

湘云笑道：“我当遇到你，必有机关，原来只拿这些香艳典故塞责，现成的，难得倒我吗？”因对：“香拂林下风。”

黛玉笑道：“我竟省点儿心，来个加字对吧。就在小薛对子前加‘蓝田’二字，便是‘蓝田玉映闺房秀’如何？”湘云笑道：“这有何难？‘龙涎香拂林下风’便是。”宝钗道：“这不雅，且也不工。‘蓝田’二字加得何其自然，以‘龙涎香’对‘蓝田玉’倒也说得过，只是蓝田同时又是地名，‘龙涎’却是什么？”湘云垂头沉吟。黛玉笑道：“这回还难不倒你？”宝玉道：“我倒替你想了一个。西夏国有地名‘白水’，为古时驿站，丰产美酒，用以对‘蓝田’也还勉强说得过。”慢声吟道：

蓝田玉映闺房秀，白水香拂林下风。

湘云道：“胡说，我怎么没听说过这么个地方？”宝玉道：“天下大了去了，你怎么会处处都知道呢？当真不是我杜撰，据说还是杜康的故乡呢。只可惜，本来‘闺房之秀’‘林下风气’都是用来形容美人儿的，加上‘白水’两字，‘衣香’变成‘酒香’了。不过美酒佳人，也算是绝对。”说得众人都笑起来。

湘云只得罢了，总不服输，又逼黛玉另出一个。黛玉笑道：“不知死活的，既然这样，我就再出一联你对，若对不上来，才不说嘴了。”因道：“风起琅玕环佩乱。”

探春率先笑道：“果然潇湘本色，又在说她那几竿竹子了。”香菱在自己手心里画了一遍，赞道：“七个字里，倒有四个字偏旁是一样的，最难得是浑然天成，画里有景，景外有声，这‘琅玕环佩’四个字，活生生看见人影儿从竹林里走出来了。”湘云任人评讲，只低头思索不语，半晌猛抬头道：“有了。”遂朗声念道：“雨余络纬纺织忙。”

众人都一片声叫起好来。香菱又在掌心画了一遍，请教黛玉：“对得极是工整，意思却不明白，络纬是什么？”黛玉笑道：“络纬就是蝈蝈，又俗称‘纺织娘’或是‘纺花娘’的，这对得虽工，只是若再过些日子，就更应景了。”香菱赞道：“这难为想得出来，蝈蝈可不是在雨后叫得格外欢实嘛。”黛玉笑道：“这对子，也只有云丫头才想得出来，自然是常往山洞子里掏蝈蝈的缘故。”众人听了，更笑起来。

接着是宝钗，因见湘云力战众人，恐她才尽，便不肯难为，只捡容易的题目道：“我出个词牌名，就是香菱刚才说过的《念奴娇》吧。”湘云脱口而出：“《忆王孙》。”宝钗道：“这不工，‘娇’是娇媚之意，乃是虚字；你对‘孙’字，岂不错了？且平仄也错了。”湘云辩道：“奴娇连用，应当作‘娇娥’讲，为实，我对‘王孙’，如何不工？倒是平仄还须斟酌。”

黛玉笑道：“知道你已经有了婆家，巴不得赶紧嫁了去，所以对个词牌名也要叫‘忆王孙’，满心里只想着王孙公子，连‘脸面’都不要了，还哪里顾得上‘虚实’‘平仄’？”众人哄然大笑。湘云气得追着黛玉要打，宝玉急忙笑着拦住。黛玉躲在屏风后面告饶道：“别打，你出的那个刁钻题目是我得了，看了诗再打。”宝钗亦道：“且饶她，看诗要紧。”

湘云见宝钗、宝玉两个左右拉住自己，情知打不到，只得恨道：“诗若不好，两罪并罚。”黛玉遂从屏风后笑着转出，提起笔来回风舞雪，一挥而就，掷与湘云道：“你这集句成诗，竟比自己做一首更难。我好容易凑了八句出来，你要说不好，我也没法儿。”众人看时，只见写道是：

今年春半不知春，风雨朝朝夜夜深。
惟向深宫望明月，遥怜翠色对红尘。
灯烘画阁香犹冷，绣在罗衣色未真。
赏自初开直至落，阶前愁煞葬花人。

众人都笑道："全是潇湘妃子口吻。虽是集句，倒像原作。只是最后一句眼生的很，却出自何典？"黛玉以袖掩面，笑而不答。惟宝玉深知端底，却不肯拆穿，故意岔开道："蕉下客已经得了，且看她的。"探春道："我本来正为题目绞尽脑汁，潇湘子这首集句成诗，倒提醒了我，不妨也套一句现成话倒便宜。"

众人先看题目，要求诗谜一首，却要一谜两解，既是眼前人，又是日常物，这人与这物且要身份符合。湘云笑道："这题目出得倒像我的腔调，这是谁出的？"宝钗笑道："能和你一般古怪心肠的，再没别人，不是宝玉，就是黛玉。"黛玉笑道："我如今修心养性了呢，再不会出这种题目。"宝玉便也笑了，道："今儿起社，原图个热闹，作诗还在其次，难得是大家高兴，当然少不得要出几个谜语让大家取乐，为的是雅俗共赏。"宝钗便知是他出题，笑道："饶是难为人，还有这许多道理。"湘云道："我说这题目出得好，所谓绛树两歌，黄华二牍。做出诗来，必是好的。"催着探春写出来，拿起来替她大声念出：

赤兔无鞭奔走频，簪花映月照浮尘。
江山已改浑不觉，却问红楼第几春。

宝钗早已猜出，却故意笑道："末一句化的是'红楼二十四回春'，倒也自然应景。论物件也还平常，这个人却猜不出来。"惜春诧异道："宝姐姐猜出来了吗？我倒刚好相反，这个人大概是二哥哥，这件东西是什么我却不知道，难道是木牛流马？"宝琴道："你也想想这个'照'字。"又问，"为什么这个人是二哥哥？"探春、惜春俱掩口而笑。

恰好袭人因怕宝玉在池边坐久了，原来披的那件单斗篷不济事，便回房去拿了件夹的，约着麝月两个手拉手地一起走了来。众人都指着笑道："这可来得巧，谜底自己打诗里走出来了。"说得宝玉不好意思起来，忙迎上袭人，问："做什么来？"袭人因将披风取出，将他身上那件换了下来。宝玉道："正好今儿也是你的生日，等下坐席，还要好好敬你一杯。"袭人赶忙道："快别嚷嚷，叫人听见，又当成一件新鲜事到处讲，笑话咱们屋里没大没小了，什么意思？况且府里从来没有给奴才过生日的理儿，你白嚷出来，倒扰大家的兴，反教姑娘们为难，没的打脸。"宝玉只得罢了。

众人仍让茶推盏，岫烟因不知袭人姓花，便也回头问人为何称她们两个做"谜底"，宝钗只得解给她二人听，又说了宝玉的绰号"无事忙"。宝琴、岫烟都笑了。麝月听见自己两个被写进诗里去，便要香菱拿诗给她看，又问是什么意思。香菱笑着将一诗两谜的缘故说了一遍。麝月笑道："这是怎么说的？我们爷竟成了'走马灯'了。这可不是人家说的：'绣花灯笼，外边亮堂，里面荒唐'吗？"宝钗、黛玉都笑道："这骂得巧。"宝玉出题后，又后悔起来，只怕被湘云得了去，没轻没重，竟拿黛玉入诗来打趣，惹她生气，反为不美；及见是探春得了题目，用来打趣自己，倒觉放心。如今任人嘲笑，只不分辩。

一时宝钗、宝琴、李纨、惜春并邢岫烟等也都做得了，各自誊出，称赏一回，尤其指着香菱的诗格外称赞，都说"这大有长进"。乃是一首七绝，写道：

帘卷轻寒梦未通，懒听莺语倦歆风。
忽闻别院擂金鼓，催得花心照眼红。

宝玉赞道："擂鼓催花是旧例，难为她入诗后竟能化俗为雅，把桃花那种慵倦娇媚的腔调写得十足。"

黛玉因要喝茶，一回头却见丫鬟们走了大半，只剩下紫鹃、袭人、莺儿带着几个极小的丫头在旁服侍，连麝月、素云、侍书、翠缕也都不在，诧道："怎么只剩了你们两个？那些人呢？"紫鹃笑道："是雪雁淘气。刚才琴姑娘夸奖她的锦袋绣得好，她得了意，一味夸嘴。麝月故意气她说：'这是晴雯不在，由得你夸嘴。倘她还活着，你这针线功夫，一分也不及她。'雪雁便恼了，叫阵说：'只管提死人做什么？你们平日里难道都是当小姐般养着，只管吟诗作画的不成？一般也都要做针线的，就把你们做的拿出来同我比一比。那时才不说嘴呢。'因此她们几个都各自去拿自己的得意绣活儿，要去咱们院子开绣花大赛呢。"

众人听了，都笑起来，说："有这等事？等下倒要过去看看。"又催宝玉："只差你了，还等着做好了去看绣花赛呢。"宝玉原在心中默拟了几句，总不满意，虽然叶韵，终嫌艰涩。忽听提起晴雯来，心中刺痛，有感于衷，正是"抛残绣线，银笺彩缕谁裁？折断冰丝，金斗御香未熨"。一时激荡于胸，灵思泉涌，瞬即吟成，笑道："宝姐姐这题原出得难，我好不容易做了，只怕不好。"遂录出来给众人看，只见写着《水龙吟·步章质夫、苏东坡韵改咏桃花》：

有情莫若无情，叹前生、玉衡星坠。薛涛浣纸，香君题扇，杜娥愁思。金谷园空，华清池冷，燕子楼闭。纵褒姒无言，息妫不语，霖铃怨、谁弹起？

纤手挽春且住，绣花针、金丝银缀。栖霞未老，武陵人杳，玉壶冰碎。灼灼光华，夭夭颜色，终归萍水。怨崔郎来迟，红飞满地，作胭脂泪。

黛玉看了，沉吟不语。湘云便问宝钗："这是你出的题目，可满意吗？"宝钗道："叶韵倒还自然，只是一味用典，也太取巧些。"宝玉笑道："我想自古写桃花，无非伤春，总没什么可写。况且《水龙吟》的曲牌规矩原大，偏又限死了韵，又有'缀'字、'碎'字这些个险韵，若只管做些奇巧艳冶字句，姐姐必然又有批评，索性竟用些典故塞责，倒还可以偷懒。”

香菱读了，又要了原词来看，赞叹：“苏东坡‘似花还似飞花，也无人惜从教坠’固然是好的，二爷这句‘有情莫若无情，叹前生、玉衡星坠’也不差什么。《春秋运斗枢》说：‘玉衡星散为桃。’这两句开篇点题，破空而来，顺流直下，比苏东坡怎么样，我不敢说——我们姑娘已经说过苏词是最好的——然而比起章词之‘燕忙莺懒芳残，正堤上、柳花飘坠’，倒觉更自然流利些，通篇不见一个‘桃’字，却句句都是桃花。”黛玉笑道：“你说得不错。学写诗，先要会读诗，比如稻香老农虽不大写，评审却是最妙，也就是诗家了。今日你倒来做个评判，只管往下说，这词写得怎样？”香菱唬地道：“这怎么敢？”众人怜她命薄，知她平生遭遇，不如意事十常八九，只学诗这一件倒还是最上心的，便都要助她之兴，都道：“你只管评，好不好，是个意思罢了。”

香菱便又鼓起勇气说道：“这上半阙里连用了薛涛浣纸桃花井、李香君血染桃花扇、杜宜春人面桃花相映红、绿珠之金谷园坠楼、玉环之华清池赐浴、关盼盼绝食燕子楼、褒姒烽火戏诸侯、桃花夫人息妫被擒后缄口不言等八个典故，一气读去，余香满口，竟是一幅连轴古代仕女图，就同咱们家花厅里摆着的那面十二扇的美人屏风一般；下阙起首这‘绣花针’一句是说雪雁妹妹绣锦袋的事，又应景，又现成，字面虽平常，联系眼前事一想，却有余味；锦袋未曾绣成，桃花倒先落了，更觉增人怅惘；这后边‘栖霞山’与‘桃花源’的故事我是知道的，‘桃之夭夭，灼灼其华’是引的《诗经》句子，再有没有别的典漏下，我就不知道了。只是‘华清池冷’和‘霖铃怨、谁弹起’都说的是杨贵妃故事，不过把地方一个放在华清池，一个放在马嵬坡，前后照应着，也还说得过去；末一句‘崔郎来迟，红飞满地，作胭脂泪’字面虽好，仍用崔护收尾，未免与前边‘杜娥愁思’犯冲了。”众人都笑道：“果然评得不错。”

湘云道：“这个简单，末句倒不必改，只把前文‘杜娥愁思’换成‘任娥’便不犯冲了。且又多一个典，共是九个，就唤作《九美图》倒好。”宝琴忙问：“任娥是谁？我竟不知道。”湘云道：“与周公斗法的桃花女，不就是任公之女吗？”黛玉笑道：“这不像，比之绿珠、香君、息夫人、关盼盼这些人，未免不伦不类；而且桃花女那样豪壮有本事，又精通阴阳数术，大概不会轻易又愁又思的。正经换个大男人，改作‘刘郎愁思’也还切合身份。”众人笑道：“潇湘妃子句句总不离她家乡故事。”宝钗亦颔首道：“这说的是。刘禹锡两游玄都观，‘紫陌红尘’与‘前度刘郎’两首诗都写得好，这愁思害得也就算不轻。”众人愈发笑道：“《九美图》里加个大男人毕竟不成话，正经改作‘颦卿愁思’也罢了，她原该在美人图里。”黛玉气得跺脚：“你们只是拿我打趣，再没一句好话的。”李纨道：“派你做美人儿，还不是好话吗？我倒想充数来着，想想换一句‘稻农愁思’，可成什么样子？”众人听了又笑。

探春又道：“亏得潇湘妃子这一改，还增得一二分潇洒之气，不然这首诗合该叫作《桃花劫》了。你看二哥哥所咏之人，无不是倾城亡国之女，所谓红颜祸水。”宝玉道：“古往今来这些士大夫伪道学，但遇乱世，就推出几个女子来抵罪，说什么红颜祸水，妖媚惑主，又说是‘妲己灭纣，褒女惑周’，岂不知，原是纣王无道，天所以降妲己来灭他；周幽昏庸，才会有褒姒一笑倾城。果然明君至圣，必得才女佳人，又岂会被妖媚所迷？不过是那做君的原本昏耄颠倒，做臣的又一味逢迎，及招下祸来，便胡乱拟几个女子名字来开脱昏君佞臣之罪。古来美女原多，明君罕见，比之千里马遇伯乐更难。”说着，众人便起身往潇湘馆去。

宝玉因见香菱坐这半日，早已力竭气促，便央袭人送她回房。宝钗见了，便叫莺儿也一同去，顺便请母亲往老太太房中来，再把自己的暖扇拿一柄来，叮嘱：“回来了也不必找我，只在席上等着就好，免得走来走去又岔了。”遂扶着桥栏杆，一边走，一边暗思探春方才所言，果然宝玉词中所用之典，无不是红颜薄命、少年横死之人，湘云又比作《九美图》，今儿在座女子，又恰是九人，愈觉不祥。正是：

常把诗词翻覆看，莫作游戏等闲听。

第二回

兰草迟开贾郎堪叹
菱花早谢甄女应怜

且说众人正往潇湘馆去，忽见鸳鸯、侍书、翠缕等一干人拉拉扯扯、嘻嘻哈哈地迎面走来，鸳鸯道：“老太太怕姑娘们在池边坐久了，吹了风，特地叫我来请呢。红香圃那边已经放下桌子，粗细十番并说书唱曲的也都到了，只等姑娘奶奶们过去，就要开席。”李纨笑道：“听说你们要开什么绣花大会，我们正要赶去观赏，你们倒又散了。”雪雁、侍书等都笑道：“奶奶哪里看得上我们的玩意儿，大家刚攒了些东西，估量着该坐席了，不敢耽搁，说好改日再比，忙着回来，刚好就遇见鸳鸯姐姐了。这要是来晚一步，该骂眼里没主子，只管自己玩乐，竟把主子丢了。”鸳鸯笑道：“我说主子们都在亭子里，你们一大堆人怎么倒从那头来了呢，原来是这样。你们要比绣花，怎不叫上我呢？”雪雁道：“正是要请姐姐，所以才推迟了。”鸳鸯笑道：“你倒会送现成人情。”

于是众人随了鸳鸯往红香圃来，安席饮宴，分箸设座，贾母便坐在首席一张苏式紫檀描金席心椅上，命黛玉坐在自己身前一张杞梓木雕花椅上，王夫人、薛姨妈俱是京作黄花梨木夔纹扶手靠背椅子，自纨、凤往下至姐妹们皆是一溜儿水磨楠木椅，都设着织锦垫、椅袱，席前花梨边座漆地嵌牙玉雕山水大屏风下又另摆着一张大花梨雕螭纹翘头案，上面铺着锦缎，放了许多礼物，不过是衣料香粉、书画玩物之类，上自贾母、邢王两位夫人及薛姨妈，下至姐妹兄弟都有表赠。邢夫人因说病了，未来坐席，只打发人送了两双鞋袜来。连宫中也有小太监传元妃的旨，送了一座汉玉笔架、一方汉玉镇纸，以及水沉、心字、须弥等各色香共计十二盒，又指着一轴用黄缎子裹着收在檀香匣里的画说："这一轴沈周山水，是给四姑娘的。"

黛玉与惜春都跪接了，凤姐过来打了赏，黛玉又亲自把酒，为贾母助兴，又给长辈们磕头。贾母又说："这是葡萄酒，不醉人的，你姐妹们也都喝几杯。"黛玉便又下座去给李纨、凤姐及诸姐妹们斟酒。凤姐忙说："你斟不惯，还是我来吧。今儿是你好日子，好好受用一日才是。"

忽然北静王府来了四个女人，也说贺林姑娘的寿，又有一个帖子是给宝玉的，邀他明日赴席。贾母忙命快请，略问了几句话，另设一席单赏她们坐了，重新布上酒菜来。因礼物中有一缸世所罕见的北溟金鱼，养在一只巨型碧玉荷叶缸里，连缸抬来，搁在院子中，众姑娘丫头都抢着拥上前看，指指点点，嬉笑不绝。惟黛玉不理不睬，充耳未闻，只坐着与宝钗说话。众人赏一会儿鱼，仍旧归座，撤席换茶，听曲谈笑，不消详述。

谁知晚间怡红院里又布一席，专为袭人贺寿，因她也是今儿生日，日间皆因老太太在座，不敢惊动上头，故不提起。直到晚间关了院门，才好安箸插席。袭人早早卸了簪环，此时只穿着件半新不旧的家常扣身衫子，披着件油绿绫机小夹袄，下着绿绸夹裤，倚着桃红撒金线织花丝棉被垛歪着，笑道："我算什么东西，也值得这样摆酒插席的，哪里当得起？"只淡淡地不起劲儿。麝月道："你现在越来越难讨好了，我们热辣辣地给你拜寿，你倒只管摆小姐款儿，爱答不理的。我倒想你们替我祝寿呢，又没那福分。"宝玉笑道："这有何难？你是什么时候生日？到时候也替你摆一桌。"麝月道："罢哟，这屋子里那么多人，只管都摆起生日来，一年十二月还闹不完了呢，有那些钱糟蹋？"宝玉道："管那么多。有一日，且消受一日；到了那没钱的时辰，也只好挨着罢了。古人云：'随遇而安。'并不是单指落魄潦倒的日子要耐得了穷，也还有安荣乐业的意思。"麝月忙道："别同我们掉书袋，听不懂那些。要作诗，找宝姑娘、林姑娘她们去，就把我们骂了还不知道呢。"宝玉笑道："那又不是什么坏话。你就那么上心。"麝月笑道："原来你喜欢人家管你叫'走马灯'的。'不是什么坏话'，敢情你当好话听呢。"

他们两个闲话间，秋纹、春燕已经带着小丫头们安好了席，便请袭人上座。袭人死活不肯，只说："这折死我了。"宝玉道："这有什么？不过是个座位罢了，我陪你坐就是。"因拉着袭人的手一同坐了上座，麝月、秋纹两个坐了对家，绮霰、碧痕打横，余者春燕、佳蕙等小丫头们不过见缝插针，都随便坐了。麝月等便要给袭人敬酒，袭人只不肯受，笑道："别折我的寿了，正经安静地说会儿话吧，只管这样招摇，外头听见，又该有闲话了。"麝月笑道："若不想嚷起来，赶紧喝了这杯，大家好坐下。不然你们两个这样高高在上地并肩坐着，我们一群人只管满地里排着队敬起酒来，倒像是人家办喜事了。"

众人听了，左右看看，果然有些意思，都笑起来。袭人脸上绯红，只得接过杯来，一扬脖喝了。秋纹、碧痕又上来，说："一并连我们的也喝了吧。"袭人欲不饮，又怕逗出她们更多闲话来，只得一左一右接了，也都喝了。余下连春燕等也都走来敬酒，喝了这个，拒不了那个，说话间袭人已经灌了十几杯，脸上桃花烂漫，眼中春水荡漾，图不得，摆手央告："好妹妹，饶了我吧，再不能了。"

宝玉看她吃得双眼饧起，红绯满面，劝道："别再灌她了，醉了伤身倒不好。"秋纹道："二爷心疼了，咱们坐下吧。"于是众人坐了，喝酒吃菜，闲话家常。宝玉又亲捡了几样菜放在袭人座前，说："吃几口，压压酒也是好的。"

袭人看他这样，只得略尝几筷，却只是心口闷闷的，嚼在嘴里，终究不知是何滋味。满眼里珠摇玉动，满耳里吆五喝六，她却只是如坐舟中，隔岸观景，倒好像和人群隔着几丈远似的。忽又听宝玉说："依我看，今儿唱戏的那几个女子，说是行家，扮相嗓子都不怎么样，还不如咱家从前的几个女孩子，你们看是怎么样？”袭人听了这话，便知他又想起芳官来，更觉心寒。木着脸，也不用人劝，斟了杯酒又一扬脖喝了。众人也都有些意会，哪里敢接话，亦不敢说破，且也都心酸起来，想当日宝玉生日，在怡红院里摆席夜宴，请了诸位姑娘来，行酒令占花名，何等热闹。如今屋里不过短了两三个人，竟好像空了半个怡红院似的。因此也都兴致不高，不过随便吃些酒菜，又说些眼面前的吉祥话，便撤席睡去。

夜里袭人睡在宝玉外床，翻来覆去，只是睡不着。原来日间她送了香菱回房，不便一时就走，因坐下说了几句闲话，问她：“你身上到底觉得怎样？家常走的这些大夫，难道竟不能治？”香菱道：“也没怎样，只是口干潮热，夜里盗汗不止。身上将有半年没来了。”袭人听了大惊道：“那可怎么得了？”香菱惨笑道：“便治好了又怎样？心强命不强，也是枉然。”又握了袭人的手道：“姐姐，我们相好一场，前儿姐姐赠我的那条石榴裙，我还好好地收着，只怕没机会再穿了。我早想过了，他日大去之时，也不图别的什么装裹，就穿着它去罢了，不枉我在园里住过一年，有过开心的时候。”

袭人听见，眼泪直流下来，劝道：“何苦说这样话？你运虽不济，姨太太对你是好的，宝姑娘也大方厚道，别的不说，你看这些大夫天天你来我往，是真心要替妹妹治病的。过几日病好了……”摸着她手，忽觉滚如炭炽，不由惊道：“怎么这样烫？我这就去回姨太太，还是请个大夫来看看吧。”

香菱死命摇头，不令她去，紧紧拉着道：“姐姐，今儿一见，不知还有无再见之时。我有一句肺腑之言，要叮嘱姐姐。”袭人听她说得郑重，忙问：“什么话？”香菱却又打住，望着窗子黯然惨笑，她自被夏金桂逐出，搬来与宝钗同住，身体便一天天亏损下来，酿成干血之症。自知命不久长，再无顾忌，且与袭人素相投契，因握了手剖心沥胆缓缓说道：“姐姐，我固然命苦，今世里遇见这个冤家，只道是前生罪孽，原不敢怨什么；不想他娶了亲，又是这么一个人，竟活活要了我的命了。我想一般的都是女孩儿，凭什么我就该被人这样欺辱折磨？况且她那行止品德，哪里像个千金小姐，竟是索命阎王。因此我纵死了，也不服气。如今有一句话要告诉姐姐——切莫以为自己终身有靠，便安逸度日起来。与人做小，好比鼠共猫眠，纵有一万分小心，曲意下之，遇着个和气持礼的奶奶还好，若像我这么着，便有铁打的身子、铜铸的骨也被挫磨化了。倒是宁可嫁个寻常百姓，平头夫妻，哪怕吃粥咽菜，也好过在这玻璃灯罩羊脂油里逐日煎熬着，值多着呢。"

袭人听她说得大胆，远非平常言行，且又说中自己心病，羞得红着脸道："我们做女孩儿的，自是听天由命，走到哪里是哪里，自己又如何做得了主呢？况且像你们奶奶那样的，毕竟是少数，万里难有一的。你看园子里这些姑娘，可有一个那样的吗？"香菱苦笑道："话不是这么说。她在家做女儿时，不也是好端端的？不好也不会娶了来。那时，谁又料想是这个样子呢？我自幼被拐子拐卖，便连亲生父母、姓甚名谁也都记不得，又落在这罗刹国里，只好随波逐流，由命罢了。姐姐不比我，原有父母兄弟，身子是自己的，想往哪里去便往哪里去，又何必蹚这浑水？"袭人听了，自是惊心动魄，意骇神驰，勉强道："你皆是因为病中，思虑太多，所以有这些想头。快别多想，只安心养病，还有多少好日子在后头等着你呢。"香菱听了，知不能劝，在枕上点头叹道："痴人也。"遂不再言语。袭人估量着即要开席，遂告辞而去。香菱亦不留。

此时夜深人静，袭人复又想起香菱那些话来，一字字一句句，清清楚楚，竟比刻在心上的还分明。所谓人之将死，其言也善，香菱那些肺腑之言，句句都是打心窝子里掏出来说与她的，如何不信，如何不惊？她素日心高志大，一心只要越过众人去，然而看了香菱如此人物，如此下场，却不能不起兔死狐悲、唇亡齿寒之叹。因此一夜里翻来覆去，总未合过眼，直到天将亮时，方迷迷糊糊睡去了。

次日起来，见屋里空空，宝玉的床上铺得整整齐齐，便连麝月、秋纹也都不在，便知自己醒得迟了，忙披了衣裳出来。小丫头们已经吃过早饭，正在收拾桌子。见了袭人，都笑道："姐姐醒了。姐姐想是昨儿醉了，睡得倒实。"袭人羞道："原来这样迟了。怎不叫醒我？"麝月、秋纹刚好进来听见，笑道："本来要叫的，二爷不让，说你难得一醉，索性叫你睡足了才起来。"袭人愈发不好意思，因问："二爷呢？"麝月道："一大早换了素服出去了。"袭人吓了一大跳，急忙问："是谁死了？"麝月道："没听清，说是什么傅通判的妹子，不是什么要紧的人。这不，我刚送出园子，把随身包袱交给茗烟，又嘱咐了几句话才回来。"袭人方放下心来，一颗心突突乱跳，倒惊出一身的汗。

且说凤姐一早打扮了往贾母处来，方进院子，看到一个才留头的小丫头拄着人高的大扫帚在扫院子，左右拖着，百般吃力，极是认真。不由停住了问她："你几岁？叫什么？"那丫头仰着脸，眯了眼睛答道："我叫小霞，因我姐姐嫁人，把我挑了进来。叫先在这院里使唤几天，再送去太太房里呢。"凤姐遂问："你姐姐是哪个？"小霞答："是从前服侍太太的彩霞。"凤姐心中一动，便不再说话了，先进房请贾母的安。

王夫人已经来了，问凤姐："我听说姐儿病了，看过大夫没？"凤姐回道："谢太太惦记着。大夫昨晚来过了，说只是寻常伤风，不打紧，吃几服药就好。"因又说起昨日酒宴，贾母叹道："昨儿是你林妹妹好日子，我见席上竟没几样像样的菜式，连那十番的班子也不是最好的，我知道现今不比从前，讲不得那些排场了，可也不能失了大形儿。前年你薛家妹子十五岁生日，还那样热闹；今年到你林妹妹，便差了这么多。她又是个多心的孩子，岂有不心冷的？"凤姐满心委屈，却只得婉转回道："我何尝不是这么说。只是前儿跟大嫂子商量过，她说园中姐妹多不喜油腻，一味大鱼大肉的倒嫌絮烦，只要新鲜奇巧、花样多多的做去，投其所好就是；林妹妹素来不大爱戏，她们姐妹也都好清净，我原问过她们，都说只要老太太、太太喜欢为上。我因度量着教厨房捡老太太、太太喜欢的菜式各样做了来，另外依照她们姐妹各自口味做了几样，所以并不见丰盛。便那些唱曲说书的也只是预备给老太太、太太并姨太太解闷的。我知道老太太原是为凑姑娘们的趣，不过略坐坐就要歇着的，姑娘们也都只看了两出戏就散了，所以竟没多预备。横竖老太太的心思也不在吃酒看戏，只惦记着席散了好凑台子打牌，赢了我的钱去，那时不管听戏摆酒，什么钱都有了。”

说得贾母笑起来，道：“你这样说，不过是想我可怜你，不好意思要你的钱。打量我会把昨儿赢的钱还给你呢，那可不能。”又道，“正是昨儿还未尽兴呢。请你薛姨太太去，咱们一同吃饭，吃过了，好接着打牌。”凤姐笑道：“原来老太太担心林妹妹委屈是假，昨儿没赢足钱自己委屈是真。既然这样，我便叫人请姑妈去，我也进园子赶着把事情料理完了，这就过来陪老太太吃饭，打一下晌的牌，由着老太太可劲儿地赢去，可好？”遂抽身出来。

王夫人跟出来道：“我同你一道去，看看姐儿。”凤姐道：“姐儿咳嗽呢，过给太太倒不好。况且我这会儿并不回家去，还有一摊子事要料理呢。”王夫人便立住了叹道：“那就明儿再去吧。我知道你事情多，姐儿又多病，自己身上也时常不好，精神越发不如前了，竟连面儿上的礼也不讲究了。虽说日子不比从前，也紧张不到那个地步去，如何连在场面上也只管节省起来，老太太看见，岂有不伤心的？虽然不肯深责，我知道老太太心里是不好受的。我们做小辈的，不能孝敬就罢了，难道连摆个席面图个高兴也不会讨好吗？依我说，算计虽是正理，也得有个分寸，面儿上总要过得去才好。昨儿北静王妃还巴巴儿地打发了几个女人来送贺礼呢，咱们自己家倒不当一回事。那般寒酸台面，叫人看在眼里，说出去，可不成了笑话？”

凤姐听了，噎得口干舌燥，欲要分辩，又知太太不问家计，再说不明白的。只得应着，眼望着太太去了，方向平儿道：“这是怎么说的？难道我不会花钱，不知道摆排场图热闹的？也要量着米下锅才行。我倒是想打座金盏银台包了南北班子来唱半月的戏呢，统共那几两银子，够做什么的？就这样还是咬咬牙拆东墙垫西墙的置办下的呢。省下的钱，是我装进自己腰包了不成？当年林姑老爷过世，那几百万两银子抬来，难道是我个人私吞了？那么大个园子，是平地上生出来的？省亲的排场倒好看，有银子时，谁不会要风光？有那会儿银子花得跟淌水似的，现在倒会抱怨，得便宜卖乖，都装不知道银子哪里来的，只留我一个做恶人。幸亏前年宫里薨了个老太妃，这几年才不再提省亲的事，若再来这么一回两回，除非再死一位巡盐御史，再接一个世事不知的林姑娘来养着，好有那些银钱白填进来，不然那才真叫笑话呢。”平儿听见，不便接话，只得赔笑说：“那北静王府也怪，平时除了老太太、太太、宝玉，以及府里有数的几个爷们儿，从没听见说那府里给姑娘送寿礼的，况且还是位表姑娘。怎么突然兴起这个文章，想起来给林姑娘祝寿呢？”凤姐道：“可说的是呢。又不知唱的是哪一出。”

一行说，一行来在议事厅坐定，执事、媳妇、婆子早已站了一地等在门外头，于是一起一起地进来，回话问事。凤姐手挥目送，指派赏罚，不到半日已处理了十数件大小事体，因传命下去：“若没什么大事，下晌不必找我，或是回平儿就是了。”又问，“林之孝家的哪里去了？”有媳妇回道：“东府里珍大奶奶找去有事吩咐。”

凤姐点点头，因向平儿嘱咐道：“我想刚才老太太院里那个小丫头，好容易挑进来了，又做粗使，年纪又小，况且太太屋里，彩云、玉钏儿都虎视眈眈的，哪肯让别人出头？只怕待上八百年也没个见天的日子。不如派给姑娘们使，倒还能怜惜着些。你替我说给林之孝家的，叫她晚饭后到屋里来，想法儿给那丫头另寻个地儿使唤。”平儿听了，深以为罕。

于是凤姐仍回贾母这里来，王夫人、薛姨妈也已都来了，便放下饭来。因席上有一味新笋桂圆汤，贾母忽然想起那日宝玉挨打后闹着要吃小荷叶小莲蓬汤的往事来，因笑道：“倒把这汤送去与宝玉一碗吧，免得惦记着，直到挨了打才有的吃。”说得众人都笑了。凤姐凑趣道：“老太太平时吃到什么好的，只是惦记着宝兄弟，生怕咱们刻薄了他。这亏得姑妈是天天眼见的，倘或别的亲戚听见，还以为咱们天天克扣着不给吃不给穿，要到老太太提着才给一口汤喝呢。”说得王夫人、薛姨妈一齐笑起来。贾母笑着叫一声“猴儿”，骂道：“我把你给惯的，越发排揎起我来了。我才说一句，你有的没的说了一筐出来。”薛姨妈道：“幸亏凤丫头不是个男人，倘若做了男人，再为官作宰的，一句话下头不知压死多少人，黑的也说成白的了。”

笑得停了，凤姐方缓缓禀道：“老太太有所不知，我今儿看了水牌，知道有这一道汤就已经知会厨房多做一碗，叫袭人她们端去。却说宝兄弟一早就换衣服出门了，说是什么傅通判的妹子死了，去吊唁来的。”

贾母大惊，一连声问道：“多早晚的事？怎么我竟一点儿不知？那傅通判妹子又是什么要紧人？谁叫宝玉去的？”王夫人道：“我倒是听说了的，说是叫个什么傅试，老爷门下出身的，所以素有往来，如今做了通判，老爷很是看重。”贾母犹蹙眉道：“什么副通判正通判的了不起的人物，不拘打发哪个小子去问一声就是了，如何倒要宝玉亲去？你既知道，就该拦着他，又不是什么喜庆事，又不是什么好地方，没的去沾那个晦气。”凤姐忙笑着分辩：“这可怪不得太太，老祖宗难道不知道宝兄弟那古怪脾气？他可不是冲着什么正通判副通判去的，是冲那死的妹子，听说叫傅秋芳，模样又好，天分又高，针黹学问都来的，因此她哥哥便当作宝贝一般，寻常的人家都不肯给，单指这妹子攀高附贵呢，哪知命里没这福分，那妹子前儿忽得了一病，请医问药都不见好，才不过拖了一两个月，竟死了，才只二十五岁。”

贾母听见，早又“阿弥陀佛”念个不停，叹道：“这哥哥也是糊涂，凭他妹子什么天仙模样，长长久久留在闺中总不成话；那妹子也是可惜了的，我说竟不是病，竟是她这哥哥活活把她的缘分错过了，她既然有才有貌，心里多半不安静，既不安静，哪里招不出邪魔病症来？可不是医药治得了的。”王夫人、薛姨妈都说：“老太太说得是，想必是这个道理。”

一时吃过了饭，洗手漱口，又说一会儿闲话行食，鸳鸯等人放下桌子来。凤姐果然陪贾母打了半日牌，至晚方回屋里来。林之孝家的已经来了，等在那里，见凤姐来了，连忙起身含笑问好，见凤姐坐定了方又坐下，且不忙回话。平儿侍候着脱了衣裳，端上茶来。凤姐便向炕沿上坐了，因见锁子锦靠背上搭着贾琏家常穿的一件长腰身紫罗绸面深绿夹里的半袖褶衣，随手扯过来披在身上，又慢慢地喝了几口茶，方才问道："那边珍大嫂子找你去做什么？"林之孝家的道："还不是为前儿抄检的事。因撵了入画去，原该给四姑娘另添一个服侍丫头，若说是这边添呢，四姑娘原是那边的人；若是那边挑了送来呢，一则四姑娘未必看得上，二则怕奶奶多心；若是不理，又怕人家闲话，说妹妹短吃短用，当嫂子的只做看不见。因此要我探探奶奶的意思，看是怎么样。"凤姐笑道："她也太小心了，这又有什么可多心的。"且同她商议："这可巧了，我今儿找你，也正为丫头的事。早起我在老太太房里看见彩霞她妹子，名唤小霞的，才萝卜头那么大一点儿，拄的扫帚倒比她人还高。我的意思，你不如把她派到哪个姑娘房里，提作二等丫头，派些轻省的活计也罢了。太太那里，另派一个就是。"

林之孝家的听了，也觉诧异，不由同平儿对看一眼，见平儿向她悄悄点头示意，便笑道："既然这样，何不就把她放在奶奶屋里呢？"凤姐冷笑道："我上次挑了你女儿进来，那些小人还说三道四，说我见了好的只管往自己屋里拉扯，挑个丫头也要拔人家的尖儿。这会子再从太太屋里挑进一个来，更有的说了。"林之孝家的连忙带笑说道："这可是哪个眼里没主子的说的混账话？小红又是个什么好的，值得嚼这些瞎话？她从前在怡红院里，也不过是个粗使丫头，手脚又笨，心思又慢，是奶奶抬举了来，跟在奶奶面前学些说话行止、待人接事，这才有了些人样子。正经又不是什么有脸的一二等丫头，还要劳动奶奶去争去抢的，这是一层；再一层，就凭是什么好的，别说宝玉屋里的，哪怕老太太跟前的大丫头，奶奶果然看中了，要做臂膀，老太太少不得也要给，谁又敢说一个不字呢？我平日里就跟我们那丫头说，也不知你修的什么福，竟然能入了二奶奶的法眼，你老子娘这一辈子的体面也赶不上这个呢。只一条，千万别以为奶奶拿你当个人，就学那些扶不上墙的摆出张狂浪样儿来，把你老子娘积攒了半辈子的老脸丢尽了还是小事，要给奶奶面上抹一二分黑，那才是把你打死八回也赔不来的。"

凤姐听了这话，十分受用，笑道："这是你心疼我才会这么想，哪里能得那些人都跟你一样心思呢。"忽又想起一事，因叮嘱，"前几天太太出门进香，我看她那辆朱沿元青车走不稳，问起来才知道，原来有几颗麻菰钉脱了，各处也都有些松动，你记得找人来修，免得用时着忙。"林之孝家的答应了，又说："不光是太太，两府里的车子都有些年头了，依我说，何不重造两辆？我刚从那府里过来，看见门前停着许多大车，都簇新崭亮，油得明晃晃的，问了才知道，说是街口有南省人新开了两间藤器店、油漆店，合伙造的好车，许多王孙公子都去他家造车子。"凤姐听了心中不快，却不便与林之孝家的说起，只笑道："南省人造车，也就是车顶、车沿还罢了，若做轮子，还得京城老店。我倒想给每位造辆新车呢，那得多大一笔开销？庄上的租子是你们家林之孝看着收上来的，你还有什么不知道的？去年里一旱一涝，收的那一点点银子只好塞牙，如今竟是寅吃卯粮，坐食山空的。有车坐就罢了，再过些日子，只怕老太太出门，得我趴在地上背着走。"林之孝家的赔笑道："果然是这话不错。我听说如今市面上黄豆蜀秫涨到五六两一石，糠都卖到二钱一斗，只怕过些日子，树皮草根都没得吃。府里爷们儿倒不知着急，还是夜夜笙歌的，就只有奶奶日夜操心。这府里若不是二奶奶，还不定乱成什么样儿呢。还有一事，宝玉屋里的晴雯去后，还一直没有补人，是另指派一个还是把二等的提拔一个上来，还是把这份月钱关了，都要等奶奶裁决，还有芳官和四儿两个的缺儿也未补人，奶奶今儿既要理一理丫头的事，不如就一并定夺了。"凤姐想了想道："这却不好由我擅做主张的。宝玉屋里的丫鬟是太太亲目一一审过的，若要补缺，还得我探一探太太的口气，再问问袭人才定吧。"

林之孝家的笑道："所以说奶奶精明，每日手里过着百十件的大小事情，还要一丝不漏地体会这些上上下下的人心，精神略差一点儿都不能的。现有例子比着，前些时候奶奶病了几天，太太托付大奶奶、三姑娘，还有薛姨太太家的宝姑娘帮着管家，那倒是三个人管一宗事呢，又定了许多规矩，又每日巡逻检视的，也就算小心了。饶这么着，还按下胡芦起了瓢，生出多少是非来，一时赌酒，一时失窃，一时林姑娘房里的藕官在园子里头烧纸，一时赵姨奶奶又同宝玉的丫头打起来了，一时在园里摆寿，史大姑娘喝醉了，大天白日的躺在石凳子上就仰面八叉地睡着了，惹得底下媳妇多少闲话，亏是我听见了，打着骂着止住，报给三姑娘，打一顿撵出去了；眼错儿不见，又是什么玫瑰露、茯苓霜，虽然奶奶宽柔体下，不肯深责，谁不知道这喊捉贼的就是贼？四下里乱得没个谱儿，胡萝卜拌辣椒——看不出来，还吃不出来？八个油瓶七个盖——不是少这儿，就是缺那儿。饶是这样，老太太回来还直说辛苦，夸三姑娘、宝姑娘能持家主事。真叫我们愈念奶奶的英明，二奶奶理家的时候，何曾有过这些事？也没见上头这样没口子地夸过。可见世人说得不错，‘能者多劳’，那越是能干的人，越是责任重大，许对不许错的，若不是奶奶七个心眼儿八个头，哪能料理得这般妥当？”凤姐叹道：“我这个心也算操碎了，如今也有些顾不过来呢。”林之孝家的只说：“不能，不能，再添几百口人、一万件事，奶奶也必料理得井井有条的。”

两个又说了一会儿闲话，林之孝家的方告辞出来。一路上暗暗寻思，倒也慨叹：原是那年来旺家的仗着自己是凤姐的陪房，强要娶了彩霞做儿媳妇，林之孝回到家里，原就悄悄地同自己说过这事不妥，旺儿那小儿子赌钱吃酒，不务正业，大不成样子，彩霞这些年里在太太屋里半个主子似的，也是穿金戴银饮甘咽肥的，何曾受过那些腌臜气，还不是一朵鲜花插在牛粪上。无奈凤姐强做保媒，彩霞的娘不敢违逆，两家到底还是做了亲。娶过去没半年，彩霞倒已被折腾出了一身病，七荤八素，一个月里头爬起来十天，倒有二十天是趴着的。想来这些话，二奶奶也有所风闻，难得她善心一动，要给小霞寻个好差使，也是弥补的意思，自己倒不可负了她这片心，少不得找一个妥妥当当的所在，好好安置了小霞。便想正好惜春屋里要人，不如便叫她进去。忽又想，既做了这番善事，不如送一个满情倒好，须得叫小霞的娘知道，就不稀罕她答谢，也须得她感恩。遂亲自往彩霞娘家来。

彩霞的娘正带着一个小丫鬟在擀面饼，案上一碗肉酱豆腐，一碗粉皮合菜，一碟子酱瓜，一大碟生菜，又有一把刚摘净的白绿小葱，一碟子切成细条又用油炸过了的红绿椒丝，堆得五颜六色。见林之孝家的来到，知道必有事故，忙不迭地洗手点茶，又敬瓜子杏脯。

林之孝家的只说："嫂子别忙，我才在二奶奶房里喝了这一肚子的南海女儿茶，正不知往哪里开销呢。"拉住了坐下，又张望着案上笑道："嫂子倒会换口味，赶明儿也教教我怎么擀这薄饼，我们当家的总是说我擀的面皮比案板还厚，不是吃饼，倒是啃墙。"说笑一会儿，方将来意一五一十地说明，又道："这真是二奶奶天大恩情，我想着既要替咱们闺女找个好地方，总要她心里乐意才好，因此竟来问嫂子，你平日在园里侍候，觉得哪个院子最好？"

彩霞娘一行听着一行念佛，千恩万谢地道："彩霞从前在府里的时候，就多承大娘照顾，如今小霞进去，少不得还要大娘教导指引着，大娘这样成全，我做亲娘的真是没话说。什么好不好的，一进园子就提作二等丫头，我还有什么别的想头不成？若再挑挑拣拣，嫌三厌四，越不成个人了，就凭大娘派遣，大娘说哪处好就是哪处。"林之孝家的听了，越性说道："依我说，嫂子不如去你那亲家家里，当着你亲家的面问问你大姑娘的意思。一则她在府里这些年，在园里自有不少好姐妹，比咱们更熟悉园里情形，又知道主子们的脾性，又对她妹子尽知的，倒比咱们两个乱猜着值多些呢；二则，也是当面做给你那亲家看看，要他们知道，二奶奶耳目灵着呢，连二奶奶都这般体恤，他们倒敢拿着金叶不当银子，难道欺负咱闺女出了园子，就再没个仗腰子的了吗？"彩霞娘听了，深以为是，且连耳带腮俱红起来，拭泪道："这也瞒不得嫂子。彩霞那男人，狗屎鞭子——文（闻）不得，武（舞）不得，吃喝嫖赌就一样不缺。他们提亲时说得天花乱坠，蜜糖样言语，过了门才三天，就喊打喊杀，每日里不是赌钱就是酗酒，略劝两句，抓了头发就打，不管要害不要害，哪里顺脚踢哪里。闺女每每回来，解开衣裳，身上一块儿青一块儿紫，说不到三句话就哭，哭得我肠子也揉碎了，也去找他爹娘问过几次，当着面也都好声好气款待着，转了身就折磨闺女。反倒让我们不好上门了。"林之孝家的叹道："外边的事我虽不深知，也听我们当家的说过，说那旺儿小子生就的贱胚，好比要饭花子丢在雪地里，不与他烤火还罢，若与了他烤火，便要上炕的；上了炕，又要热酒吃；吃了酒，便惦记着娶东家闺女；娶了闺女，还要谋人家的财产——心里没个餍足还是其次，只一项不如他的意，便要生事故。当初来旺媳妇提这门亲时，我就说不妥，偏你们耳根子软，径自答应下来。如今弄成这样，我又看不上。"

彩霞娘哭道："婶子有什么不知道的？当初是二奶奶亲自保的媒，我敢说个'不'字的吗？大气儿也不敢喘一声，糊里糊涂就答应了下来。回到家，足足悔了三四夜睡不着觉。无奈说出去的话，泼出去的水，还能收得回来不成？如今也怨不得旁人，惟托婶子的福，庇佑着些罢了。"林之孝家的道："这原是各人命里的姻缘造化，只是你大姑娘的性格也太软弱了些。这也罢了，如今小霞也大了，一进园子已经提作二等，想来不上几日就要出人头地的。嫂子倒是着紧去你那亲家家里走一趟，问准了信儿，明儿一早找个小丫头告诉我才是。"彩霞的娘听一句点一个头，直把林之孝家的当作在世观音一般，因知林之孝家的为回凤姐话尚未吃饭，便苦留她吃了晚饭再去，说是"虽没什么好的，却是刚烙下的薄饼，卷着大葱、甜酱吃倒也有味，还有才出缸的好滋味酱瓜，用香油、姜葱蒜末、红绿椒丝拌在一起，最下饭的"，又命小丫头子打酒来。

林之孝家的笑道："我倒想踏踏实实坐下来同嫂子喝几盅，奈何哪有那个福分呢？还有三四件犄角疙瘩的差事没做呢。吃酒闲话的日子横竖还长着，以后再吃也是一样的。"说罢告辞起身。彩霞娘哪里肯放，死拉着叫好歹喝了茶再去，又命小丫头子出门叫车，自己打点了三斤腊肉，一只腌鸡，一坛子酱瓜，两坛子酒，一屉薄饼，又将各色配菜都捡了些用碟子盛着，用碗扣着，都教装在车上，送往林家去。林之孝家的只略辞了一辞，便坦然受了，遂坐在车上，扬长而去。彩霞娘手把着门，眼看着走远了，方回屋来急急梳头换衣服，又拎了两刀腊肉一盒熟食，果然往她亲家处来。

却说宝玉素来最恨贺吊应酬，却向慕傅秋芳才名，知她夙根颖异，绰约自好，如今少年夭折，能不叹息？遂亲去唁礼不算，回房后犹自长吁短叹、愁眉不展的。袭人侍候没有了衣裳，劝道："你出去这一日，老太太惦记得紧，下半晌打发了三四次人来问你回来没有，又怕路上有闪失，又怕那些地方气味不好冲撞了你。既然好端端回来，好歹先去老太太、太太处打个转儿，好叫人放心；再或者去各位姑娘房中走走，谈谈讲讲散散心，只管闷在这里做什么？等下闷出病来，可不是找不自在吗？"

宝玉听她说得有理，少不得出来，叫两个小丫头跟着，往贾母房中去请安。袭人便将素服收起，又叫预备洗澡水等他回来，又命人寻了块儿陈年普洱茶饼来，亲自用金刀敲下一小块儿来，在乳钵里碾碎了，用一把朱砂梅花小壶浓浓地沏了来备着出色。秋纹笑道："姐姐太着慌了些，又不是头一回出门，又不曾挤着碰着，何以这样兴师动众的。何况二爷素来并不喜欢喝普洱，又巴巴儿地请它出来。"袭人道："你哪里知道，那些地方什么人不来往，或是吸了谁的病气，或是招了什么邪祟，表面上一时半会儿看不出来，隔个一天半夜发作起来，才是饥荒呢。因此早早地叫他散心解闷，再洗个痛快澡，喝一大碗猛猛的茶来，把那口浊气去净了才好。"麝月道："既然如此，宝玉常说一把壶只喝一种茶最好，不然串了气味，壶便废了，用来冲茶，把好茶也糟蹋了。那把梅花壶是旧年喝铁观音时用过的，倒是放起那个，另拿一把新的用吧。"

秋纹只得放下梅花小壶，另取了一把缎泥紫砂瓜春壶去烫洗，嘟哝道："姐姐们倒是细心，偏咱二爷不肯体贴姐姐，但凡自己肯小心一两分，就不该没事找事地扑了那停尸捯气的地方去，害得咱们白落了老太太一顿责骂，特意打发琥珀来传话，说再去这样的地方，就该拦着些。"碧痕道："谁说不是呢？那个傅秋芳，不过是听说个名字罢了，说是佳人，究竟脸长面短也没见过，他倒巴巴儿地伤心叹气，好像死了多年至交似的。要说我们爷，真就是个无事忙；自己忙也罢了，偏要带着一屋子的人忙个人仰马翻不算完。怪不得姑娘们叫他'走马灯'呢。"

一时宝玉回来，碧痕忙掩口不说了，宝玉却已听了三两句进去，看其情形也大约猜得到了，笑道："你们这些人真是没良心，饶是人家死了人，还得你们抱怨。"麝月道："罢哟，爷不说自己不体谅人，倒怨我们无情。别说那傅家小姐我们不认得，原谈不到有心无心，便是认得的，她得了二爷这一哭，已经是意外之福了，这还不足，还必得我们一屋子人替她念经诵道，不怕她在那世里不安生吗？"秋纹笑道："你这牙尖嘴利的，越来越像晴雯的口气，难怪天天念叨她。"一语既出，看袭人瞅了她一眼，才觉冒失，自悔不迭，忙佯装拾掇杯盘避出去了。

宝玉的心思早又被勾起来，叹道："晴雯也是难得的，偏又薄命；所以说老天无情，越是这些稀世奇珍一般的女孩儿越去得早，那些贪官禄蠹反倒白糟蹋粮食，真真雕梁画栋，尽住着行尸走肉；玉盏金樽，都填了酒囊饭袋。要不怎么说天妒红颜呢？从前晴雯去的时候，我还替她做过一篇诔文；按说傅小姐仙逝，我也应当有所赋咏才见真心敬重，无奈我又无缘见面，若只管虚词妄拟了去，反为不敬。"如此唠唠叨叨，说个不休。

恨得袭人抱怨道："才说没事找事，麝月蹄子倒又来火上浇油了，还不赶紧侍候二爷洗澡去呢。"一边亲自上来替他宽去外边大衣裳。碧痕走上来帮忙，袭人道："正事我差点儿忘了，今天二奶奶打发人来说，还在厨房给二爷留着碗汤，你这便去取来，洗过澡好喝。"碧痕道："这都什么时候了，还喝汤。"袭人道："喝不喝，哪怕端来倒呢。若不去拿来，只怕厨房里还有人等着，且也辜负了二奶奶一片心。"碧痕只得去了。

各人说话，宝玉终究不曾听见半句。他听麝月说自己亲吊傅秋芳是逾分之福，不禁便想晴雯、傅秋芳之死犹有自己悼念怀想，及他日自己大去之时，这些人早都风流云散，或死或去，竟不知有谁为自己流泪伤心。倘若自己死不得时，眼前这些人都已去了，只留自己孤魂野鬼地离开，却有何趣味？忽又想起黛玉所写《葬花吟》中的句子："侬今葬花人笑痴，他年葬侬知是谁？"一时心痛神驰，眼中滴下泪来。

麝月看他这样，心中悔之不及，自愧自责道："这都是我的不是了，越是你闲愁乱恨的，我反越来招你。只是你原也说过的，晴雯不是死了，是去做了芙蓉花神了。从前我们哭她念她的时候，二爷还劝我们放宽心，如今自己怎么倒想不开了呢？记得那年刘姥姥说古记，说起她庄上一个乡绅的女孩儿，叫个什么茗玉小姐的，年轻轻死了，她父母塑了像祭她，后来那塑像竟成了精，二爷还说不是成精，这种人原死不了的。二爷既说那傅秋芳文采相貌都有一无二，又年纪轻轻，想必也不是死，而是封了什么花神了。天池御苑，总不止芙蓉花这么孤单单的一枝吧，总有些别样奇花异草，焉知傅姑娘是不是去管理别的什么花了呢？那天我恍惚听见谁说，连太太房里的金钏儿还做了水仙花神呢。我日常闲了倒也羡慕，想着晴雯从前就同金钏儿要好，如今她们在那里见了面，自然比以前越发和气了。那傅小姐做了花神，这会子想必也同她们在一起。二爷虽然同傅小姐无缘见面，然而晴雯同她见了，也是一样的，总是这屋里出去的人，就是替二爷还了愿了。”

这番话却得了宝玉的心，听得喜欢起来，况又提起金钏来，心想果然金钏也做了花神，也算是得其所哉，不禁又是赞叹又是思念，又怕自己一味伤怀，未免使麝月不安，再若令袭人抱怨了她，更为不美，遂改了颜色说道：“你这话最有道理，想必是这样。”遂梳洗了穿好衣裳出来。

袭人见他起先去时那般乌云满面，及至出来了倒颜色和霁，不禁放下心来，向麝月笑道：“解铃还须系铃人。难怪你敢这样怄他，原来是有法子哄解得开。”一边铺下衾枕。忽听小丫头报：“兰爷来了。”众人诧异：“怎么这会子来？”只得接出来，看座奉茶。贾兰同宝玉见了礼，说道：“学里新请的先生明儿生日，母亲让我问问二叔，明儿去不去见礼？要去，让我同叔叔一起去呢。”宝玉道：“我这两天身上正不自在呢。你自己去吧。”

贾兰只得答应了，不好就走，又无话可说，只随便翻着桌上书本。宝玉也怕冷落了他，只得找些话来问他：“我听大嫂子说你日夜用功，想必大有长进。”贾兰正要讨论学问，听他问起，因兴冲冲地道：“我近日读书，闻‘天欲降大任于斯人也，必先苦其心志，劳其筋骨，饿其体肤，空乏其身，行拂乱其所为’。我想咱们这些人自幼生于富贵鼎隆之家，长于膏粱绮罗之中，安富尊荣，从不知辛苦操劳为何意，更不知饥饿空乏是何滋味，想来必是难以成大志的。”宝玉笑道：“那不过是穷酸腐儒们少时家贫，又心高气大，嫉富妒荣，故而编了出来自我标榜的，也是勉励后人的意思。你倒不必读死书，以为凡成大业，必先乐贫，反而是入了邪道了，比贪图富贵更坏。须知果然乐业安时，便当贫富皆乐，并不是乐贫才贤、为富则忧的。陈胜、吴广、黄巢、王凤之流，倒是辛苦操劳、饥饿空乏过的，因此后来起事，若说那便是大业，岂不有违圣贤之道？况且唯有盛世，方有明君，难道那贤明圣主必都出自贫穷空乏之家的？可见自相矛盾。”

这贾兰自小虽居富贵世家，然而父亲过世得早，母亲又教导甚严，比之宁、荣两府其余子弟，别说从不曾领会蓉、蔷之流的酒色恣肆，任意妄为，便连大一些有体面的奴才，诸如李贵、茗烟的得意纵性也不能够，何尝随心所欲过一朝半日？每每以古人句自我警醒，以为刻苦才是正道，如今当作一番大道理斗胆向宝玉说出来，满以为他会夸奖自己有志气，不料却反得了一篇批评。心下不服，却不敢多辩，只暗想：“若是古来圣贤都生于鼎盛之家，又何来宋徽宗、李后主这些亡国之君？尧、舜、禹、汤，何尝生于富贵？桀、纣、莽、操，倒是丧于淫逸的。”贾兰暗暗腹诽，面上却只唯唯应诺，又坐一会儿，便去了。

袭人因走来撤下茶盘，向宝玉笑道：“侄儿年纪小呢，你做叔叔的，原该教导，只是也要时常鼓励才是。你往常总不肯多与他亲近，今儿难得说几句话，讨论学问，正该和气欢洽才是，怎么倒又长篇大论教训起来？”宝玉道：“这孩子小小年纪，倒一股子道学脾气，与其死读书，倒不如不读书的好。”袭人叹道：“你自己不读书便罢，还有这许多道理，看不得人家用功，幸亏老爷听不见，不然又不知怎样呢。何况他一团高兴地来了，好不好，也该和颜悦色地讨论一番，为何要扫他的兴，拉下脸来教训这一篇话，岂不叫他心里不自在？”宝玉笑道：“年纪小，也是个爷们儿，哪里有你说的那般娇贵，行动爱生气的。”袭人笑道：“行动爱生气的人倒不是兰哥儿，又不见你敢硬起口气来说一句半句重话。难道天下人，就只许你林妹妹行动爱生气，便不许别人也有不自在的时候？这可是俗话说的，只许妹妹多心，不许侄儿生气了。”说得满屋子人都笑了。

宝玉忽地坐起，“呀”地一声叫道：“差点儿忘了。”袭人等人都吓了一跳，忙问：“可是丢了什么？”宝玉道：“不是，你刚才不是叫我去给老太太、太太请安，再去姐妹房里转转吗？我去看林妹妹时，偏她出园往宝姐姐处去了。我问紫鹃，她昨日在园里略着了些风，原有些咳嗽，为什么不好好养着，反到处走。紫鹃说，何尝不养着，不过听说香菱忽然病势沉重，大概只在这几天了，所以赶着去见一面。我本也想跟去看看，又想刚打那种地方回来，再去有病的人房里，未免忌讳，原说洗了澡再去看妹妹的，不想兰儿来这儿一混，就忘了，亏得你们提起，差点儿误了大事。”袭人道：“我当什么了不得的大事，横竖还要见的，何必着紧这一时半刻的？明儿早起还要去北静王府听戏呢，可别起得晚了，去得迟了，叫人看着不恭。”宝玉哪里肯等，只说：“我去去就回，不多坐的。宁可北静王府不去，潇湘馆可是误不得。”碧痕因大老远走一趟端了汤来，宝玉果然不喝，心里正不痛快，故意撺掇道：“你让他去吧，不见这一面，他怎么都不肯睡的。”袭人道：“既这么着，你就跟了去，不要多耽搁，天也不早了，略坐一下就回来吧。”又命小丫头佳蕙打着绿竹明角灯前头照着。

推门出去，却见好大的月亮，将圆未圆，晴光摇宇，移花动叶，照得人心清气朗，宝玉脱口赞一声好月色，道：“原来今天已经是十五了。”碧痕失笑道：“这个人可不是傻了？昨儿二月十二是你林妹妹生日，今儿是十三，怎么倒又跑出十五来了。”宝玉笑道：“我看见这月亮圆了，只当今夜十五，就忘了昨儿了。”遂命佳蕙回去，说：“大好的月色，白点个灯笼，照不见路，倒多影子，不如熄了它。”

这里袭人刚放下镜袱，忽见佳蕙咚咚跑进来说：“我刚才看见海棠花后……”见袭人瞪她，忙煞住脚。袭人诧道：“叫你照着二爷，怎么自己回来了？”佳蕙因将宝玉说月光正好不用灯笼的话说了一遍，不等袭人说话，秋纹先骂道：“便不用灯笼，也该在前面探着路，帮二爷提醒着点儿，一点儿眼色没有，只会吃饭睡觉。”佳蕙嘟着嘴去了。秋纹等估摸着再用不着她们，便也都各自散去。

袭人点起梦甜香来，把帐子掖了两角，想一想，再没什么可做的，只得拿了只小绷坐在灯下扎花。直待一朵重瓣水仙扎完了，方听见院门开启，踢踢踏踏地来了，连忙迎出房去，一边接着，一边抱怨道："说是去去就回，一去就是这么小半夜。没黑没白地只管坐着，难道林姑娘也不撵你的？"碧痕笑道："林姑娘何尝不撵来着，一直说要睡，咱们爷一步三回头地口里答应着走了，好容易挪到外间，又看见一个婆子守着炉子煎药，咱们这痴心的小爷，跺脚说一声'这如何使得'，赶了那婆子去，非要亲自煎了药，亲手端进去，又眼看着林姑娘喝了药，又服侍着漱了口才肯走呢。"袭人便说碧痕："你跟着二爷去，这些小事，都不知道帮忙，倒叫他自己动手？他嫌婆子做得不好，他自己难道又是习惯服侍人的？"碧痕撇嘴道："罢哟，我知道姐姐会服侍，天天嗔着我懒。只是别说我了，正经紫鹃、雪雁站在一边都插不下手。姐姐难道不知道咱们爷是不听劝的？除非姐姐亲自过去拉了来，二爷或者还肯听；我只管唠叨，可顶什么呢？不如一个屁。"

宝玉笑道："好了，我已经回来了，你们还只管啰唆。女孩儿家，连屁也说出来了。"碧痕也笑道："你们高贵，有本事一辈子不放屁。"袭人倒笑起来，服侍着宝玉漱洗睡下，不提。正是：

花谢难寻春去处，鸾归安得返生香。

第三回

稻香村妒尝杏仁酪
潇湘馆悔制荷花灯

话说小丫头佳蕙提着灯笼跟宝玉出门，却被半路打发回来，往回走时，看见一个人站在海棠花后头冲她招手，她只当作是哪位姐姐要使唤她，正要上前问话，那人却一闪就不见了。这才想起，方才那人身形窈窕，眉眼俊俏，分明是晴雯的模样，便连打扮也都是从前的家常穿戴，不禁大惊失色，一路飞跑进屋，正要说时，却被秋纹一顿乱骂给打住了，因此嘟着嘴回至房中，自己呆呆地想了一夜，次日起来便悄悄地说给碧痕、绮霰等人，道："人家说晴雯姐姐做了花神，从前我只不信，原来竟是真的。昨晚大月亮底下，我分明看见她冲我招手，那样子像是有话要说，只可惜我一惊，她就走了，竟不知她要说些什么。"

碧痕闻言不信道："青天白日的说瞎话，晴雯早死得连骨头也化了，哪里又会到院子里来？何况便说她死后做了花神，也是说管的芙蓉花，你却见她站在海棠花后头，分明不是她。"绮霰便道："莫非另有一位花神不成？麝月说那个什么傅秋芳八成也是做了花神了，莫非是她？宝玉昨儿特意去祭她，又为她抹了那些眼泪，所以她来显灵道谢也未可知。"碧痕道："那是麝月随口说说哄宝玉的瞎话罢了，亏你心实，这也肯信。"

恰恰秋纹和春燕两个侍候过宝玉洗漱下来，听见这话，春燕便插口道："佳蕙没有胡说，我前儿晚上做针线，做到一半不知怎么睡着了，也梦见晴雯姐姐来了，就跟从前咱们在一处的时候一样，大家围坐在炕头看针线说闲话，她还说我绣得不好，要替我绣。后来醒了，虽是一梦，竟是真真儿的，最奇的是我的香袋本来只绣了大半，分明还差着几针的，醒来时，竟绣得了。"秋纹、绮霰都大奇问道："可是真的？拿来给我们看看可是晴雯的针线。"惟碧痕只是不信，撇嘴道："必是你睡迷瞪了，打着瞌睡绣的，自己不知道罢了。"春燕道："那怎么会？你见谁梦里绣花来着？"碧痕道："这倒也说不定，我听说香菱还梦里作诗呢。你刺绣功夫通了神，忽然在梦里绣起花来也不稀奇。"

忽听前头麝月骂道："一个个挺到哪里去了？眨眼工夫，倒走得干净。"众人忙忙地往前边来，却是袭人、麝月两个送宝玉给老太太请安回来，欲换出门的衣裳，却找不见人，因此在那里叫唤。袭人因叹道："你们也太不小心，我们回来，半个人也不见，屋子被人搬空了也没人知道。"秋纹、绮霰两个忙道："并不敢走远，原是倒了水去，在那屋里说几句闲话，打量着工夫就来的。即便姐姐不叫，也就要回来的。"麝月道："这会子没空同你们算账，还不快去个人，告诉外边小厮备马。再打听着，今天跟宝玉的人是谁。"春燕忙答应着去了。袭人、麝月便又重新检点一遍宝玉出门佩戴之物，亲自送宝玉出来。

且说贾母自黛玉生日那天接了北静王府的贺礼，便觉心中踌躇，偏宝玉又说："别的不知，那只碧玉荷叶缸我原在北静王府里见过的，是王爷的爱物，据王爷说，是用整块的玉石剜成，满天下也找不出第二只重样的来。用来养鱼，冬暖夏凉，最难得的。难为他竟舍得连缸带鱼送了来。"贾母听了，愈觉严重，独自忖度了两日，这日找了王夫人同凤姐两个来，先问凤姐："那缸子鱼怎么样了？"凤姐笑道："还说呢。自那些礼送来，林妹妹看也不看，就说无亲无故，如何白受人家的礼，一样不收。我只得记了账，先收在库房里。衣料都还罢了，最劳神的就是这缸子鱼，正要讨老太太的示下，却养在哪屋里合适？”

贾母低头想了一会儿，叹道：“我就说颦丫头是个多心的——既然这样，就给别人吧。二丫头出门了，宝丫头如今也不大住，你大嫂子是个粗心的，三丫头又是个过于劳心的，四丫头是个无心的，不如就把那缸鱼养在怡红院里，给宝玉玩儿也罢了。只怕这些人里头，独他还知道些小心，况且他的丫头又多，就使一个来专管养鱼，也不难。”王夫人忙道：“我正说开了春要将宝玉从园里挪出来，为这些日子他略有些冷热，就耽搁住了。我已经把我隔壁的房子收拾出来，只等他好了就要搬的。那鱼还是养在别的院儿吧。”贾母诧异：“好好的为什么要让他搬出来？莫不是他在里面淘气，闯了什么祸不成？”王夫人赔笑道：“哪里有那么大胆子。不过是我看他一年年大了，里面又有几位姑娘有了婆家，再成日家一起住着，言语无拘，虽没什么事，叫别人看了毕竟不妥。况且他搬出来，他老子也好看着他用功，便于教导。”贾母益发不乐，半晌说道：“你们是他亲娘老子，难道为着我疼孙子，倒不许你们管儿子不成？只是宝玉打小儿跟姐妹们一处长大，忽然热不辣地搬出来，岂不怄出病来呢？且我看他虽然喜欢往姑娘丫头丛中混去，倒是知道守礼的，便是姑娘们虽肯同他玩儿，也并非一味由着他性子胡闹，就一时有礼数不到之处，也都还肯劝着些。若说有什么逾礼越分之事，我断然不信的。”王夫人忙道：“老太太说的是。并非为这个不放心，不过是怕他在园中一味贪玩，想叫他搬出来收收性子，好好读书罢了。”

贾母便不说话，又独自出了一会子神儿，忽然垂下泪来，叹道：“我一日不闭眼，这两个玉儿再叫我放心不下。”遂吞吞吐吐，另说起一件缘故来，向王夫人道：“你可记得前年因为宫里一位老太妃薨了，咱们每日随朝入祭，赁了人家的院子住着，刚好同北静王太妃、少妃在一处的事吗？”

王夫人道：“怎么不记得？她们住西院，咱们住东院，大家彼此做了邻居，来往好不亲热。我还只说北静少妃为人和气，从不拿腔作势，最没架子的。”贾母叹道：“她倒是和气，只是身子不争气，年前忽然得了一个怪病，总不能与男人同房，所以这少妃的身份，只是个虚名罢了。北静太妃悄悄同我说，要为王爷另选一位侧妃，定要出身好，模样上乘，还必得是位才女才肯下聘呢。”王夫人道：“那又是什么难事？宝玉常往北静王府里走动，今儿吃酒，明儿看戏，回来说，那府里姬妾众多，歌舞不歇，每天里客如云来，行的流水席，全京城的戏班子差不多的名优大官都在他家出入，西院里十几间房子，专为留宿戏子倡伶的，难道还不知足？”

贾母道：“据太妃的话，说是王爷自己的主意，他府里虽然美色众多，奈何都不如意。这次不是普通的纳妾，是要三媒六聘，按正室的礼节问名纳吉，进了府便封号赐第，同少妃比肩的，只分东西，不论正庶，所以必定要一位名门闺秀、世家千金才可为配。”王夫人犹不明白：“难道他们想同咱们做亲不成？”凤姐却已豁然明朗：“难怪去年老太太生日，各府里王妃命妇来坐席时，老太太叫了薛家两位妹子，林妹妹、云妹妹还有三妹妹一起出去见驾，原来便是为着相看。”贾母点头道：“你记得清楚。”凤姐笑道：“连日子我都还记得呢，是七月二十八不是？客人里有南安王太妃、北静王少妃、锦乡侯诰命、临昌伯诰命，都是些皇亲国戚，金枝玉叶，我敢不打起十二分精神来？只恨捞不着近前侍候，站在老祖宗身后，只看见个凤冠的翅尖儿罢了。”贾母笑道：“等着吧，琏儿这样能干，还怕不能挣一顶凤冠给你戴？”

凤姐笑道：“凤冠不敢想，有顶鸡冠子戴着罢了。”又道，“照如今看来，莫非林妹妹就要戴凤冠了不成？”贾母叹道：“我只道五位姑娘中，北静少妃或会取中咱们三姑娘，我想着探丫头聪明能干，待人处事心里头最有算计的，若是能嫁北静王为妃，倒也不算委屈。虽然琴儿和云儿已经有了婆家，一则不叫她们出去，倒犯猜疑；索性装作不知，果然被北静王府取中了再说明情况也不迟，哪怕王爷一定要娶，就叫梅、卫两家退亲也不难。偏偏又不是。如今看来，是我打错了算盘。”王夫人这方听得明白，笑道：“原来北静王府里看中了林姑娘，咱们府里果然能出一位王妃，也是好事。老太太又何故叹息？”贾母瞅她一眼，便不说话。凤姐却已猜到缘故，不便说破，也只得默不作声。

恰好有丫头来报说新订的几百件床纱、帐幔、帘子、围子等已经送了来，都卸在议事厅里，请二奶奶发派。凤姐叹道："这些个东西，原是为着年下节里替换，谁知道地方不平，盗贼蜂起，押送货物的船队一路停停走走，竟然一直耽搁到这时候才送到。早知这样，不如在京里订造也就罢了，为的是贪图南边好针线料子，价格又公道，所以特意在那边订了送来，谁想反而误事。如今再换它们，倒没名堂的。"遂请贾母示下。

贾母想了想道："订这些个东西，原为的是积谷防饥，不至于用的时候不凑手，显得寒酸。依我说，既已错过时候，又不是年又不是节，索性省一省，也不必家家全部重新换过，不过是看看谁的旧了或是有破损的换了，下剩的且收着，等用的时候再换。你叫人各屋里问一声，缺什么到你那里去领就是了。再有，那北静王府的事也没放定，不过是来了几个女人，白送些贺礼罢了。咱们倒不必慌张，你也不必同人说起。至于那缸子鱼，就养在你院儿里吧，好生看着，千万别有个闪失。"

凤姐只得答应了，出来，命平儿看着人将那缸鱼好生抬着送去自己院中。且抽身进园往议事厅来。方进园子，只见一个小丫头攀着柳条站在假山石子旁发呆，远远看见她们一行人来，转身便走。凤姐并不认识，只见她不懂礼，便大怒喝命："站住。"命小红拉那丫头过来问话。

那丫头哪敢过来，拉拉扯扯，顿手顿脚，到底过来了，双手捂了脸死不抬头。凤姐更怒，命左右道："拉下她的手来。问她叫什么，做什么，哪房里的，何以见到主子不说立住问好，倒一味鬼跑？难道没人教过她规矩？"红玉便走过去，依声问她，又掰开她的手，叫她抬起头来。那丫头不得已露出脸来，肤色微黑，眉细鼻挺，滴溜溜一双清水眼，倒也中看。红玉认出来，笑向凤姐道："她是赵姨奶奶屋里的小鹊。"又转脸问她："见了二奶奶，不说立规矩，倒越叫越走，是什么道理？"

小鹊定了定神，知道躲不过，只得一五一十地禀道："因为我们三爷听说来了一缸鱼，想要看看，又不知道送去了哪里，不好进园子乱闯，便命我进来打听着。我刚才问了几个人，都说不知道，所以在这里犯难。"

凤姐笑道："我说是谁这么鬼鬼祟祟地没眼色，原来是赵姨娘使唤的人，这才是有其主必有其仆呢。可惜了，聪明模样笨肚肠，长得倒还不赖。"一边说着，拔脚便走。

小鹊因并不曾命她去，只得跟着，偷觑凤姐颜色，似乎并不真心恼怒，又听夸她长得好，略略放心，越发实话实说道："我们三爷原要进园来，只怕遇见二奶奶，倘若看见二奶奶在园里，他便不进来了。我们奶奶又叮嘱我，不要让二奶奶知道。刚才看见二奶奶进来，我想着如果二奶奶问起，我又不能不说，又不敢欺瞒二奶奶，所以就想宁可躲开的好。"凤姐边走边道："怕我做什么？难道我长着三个脑袋六张嘴，会吃人不成？你倒还老实有眼力见儿。既然这样，去吧，同你那没胆气不长进的主子爷说，那缸子鱼现在我屋里呢，他若是想看鱼，只怕还得看见我；若怕看见我，最好夹着脑袋圈在屋里，一辈子别出来。"小鹊这方去了。见了赵姨娘与贾环，并不敢将凤姐原话告知，只说已经打听清楚，那缸鱼抬往凤姐院中了。

贾环听了，只得息心，却到底不平，因向他娘叽叽咕咕地道："我和宝哥哥一样是兄弟，凭什么他就可以在园中住着，我便要跟着你住在外头，连从从容容逛一回也不行。起初分园子分房，你就该跟老爷、太太提着，也给我分上一间半屋，横竖园子里空房多着呢，那些外四路的邢姑娘、史姑娘还一人一间，怎么就不兴我也分一处住着？连兰儿还有个稻香村呢。"

赵姨娘又羞又愤，骂道："你只管排揎我，怎么又是我的不是了？宝玉进园子，是娘娘亲下的旨，难道谁敢忤逆娘娘，拦着不许进不成？就是兰小子，也不是特地给他分的屋子，是跟着他的寡妇娘住着。我再不济，也管你吃管你穿，哪日不小心服侍着你三餐一宿？人家说母凭子贵，我究竟得过你什么抬头竖脸的好处？还指望你抬举我呢，你倒怨我不给你使力。你不服，自己同你老子提去，又不见你在你老子面前也有这些话讲。每见了你老子，缩首缩尾的，一点儿刚性没有，言辞上又不灵通，脑筋又慢，就只会挤对我，也学那个蹬上高枝儿就眼里没娘的死丫头，一心踩过我的头去。我白养你们两个了。”说着，便哭起来。

原来自他姐妹们住进大观园后，何止贾环，便是贾珍、贾琏、贾蓉、贾蔷等也都难得进来。虽有时陪着贾母等家宴，又或是借请安进园来匆匆一行，不过是走马观花，毕竟不曾消消停停赏玩一回，十分的园子倒有七分光景不曾领略。其中蓉、蔷尤可，本来不是这府里的人，惟贾环因一心要与宝玉、贾兰攀比，心中更觉不平，且这半年里因贾赦抬举，邢夫人待他亦不同往时，便又搭上了邢大舅，时时同往宁府里聚宴，常与贾蓉、贾芹一干人往来。那边何人不有，何事不为，何话不说，便又听了许多闲言碎语，引逗得比往日更坏十倍，也更恨宝玉、凤姐等人，此时复被赵姨娘一激，便要性子发作道：“我但凡说一句，你就有这些话讲。什么时候我放一把火把园子烧了，谁都住不成，那时才见我环三爷的手段呢。你只会说我没胆子在我老子面前硬气，你难道有胆子在三姐姐面前说这些话？我到底也是个爷，你就这样三天骂两天嚼的，那些人凭什么欺负我，还不是因为我不是太太生的？你不说自愧，倒怨我。”

赵姨娘被说中弊病，不禁紫涨了脸，咬牙骂道：“谁欺负你，你就该跟谁理论去。原来你也会说是个爷，你就该拿出爷的身份来。只会说这些疯话。你但凡能像兰哥儿似的，摆出个老成孝敬的样儿来，哄得你老子喜欢，我的日子也好过些，也得脸些。弄得现在人人都说，做叔叔的倒不如侄儿懂事。你跟宝玉比不得就算了，他上有老太太宠着，连老爷教训他两句都要落不是呢；你若能比得过兰哥儿，我也可省些心，挣些脸。你偏是每日里躲懒耍歪的，扶不上墙，又不知道装用功样子博你老子欢心，怎么怪你老子不待见你呢？”

贾环冷笑道：“我老子不待见我，也没见拿梁粗的棒子打我，不过偶尔教训几句，总没舍得弹我一指头。你还要我怎么争气？”赵姨娘听了这话，倒又欢喜起来，称愿发狠地道：“阿弥陀佛，上次怎么就没打死了他呢。都是老太太拦在里头。要是晚去一回半日，就便打死也罢了。饶是没怎么着，倒叫他越发得了意，佯病闹怪地懒了大半年，连给他老子晨昏定省也免了，巴不得死在园子里头，一辈子守着他的姐姐妹妹不出来，纵得丫头们无法无天，连个唱戏的粉头也敢跟我梆啊梆的。如今又怎么样？那个芳官还不是撵了出去？姑娘们大了总要嫁，就是丫头们大了还得放出来呢，到时候看他怎么死。”

说起芳官来，贾环倒想起一事，遂向他娘耳边说了。赵姨娘喜动于色，问：“可真吗？”贾环道：“怎么不真？管尼姑道士的是芹老四，那日水月庵打醮，他在那里摆酒请客，我也去了的，虽是素席，倒鲜美异常，且都做成大鸭子大鱼的样子，连味道也有七分相似，我就说亏他们怎么做得出来。单是一味豆腐，就有庆元豆腐、芙蓉豆腐、八宝豆腐、雪花豆腐羹、水晶豆腐皮多少花样，菜名也讲究，一道一个故事，什么八仙过海，猴子摘桃，又是什么麻姑上寿，嫦娥奔月，连那府里珍大哥哥请客，逢着初一、十五，也每每往庵里借厨子，又叫人来服侍。虽没见过芳官，然而佐酒的几个姑子都绫罗脂粉，义髻峨冠，打扮得花红柳绿的，比寻常的娼妓粉头还妖媚十分。那芳官原先就是个戏子，去了这种地方，难道还好得了吗？”

赵姨娘笑道：“阿弥陀佛，这才叫现世报呢。当初我骂她一句‘粉头’，还跟我顶嘴掉猴儿，寻死觅活地假撇清，到底应在今日。这还是宝玉屋里使过的人呢！不过是这么个下场。二十里地外苍蝇打架偏看见，眼皮子底下母牛拉屎倒不理论，只会说嘴。同太太说，还不信，打量谁认真同那起蹄子一般见识，冤枉了她们。如今怎样？可见本来就是这里头的货。”又问贾环，“你说的这芹老四可是三房里周氏的儿子？他母子俩常往府里走动，最会献殷勤的，我只知道他们巴结这府里得势的，在那府里并不入珍大爷的眼，何时这样好了？”

贾环仰着脖子，打鼻子里哼了一声道：“你说的那都是从前的旧账了，他那时只管和尚道士，就有油水也奉承不到珍大哥面前，且珍大哥为着他嗜赌好色，所以并不待见他；及后来他管了铁槛寺、水月庵两处，和庵里净虚师太两个撺掇着把些姑子装扮了出来侍酒，做素席待客，就投了珍大哥的缘了。所以他们现在甚是要好。”赵姨娘便得意起来，咂舌舔嘴地道：“如今好了，虽然老太太一味护着宝玉，大老爷倒肯器重你，再有那府里珍大爷照护，这府里的家当将来少不得要落在你手里。就是的，你每晚天一擦黑就往那府里跑，究竟做些什么？”贾环笑道：“有什么可做？不过是打着练武的幌子耍钱罢了。双陆也有，象棋也有，叶子戏也有，赶羊、抢红、抹骨牌，喜欢什么是什么，一晚上输赢好几百上下呢。”

赵姨娘慌地道：“可别让人哄了你的钱去。”贾环道：“我哪里有钱？都是珍大哥哥给的赌本。其实我也不大玩儿，不过跟着白瞧瞧，听戏吃酒罢了。那些人才是会吃会玩儿呢，荤的素的、雅的俗的，总能弄出两样来，就拿这尼姑侍酒来说吧，别说见，从前就是连想也没想过。他们还有个道理呢，说是隋唐以前并无女尼道姑，都是变相的妓院，诨名的娼馆，比如鱼玄机、李秀兰、陈妙常，都是个中翘楚，相与的都是些名士风流、达官贵人，那杨玉环还做了贵妃呢，连皇上都心爱，武媚娘若不是在庙里走一遭，就能修成正果牝鸡司辰了？所以他们自谓尚古，以唐明皇、温飞卿自居，最喜与姑子厮混，都教带着妙常髻，穿着水田衫，打扮成唐人的模样，侍酒取乐。”赵姨娘听得瞠目结舌道：“怪道前儿你老子说你写诗作赋不如兰小子，年纪既比他大两岁，自然力气也该大着许多，怎么竟连膂力准头也不如，连个弓也拉不满。我还想着分明你天天往那府里跑，不为练功为什么，如何只没长进，原来却是这个缘故。难道宝玉和兰小子也一处里玩儿吗？”又说，“栊翠庵里的妙玉最坏，不过是我们家拿银子买来的姑子罢了，倒惯得她比主子还大，平日在园里，看见宝玉就眉开眼笑，看见我们娘儿俩，正眼也不瞧，巴不得她哪日也被弄了去做伴酒的粉头才称我的愿呢。”

贾环起先只顾说得高兴，及见他娘这般，倒又怕起来，因叮嘱道：“你可千万别在太太面前漏一丝风儿，说了出来，珍大哥他们固有不是，连我也不好呢。”一句话提醒了赵姨娘，忙道：“可是呢。你从此再别去那种地方了，这要是老太太听见，是要命的。”当下倒像得了件宝贝似的，只恨不得立刻拿给人瞧，口里只说千万别叫人知道，却哪里忍得住，待要敲锣打鼓地满院里张扬去，又不知该同谁饶舌，且也不敢。因此摩手搓掌的，转磨样在屋里踏了四五个圈子，忽想起贾兰有时也往东府去射鹄，倒不知有无参赌。遂胡乱指了个由头往稻香村来串门子。

进了院子，远远看见贾兰带着两三个小丫头在篱笆外山坡土井边摇辘轳作耍，正欲过去说话，探些消息，已有小丫头看见她来，忙扬起声音通报了。赵姨娘只得进屋来，只见那李宫裁梳着个牡丹头，用一对寿字扁方簪绾着鸭青帕子，穿着家常鸭青织云水纹花纱宽袖肥身长夹袍，蓝绸衬里，白缎镶领，缀着两颗银纽扣，正同李婶娘、李绮围着三足几坐在炕上，娘儿仨长篇大论地唠家常，见她来了，都起身问好。李纨便叫小丫头倒茶，又拿出李婶娘带的杏酪酥来请她尝。

赵姨娘因不便开口即说家中是非，只得搭讪着问怎么不见李大姑娘，李婶娘因答以李纹已经订了人家，下个月就要过门，因此不便出来等语。赵姨娘吃了一口酥，只觉松软甜糯，入口即化，却又不似通常莲蓉、枣泥酥那般甜腻，不由喜地赞道："这是什么馅儿做的，连往日老太太赏下的都不及这个软和。"李纨笑道："这也不算什么，就是把杏仁捶磨出浆，滤去渣滓，再拌上米粉，加糖熬了，再裹以粉衣就是了。你说这个软和，其实老太太上次给的苏州软香糕、西施虎丘糕才真是甜软呢。"赵姨娘便作眉作脸地叹道："大奶奶难道是不知道的，真正好东西，哪里到得了我们屋呢？别说吃了，看也没福看一眼。能给我们的，自然都是硬的馊的没人要的，吃一口糕，倒硌去两颗门牙。比如上回元宵节里分汤圆，各门里都是核桃、松仁、葡萄，又是什么桂花、枣泥、白果馅儿，到了我们那里，就只有猪油白糖馅儿，就连面粉也不是上等的，又黄又陈，猪油都渗在外头，糖味儿又齁，不是糖，倒是盐酱……"

李纨不等她说完，忙道："姨娘既说这糕的滋味好，不如多带些回去给环哥儿吃吧。"赵姨娘道："如此生受了。"果然要只盒子来，便拿起盘子来欲倒。李纨忙阻止道："叫丫头另拿一盒子没开封的吧。"因命素云拿了来放在赵姨娘身旁，又将山药圆子、乳糖槌拍、栗子粉糍团等各色花样点心各捡几样，整攒了一盒子，也都教带给贾环。赵姨娘收了，又针扎屁股似的坐了半晌，到底不便当着亲戚的面说长道短，只得又吃几块酥，喝了两盏茶，辞了别去。不提。

且说宝玉自北静王府听戏回来，因惦记着香菱之病，便不忙回园子，且往薛姨妈处来。先在姨妈跟前请了安，恰好夏金桂的母亲夏老太太来了，正在上房里同薛姨妈坐着闲话，只得一并揖见了。那夏老太太见宝玉生得秋水为神，春山作骨，直看作琼苑神仙一般，喜得眉开眼笑，拍手赞道："家常只听见说京城荣国府上有位生来含玉的公子，长得如宝似玉，今儿才算见了真佛了，这可把蟠儿比下去了。"薛姨妈笑道："蟠儿哪里好同他比？若是一般的年轻公子，蟠儿也还算模样齐整，要是同他在一处，便是粗木桩子伴着嫩柳树了。"说得一地的丫鬟婆子俱笑起来。

夏老太太便连声命丫鬟打开箱笼，选了几件珍珠镶嵌的玩物出来充作见面礼，又拉着宝玉的手问长问短。宝玉虽不耐烦，也只得道谢收了，一一答应着说了好半日的闲话，方抽身往宝钗房里来看香菱。恰恰宝钗往王夫人处请安未回，香菱独自躺在外间床上，见宝玉来了，挣扎要起。宝玉忙道："姐姐且躺着。我为姐姐欠安特来问候，若再惊动姐姐起坐劳神，倒来的不是了。"香菱便不坚持，只拿一个拐枕来在身后倚着，侧起半身来同宝玉说话。

因说起夏老夫人来，宝玉道："若说为娘的慈眉善目也是好和气的人，如何生的女儿这样跋扈无礼？"香菱叹道："若是世上的事情都有一定的道理，那也没这许多冤案出来了。好比她这个情性，在家里还不是当作凤凰一般捧着宠着，要不是也不至于看得别人都像草灰瓦块了；一样都是爹生娘养的，偏我不知道家乡何处，父母何人，要不也不至于落得这般田地。昨儿晚上我想着当年从南边来的情形，无故做了一梦，梦见自己坐在船上，手执一花，枝上花瓣片片随风着水，想是我命止于此矣。"宝玉连忙设辞安慰。

一时小丫头臻儿送上饭来，香菱因宝玉在旁，只说等下再吃。宝玉连忙又劝，且道："这样一味客气，倒不是你素日为人了，岂不教我不安？"臻儿便放下弧腿蓬牙炕几来，又递上颈围、汗巾等物。因香菱病着，不敢多吃，只得两碟清淡小菜，并一钵子胭脂米粥，上面略漂着几片百合提味。宝玉见那米汤晶莹晕红如女儿羞色，不由愣愣地看着出神。又见香菱随意挽着个桃心髻，插着根方胜梅花簪，穿着家常半旧的槐绿妆花红绸镶腰夹纱袄，腰间及袖口各绣着一圈缠枝花卉，颈下系着白绸子荷花巾，并不吃菜，只将粥碗搁在唇边，一勺一勺舀着喝，倒像春妆女儿临水照影一般，心想偏是这样聪明苦命的一个人，又偏是这么稀罕难得的一碗粥水，倒像是花瓣落在春水里，又像是薛涛漂纸的桃花井，她又跟薛涛一般薄命，且有诗才。想着，不由呆呆地出神，竟是潸然欲泣。

那香菱胃薄气虚，勉力吃了几口，便说饱了，将碗搁下，命臻儿收了去。又向宝玉道："你来了这许久，只怕袭人她们早该急了，这会儿不定怎么找你呢。"宝玉点点头站起来，转身欲去。香菱却又叫住，说："今儿一见，就算别过了。二爷不必再来，关爱之意，我心领就是了。林姑娘面前，还请二爷替我说一声，谢谢她前日送来的那些吃食，谢谢她送的书，还有那些花砚花笺，香菱一并在枕上磕头了。蒙她青目，不以贱婢蠢物视之，肯教我那些学问，能与她师徒一场，我总算不白活。"

宝玉听着，那眼泪便如檐上的雨水一般，直流下来。又恐人见了不雅，连忙拭去，别了出来。回至房中，更衣净面，一会儿说茶味不好叫换，一会儿又命小丫头来添香，只觉百般不适意，怔怔地出神。袭人见了，不免又叹道："你这些日子究竟是怎么了，前儿为了什么副姑娘正姑娘的唉声叹气，今儿好好儿地去北静王府里听戏回来，原该高高兴兴的，却还是这样长吁短叹的，究竟还有什么不足，又不肯说出来，有事没事只管打闷葫芦，怄得人心里发堵，可不要怄死人？"宝玉见她这样，不免劝道："我好端端的，不过是听了一天的戏，有些烦吵，所以在这里出会儿神罢了，你何必多想？我且去看看林妹妹，散散心就好的。"说罢果然起身出门。

袭人反觉愣住，回身坐在一只刚摆出来的豆青瓷凉墩上，益发烦恼。想着往日自己略露些烦愁不豫之意，宝玉必会百般安慰，如今却每每不耐烦，说不到三句便拔腿走开，长此下去，往日的情分何在？今日尚且如此，他年娶妻生子，心中眼里哪还会再有自己？因又念及前日香菱劝她莫为人妾的那些话来，从这做妾的上头，不免又想起从前尤二姐的死来，想以尤二之花容月貌、香菱之冰雪聪明，下场尚不过如此，况且自己容貌不及尤二，文采更逊香菱，将来还不知怎样。越想越觉灰心，不禁静悄悄滴下泪来。

且说黛玉自生日感了些风寒，早起便觉头沉身软，心中不耐烦，因此只说要睡，不叫丫头们在跟前侍候。紫鹃正要预备三月初一王夫人的生日礼，打两三个月头里就留心收了晒干的茶叶以便絮在夹纱套子里缝枕头，乐得出来做活儿。因见雪雁两手不停，裁粉纸折莲花，问她："你不帮忙绣枕套，怎么做起纸花来？"雪雁道："我看姑娘前儿祭奠老爷、太太，说是什么'母难之日'，哭得那样伤心，想着不如照咱们苏州规矩，做几只荷花灯，点亮了漂在水里，说是阴间的人看见，照着亮儿就见到亲人了。我们老爷、太太去了这么久，姑娘天天哭天抹泪的，我也安慰不了别的，帮着做几个荷花灯，顺水漂一漂，也是个念想，果然老爷、太太的阴灵收到，也可以保佑咱们姑娘，早日找个好人家。"紫鹃啐道："你作死呢。这也是玩儿的？大观园里放灯，上头知道了，还了得？没的招姑娘伤心。"雪雁嘟了嘴不服气，心道姑娘总之是天天伤心的，哪里用我来招。然而紫鹃说园子里不能漂灯倒也点醒了她，前回藕官烧纸惹了多大的祸，后来被撵出去，焉知不与这个有关呢。嘴里却仍强辩道："就算有人看见了，我只说是折着玩儿的，她们未必就知道了。"紫鹃骂道："人家都说心灵手巧，你白长了一双巧手，怎么就是个死心眼子？你光知道姑娘是从苏州来，难道不知道老太太、太太的老家也都在金陵？这园子里十成人，八成倒是从南边来的，怎么会连个荷花灯也不认识。何况那些大娘嫂子们，哪个不是后脑门儿上长眼睛，就那么好哄？正经老实地坐在家里还怕她们鸡蛋里挑出骨头来呢，你倒往网里撞去。"

她两个在外拌嘴，只道姑娘睡着了。岂不料黛玉心里正不自在，并未睡着，不过是懒怠睁眼罢了。听见雪雁说漂灯，又说起自己的爹娘，那眼泪早流下来湿了半边枕巾，想着父母若在世，何至于像如今这般苦楚漂泊？及听见紫鹃教训雪雁，益发感慨，想我林黛玉幼失怙恃，寄人篱下，连孝敬父母寄托哀思都要偷偷摸摸没个可筹措处，真真儿地连丫头也不如。她们总还有个假期，三不五时接回家去见老子娘时，什么话不可说，什么事不可做，强似自己在这里坐牢似的，除非远嫁，竟再没可出去之时。想到远嫁，更是刺心剜肝一般，喉咙里哽起，大咳起来。

紫鹃、雪雁两个并没料到姑娘醒了，忽听里面咳得天惊地动，急步抢进来，看见黛玉浑身抖搂着喘成一团，脸色煞白，咳得上气不接下气，都吓得连声叫唤，递茶递帕子，瞅空儿交换一个眼色，都猜到她八成是听见了对话，都觉后悔不已。一个想好好地做什么荷花灯，真叫紫鹃姐姐说着了，没的招姑娘伤心；一个想做什么要教训雪雁，姑娘听见自己不替她着想，岂不寒心？

两个人想着，一边照顾姑娘，一边自己的泪也下来了，竟腾不出手来擦一把脸。那黛玉从床上探出半个身子，越咳越紧，身子软软地往下沉，两个人险些扶持不住，恰时宝玉进来，看见黛玉咳成这样，紫鹃、雪雁两个亦是泪流满面，一惊非同小可，飞白了脸直奔过来，顾不得忌讳，一把抱住黛玉叫道："好妹妹，你这是怎的了？"

紫鹃、雪雁两个扶着黛玉，正觉吃紧，难得有宝玉将她抱住，一时也不及多想，各自抽开手来，一个去倒水，一个便拧了手巾来给黛玉拭面，又抽空将自己脸上胡乱揩了一把。黛玉软软地倚在宝玉怀里，却是渐渐喘得匀了，用力将宝玉推开，羞道："你怎的……"一语未了，眼泪流下来，只瞅着宝玉不说话。宝玉坐在床边椅子上，也是呆呆地瞅着黛玉，一颗心刀绞一样，恨不得代她受罪。半晌，轻轻说："好妹妹，你这样不爱惜身子，叫我怎么好呢？"

黛玉看着他，千言万语只是说不出口，满心里想要他一句贴心的话，岂知宝玉当真热辣辣说出来，她却是禁受不住，急红了脸道："你这说的什么话？"宝玉也自知情急造次，欲要赔礼，也是满心的话说不出来，因低了头，欲说不说，拿脚轻轻踢着那盆，便也慢慢地滴下泪来。黛玉看他这样，不禁柔肠百转，叹道："我听说李婶娘带着纹妹妹来了，你不去稻香村问候一声？"宝玉道："我哪里还顾得……"忙又咽住，转道，"你若起得来，我陪你过去走走，也使得。"

紫鹃倒了水回来，听见这话，笑道："二爷倒会说话，看姑娘这样，紧着休息了这半日还觉不好呢，哪里还有力气串门子去？"宝玉道："这倒不然，就是为着妹妹已经躺了半日，若能起得来，还该走动几步，散散心才好。何况只是风寒，虽然体虚咳嗽，多穿些衣裳倒还不妨。若只管躺着，小病倒睡出大病来了。"紫鹃听了有理，便也极力撺掇黛玉起身："姑娘也躺了大半日了，晚上只怕又睡不安生，倒不如出去散一散，或者还睡得安稳些。"

黛玉推辞不过，坐起来喝了两口茶，觉得精神略清爽些，于是对镜理发匀面。宝玉早开了妆匣，亲自选了只飘花簪子便要替她插头。黛玉早又红了脸劈手夺过，嗔道："谁要你动手动脚的？"自己对着镜子插了。宝玉在镜中看到她桃腮泛赤，杏眼含嗔，凝睇流盼，早不胜情，就势坐下来，痴痴地望着镜子，且与黛玉在镜中对视。那黛玉忙背转身来，不教他看。宝玉怪不好意思的，便要找些话来打岔，因看到窗帘高高挑起，窗沿上晒着些干茶叶、茉莉花瓣，便问："这是用过的茶叶，晒它做什么？"

紫鹃恰好拿着件青织金飞鱼过肩夹纱罗袍进来，闻言代答道："那是替太太收的，絮在棉纱套子里做枕头，治头疼最有效的。自从上次太太嚷嚷睡不着，姑娘听见了，就留心做起来，已经存了有两三个月了。"宝玉道："早知道，该告诉我也收起来，两个人一起攒，岂不又多又快？多出来的，好帮老爷也做一个。"黛玉嗔着紫鹃道："一个枕头还没做好，就嚷得满世界知道。让人听见，还以为我们是专做枕头的呢。"紫鹃一笑，并不辩解，宝玉反不过意，笑道："妹妹何必多心？四妹妹每年都自己做几盒子茉莉香送人，谁难道笑话她开香料铺子的不成？我往年替这些姐妹祝寿，也是把兰花、栀子晒干了兑在石蜡里，这些年下来，也不知做了几十盒蜡烛送人。"黛玉沉下脸道："我拿什么比你们，我原不是你家的人。你们公子、小姐偶尔兴致来了，做一盒半盒香烛，原是雅趣；我做茶枕，就成了针线上的粗人了。”宝玉叹道：“这也要恼。我知道你的意思是说我从来不曾送过你，只是这些本是小时候的玩意儿，送旁人使得，若给你也是跟她们一样的礼，倒是怠慢妹妹了，所以年年总不肯这样敷衍，你又想到哪里去了。”黛玉无话可对，转身向紫鹃道：“这会子腻歪歪的，怎么又找出这件夹袍子来？怪笨重的。”宝玉忙劝道：“如今春寒料峭，穿脱衣裳正该加些小心，最是马虎不得，若嫌笨重，我替你提着后摆倒使得。”黛玉啐了一声，扭身出门，宝玉忙跟出来。

两人方走至滴翠亭，远远地隔岸看见赵姨娘打稻香村出来，林黛玉忙将宝玉袖子轻轻一拉。宝玉会意，便与黛玉走至亭畔梨花树下暂避，看了一会儿鸥鹭争渡，群鱼呷花，又说了一会儿诗词文章，古今名画，因问：“前些日子大夫新换的药方，妹妹吃了觉得怎样？”黛玉道：“不过是那样，又问它做什么？”宝玉道：“我恍惚听见谁说配药房这些日子不只替府里配药，竟也配了丸药往外卖呢，也不知是真是假，若他们只是存心倒腾几两银子贴补也还不算什么，就只怕他们给妹妹配药不经心。”说着，叹道：“昔日裴航于蓝桥驿遇云英，遍索玉杵臼以献之，舂药百日，遂得灵丹，服之成仙。我若能得此玉杵，便为妹妹捣药千日又何辞。”黛玉颊飞红云，啐了一口，估量赵姨娘去得远了，道：“已经这早晚了，我们去吧。”两人复往稻香村来。

李纨正与李婶娘收拾包裹，堂屋大炕上堆了许多字画簪环，见了他二人，忙请入里间坐下，又叫李绮陪着，笑道：“多谢你两个想着，我这里正帮纹儿检点几件首饰，你们且说会儿话，我这就过来。”又嗔着小丫头不好好在门外守着，就只顾玩儿，又命素云倒茶。宝玉道：“我们又不是客，特地来看看绮妹妹，大嫂子只管忙自己的吧，且不必理会我们。”

乱了一会儿，李纨仍与李婶娘出外收拾。李绮久不入园来，见着宝、黛两个，分外亲热，因让茶献酥，拉着黛玉上炕说话。宝玉因见案上青瓷瓶里供着一枝桃花，乍开半吐，打着许多花苞，遂问李绮：“我记得这里从前是一只成化斗彩蝴蝶缠枝纹的细颈瓶子，好不精致细润，如今怎么换了这个土头土脑的东西？”李绮脸上一红，顿了顿道：“谁知道呢？总是凭各人喜欢罢了。”宝玉也并不在意，便又说起黛玉生日众人起社事，可惜李绮不曾在场，又说下月初三乃是探春生日，留李绮好歹住到生日完了再走，诸多闲话，不必赘述。正是：

嫦娥未雨先张伞，素女临风不胜衣。

第四回

传懿旨临风赏假画
证前缘对镜吐真言

且说惜春因天寒笔滞为由，歇了足有一冬，次年偏又遇着抄检大观园、迎春出嫁一连串事，消消停停，倏然又是一年，难得贾母也不提起，因此直到如今春暖花开，才又重新用起功来。如今画已得了九成，亭台楼榭俱已全备，人物裙带逐日分明，只待再--润色便要脱稿的。因此众人每日里得闲便往暖香坞来看画，笑着说这一处最妙，那个人像谁，这里须添上一笔花鸟，那里该遮着些柳荫，有说芍药栏的花最艳的，有说沁芳泉的水太绿的，各执己见，议论不休。惜春因道："难得今天人来得全，正有一件笑话要同大家说。那日林姐姐生日，大姐姐特别厚爱，单赏了我一幅山水。我昨日才得空儿挂起来，细细把玩，却是幅赝品。"

众人大奇，都道："这不能。宫里宝物众多，何况又是娘娘特地赏赐，怎么会是赝品？"因都聚到画前细看，只见笔墨停匀，线条飘逸，且以精绢折边，上等的四连纸覆背，金襻银带，牙轴玉签，触目生辉，十分光洁可爱，都说："这的确是沈周真迹，如何说是赝品？且别说这画本身了，便这绫裱牙轴的装潢功夫都是一流的。"惜春冷笑道："笔墨固然是沈周的。只可惜不是完璧，是一幅揭过的。"

一语提醒了宝玉，笑道："我从前倒也听说过'揭画'的行当，说是用比绣花针还细的针尖挑开丝薄的一层，重新用同色的绢纸托墨覆背，便可再造一幅一模一样的画出来，只没真正见过——只怕见了也不认识。不知四妹妹从哪里看出来的？"惜春遂指点说道："正是功夫都用在装潢上了。你们细看这纸的毛边儿，这印章，都轻薄虚浮，底气不足，所以才要费尽了力气去矫饰，装点得金碧辉煌的，炫人眼目，不过这覆背裱纸倒是原先的，因此我知道他是揭了表皮，再重新薰过出色的。"宝钗笑道："这就是人们常说的'虚有其表'了。"

惜春道："娘娘特意指定这幅画给我，却又赏一幅揭过的画，倒像是'画里有话'，有些意思呢。只是宫里怎么会有赝品呢？"宝玉笑道："四妹妹这句'画里有话'才真是有些意思呢，只是太多心了。怎见的宫中就没有赝品？那些想当官想疯了的，什么东西淘了来都当宝贝似的往宫里献，他心里巴望着是件好东西，便当真以为是好东西，怎么分辨得出来？不见得宫中个个是行家，一时看走了眼也是有的。不然也没有那句古董行里的老话：'放了一辈子鹰，却被鹰打了眼。'可见这种事原本寻常。"惜春道："虽是如此说，可娘娘怎么单单挑了这幅揭画给我，又为什么单单是给我呢？倒好像存心要我知道是幅假画似的。"李纨笑道："那又有什么好奇怪的，自然是因为娘娘知道你雅善丹青，才会投其所好罢了。我们都不懂画，不给你，难道给我吗？可是宝兄弟说的，你也太多心了。"

探春却上了心，慢慢地说道："四妹妹的话有些道理，娘娘有心要投其所好，送了四妹妹一幅画，按理说不该送幅假画来；虽说宫里也免不了有假，然而娘娘特地挑出来的画，总会用点儿心，怎么刚好那么巧挑一张揭过的，又特地指明送给四妹妹，倒好像存心要我们看穿似的。大家倒不妨想想'假画'的含义。"宝钗听得背上一凉，笑道："才说四妹妹多心，你倒越说越玄了。平时豪气得很，原来也这般'杯弓蛇影'。"探春瞅她一眼，若有所悟，笑笑不再说话。李纨看在眼里，也就暗暗上心，却并不理会，只笑道："从前林妹妹说这园子图，慢慢地画足要两年功夫，我们还只当笑话。如今算来，可真应了这话，足足的两年。”

说着，忽地一阵风来，吹得画轴簌簌乱抖，惜春抱肩道：“好冷。”因责怪丫头，“怎的不把帘子放下来？”彩屏道：“起先姑娘说屋里闷气，所以挑了起来。这就放下。”小霞忙过来帮着放了下来。又换上茶来。因宝钗、岫烟两个这一向不大往园中来，因此众人都先让她两个。岫烟便道：“可是的，几日没见林姑娘，她身子好些了没有？”宝玉道：“我本想约她一起过来看画的，她说刚吃过药，身上有些不快，要歪一下。这时候不来，大概是还不好。你要不要去看她，我们一道。”岫烟道：“也好。”宝钗便笑着回头道：“代我问好，说我明儿闲了去看她。”宝玉道：“既然这样，我们这就走吧。”说着，便站起身来。惜春也不留，只坐着慢慢地喝茶，仍看着那幅画发呆。

众人遂一起出来，在稻香村前分了手，岫烟便与宝玉往潇湘馆来。因抄近路从翠堤上走过，岫烟穿着高底鞋行不快，宝玉故意假装看风景，一会儿说“柳条越发绿了”，一会儿说“桃花就快开了”，又指着水里说：“这些鸭子倒性急，才二月里，已经下河了。”脚下延捱，一路慢行，反要岫烟等他。岫烟也知其意，不免心中感激。

宝玉因问道：“自二姐姐去后，连你也搬回家去，如今紫菱洲冷落异常，我前几日从那里经过，顺便弯到紫菱洲去张了一张，草长得比花还盛，仆妇们也都懒得打扫，几成废墟了。你原只说回家略住些日子，怎么也学宝姐姐，一去不回了呢？”

邢岫烟低头半晌方道：“紫菱洲本是二姐姐的屋子，如今主人去了，我做客人的怎好没眼色，只管住着，岂不反客为主，应了那句成语——‘鸠占鹊巢’了吗？”宝玉道：“二姐姐不在，你就是紫菱洲的正经主子，怎么算得上是客占主位？你不说我也猜着了，必是那些婆子的嘴脸难看，说了什么不中听的话。你是个聪明人，何必同她们一般见识，只做听不见就是了。若实在生气，板起脸来骂一顿，或者告诉凤姐姐，撵出去也使得。”

岫烟叹道：“二姐姐在时，那些人已是挑三说四，连二姐姐也没奈何；如今我又不是正经主子，她们自然更有的说了。琏二嫂子每日忙得很，又怎好为这些小事去聒噪她？何况毕竟又不是个什么事。”宝玉看她垂首蹙眉，娇声软语，若有黛玉之态，头上梳着堕马髻，斜插着一只蝶恋花镂空金镶玉步摇钗，花做西番莲形状，两边蝶翅分飞，下以银丝编成坠饰，形似弱柳扶风，行则花枝低摇，身上穿着丁香色暗花夹纱袄，葱绿妆花镶边压金线比甲，叠幅细褶月华裙，垂着豆绿镶金线的绣花绦子，不觉素淡，但觉清雅，更兼态度温柔，楚楚可怜，早已情不自禁，大声道：“再不然，我替你教训她们去。”岫烟忙阻道：“那更没有这个理了。何苦惹人闲话，反说我轻狂。论理我本不该同你说这些，你也千万别同第三个人说起。”因见宝玉一直盯着那支钗看，遂道，“你可是觉得这簪子眼熟？原是二姐姐出门子前送给我做念想的。”

宝玉笑道：“这就难怪了。”正要再说，忽听半空里叫道：“宝二爷来了，紫鹃倒茶。”宝玉吓得猛一抬头，却是潇湘馆已在眼前，那鹦鹉的笼子不知为何悬在门首，却还在连声呼唤紫鹃打帘子呢。不禁笑道：“这鸟儿竟然识人。”岫烟也笑道：“自然是因为你来得频，所以连鹦哥也认得了。”

紫鹃正在院里扳着指头数那刚破土的新笋，几个婆子丫头帮着给竹叶淋水，听见声音回头，都笑起来：“只当鸟儿扯谎，原来真是二爷来了。”宝玉听见这话，忽又发了呆病，心想紫鹃既然这样说，想必是那鹦哥一天几次常呼“二爷来了”，倒不知它每次唤起时，林妹妹心中作何想头，待发觉鸟儿扯谎，心中想必失望，自己若一日不来，鹦哥却几次唤起，妹妹岂不平添愁烦？自己从此倒应来得更勤些才是，不然岂不叫鹦哥枉呼、妹妹错等？又想到母亲近日忙着命人挂帐搬箱地布置房子，只怕出月就要自己搬出去的，那时再像如今这样一日几次地往潇湘馆来只怕不能了，况且进园子要叫门，走晚了要等门，来得频了则又唯恐惹人闲话，却如何是好。因此站在门前，听着紫鹃同岫烟说话，却既不知应声，亦不知进门，竟望着鹦鹉笼发起呆来。

不提宝玉这些胡思乱想，只说宝钗和探春两个离了暖香坞，在稻香村前同众人分了手，便一前一后，脚跟脚地走到花篱下，看看左右无人，探春方悄悄地笑道："刚才宝姐姐提醒的极是，我太多嘴了。"宝钗道："刚才满满一屋子人，听见了白担心，有什么好处？况且还有些丫头在跟前，或是一半个多嘴多舌地当件了不得的大事，添油加醋传了出去，更是麻烦。"探春点头道："姐姐说的是。只是姐姐想我这话有道理没？"宝钗道："大有道理。我正要同妹妹说，这番话，倒是在老爷那里提点着才是。妹妹方才说'假画'，倒让我想起一个人来。"探春道："我只想着'假画'或许是'假话'的意思，因此想着娘娘画里有话。难道又关着什么人吗？"宝钗道："那个从前经常往府里走动、来了又次次要找宝玉说话的贾雨村，大名不就是贾化吗？最是个多事之人。"

探春恍然大悟，府里往来男宾，向不报与女眷知道，因此她一时想不起，宝钗竟知道得如此清楚，自然是因为那贾化次次要见宝玉的缘故，不禁将她看了一眼。宝钗脸上一红道："我也是白替你们操心。你忘了，从前我哥哥为香菱在应天府打官司，还是他理的案呢，因此也算有旧；再者前次平儿往我们那里借棒伤药去，说是为了几把扇子差点儿伤了一个叫什么石呆子的人的性命，那经手的官儿，也是他。我因此记住了。"一语提醒了探春，"哎哟"一声叫道："这可是大祸了。他的官儿，还是舅舅一力保举的，这些年来一路高升，已经做到大司马，那可是个通天的官儿，协理军机朝政的。他若有事，必是大事，只怕连舅舅也有挂碍。依我说，该先同太太说了，再与老爷商量去，还得老爷同那边府里的爷们儿商量着拿个妥当主意才是。"

宝钗道："慌什么？这些事本不该我们女孩子家过问，所以依我的主意，该先找了凤丫头来，告诉她知道。况且那扇子的事，琏二哥深受其害，他最知道原委，且与那府里管事的商议，也得要他出面才是。"于是两人一同往秋爽斋来，又命个小丫鬟去请凤姐。

一时凤姐来到，探春请她坐了，便将这"假画"的事慢慢说明。凤姐听了，脸上红一阵白一阵，低头寻思半晌，且道："这事且不要声张，我且想个法儿，怎么能让老太太进宫一趟，看看见面时娘娘是个什么情形，再做道理。如今倒宁可假装无事，免得惊动四方，生出许多闲话来反不好。”宝钗、探春都道：“这说得极是。我们也是这个主意，所以才要请你来。”

正说着，忽然薛姨妈的丫头同喜慌慌张张地来找宝钗，拍手道：“原来姑娘在这里，叫我好找。奶奶请姑娘快回去，菱姑娘不好呢。”宝钗、探春听了，都吓了一大跳。宝钗起身便走，探春道：“我同你一起去，也送一送她。”侍书也要跟着。恰好平儿安置了鱼缸进来找凤姐，听见这话，不禁流下泪来，便也欲去一见。凤姐叹息道：“既然这样，你就去吧，也代我尽一尽心。我这里抽不开身，就不去送她了。”

一时众人相跟着出了园子，那香菱已经易箦停床，薛姨妈和薛蟠且在旁边守着哭。香菱昏聩一会儿，忽然睁开眼来，似要粥要水，薛蟠忙凑前问：“你要什么？”香菱定定将他看了两眼，问：“你是谁？”却是口齿清晰，倒像比之前清醒些似的。薛姨妈心中犯疑，明知她是回光返照，却也难受，因哭道：“好孩子，是我没能为你做主，误了你了。你如今有什么话，只管说吧。”又指着薛蟠的额恨道：“孽障，既不知珍惜，当初何苦弄了来，白白误人性命。”薛蟠到这时也悔将上来，只是哭，不说话，任由薛姨妈责骂。

香菱在枕上摇头道：“太太也别替我难过，这都是我前生的罪业，不得不如此。我如今债已满了，总算要回去了。只可怜我娘想我，哭得好不伤心。太太念在我多年小心服侍的份儿上，他日或是做生意经过，或是打发个人去一趟，往大如州我外祖父家里找着我母亲，同她老人家说一声，女儿不孝，不能见了，请她老人家别再惦记我吧。”又说外祖父的姓名住处。薛姨妈听了，又是不懂，又是心痛，只道她发昏的人说胡话，因哭道：“好孩子，你歇一歇，养养神吧。这些话，等好了再说吧。”香菱笑道：“哪里还有好的日子呢？我活在世上十八年，开心的日子统共没有几天，想起来竟是做梦一样。太太平日只要问我家乡何处，父母何人，我竟答不出，如今想来，一个人连根基都忘了，可不成了傻子？偏偏的如今好容易都想起来了，又要去了。”又向薛蟠道：“你已经赶了我出来的，我死后，牌位上不许写‘薛门某氏’字样，只写‘甄氏女英莲之位’，就是体谅我了。也不必破土下葬的费事，只将我化了，骨灰送回南边，若能找到我娘，就交与我娘；若是找不见，或者荒郊，或者河里，便随处撒了也是一样的。”薛蟠听了，更加痛哭。

说话间，宝钗、探春一行人已经来了，听见薛蟠在里头，不好就进来。于是宝钗独自进来，请出她哥哥去，探春等才进来了。只听香菱犹自剖心沥胆，自述身世道：“妾虽薄命，以此漂萍之身，复遭秋扇之捐，却并非涉淇桑濮之辈。我原姓甄名英莲，家住苏州阊门十里街仁清巷葫芦庙隔壁，父亲讳费，字士隐；母亲封氏，虽非大富大贵，亦是当地望族。只为我四岁那年元宵节被拐子拐走，多次转卖，流离失所，致忘记父母家乡，参商永隔，如今业满归身，却又幽明殊途，永无相见之日了。”

宝钗等听她叙述这些兰因絮果，分说得十分明白，不禁都相顾失色——若说是胡话，瞧情形又不像；若说实情，又断无这等道理。宝钗因丢下探春、平儿几个，出来找着薛蟠，问他：“早起我出门时还好好的，怎的忽然就这样了？”薛蟠道：“我竟也不知。今天在铺里跟张德辉的小儿子对了账出来，路上有个跛足道士拦着我，说有面镜子要我拿来给香菱瞧一下，保证就好了。我问他是谁，何以会知道我家小妾的名字。他说原与香菱的父亲有旧，故来相见，说完把镜子往我手里一塞就走了。我因好奇——从不曾听见香菱父母是谁，且也久不见她——所以便来家跟她看了一看。不想她看了镜子，忽然大哭起来，便发昏过去，再醒来时，就满口里胡话起来。”宝钗听了犯疑道：“那是个什么样的镜子？现在哪里？”薛蟠道：“为她刚才发昏，我拿了镜子要出去找那道士理论。饶是道士没找着，倒把个镜子不知丢到哪里去了。只记得背面镌了几个字，好像是什么‘风月宝鉴’，另有些小字，也没看真。”宝钗越发起疑，也无暇细问。

一时园里大半人都已得信儿，纷纷赶来道别，一拨去了一拨又来，宝钗只得打起精神招呼，又命薛蟠出去打点棺椁素幡香蜡诸物，免得到时着忙。忽见宝蟾走来，说奶奶请大爷过去说话，宝钗因说出去了，自己仍回身进来。隔不多时，便听夏金桂隔着墙在那边摔摔打打，指桑骂槐，先骂薛蟠不顾家，跟前头人勾勾搭搭不清不楚，又骂宝蟾不济事，连个话也传不明白，找个人都找不回。宝蟾便哭，说："她们姑娘说不在，我难道进屋子搜不成？"主仆两个一递一声，一唱一和，做出许多文章来，话里话外，只说有人给香菱撑腰子，挑唆着薛蟠不能回屋，拆散人家夫妻。骂到后来，索性连宝钗也咒在里头，说是"好有根基的大户人家，好有体统的千金小姐，不等出门子就学会调三窝四派兵遣将弄虚火了，难不成拆散了我们夫妻，自己是有好日子过的？横不能养在娘家一辈子，终究也要做人家媳妇的，到那时才知道我这守活寡的苦呢。"

薛姨妈又羞又气，知道众人都已听在耳中，无可推诿，只哭道："家门不幸。都是我那孽障儿子不知惜福，所以才有此报。"众人只得劝慰。宝钗也气得哭了，又不好回话对骂的，只得扶了薛姨妈回房歇息，命同喜、同贵来捶腿抚背，委委屈屈地劝道："香菱已经这样了，这几日里只怕有的忙呢。妈妈倘若再病了，可不是大饥荒？"

却说宝玉和岫烟正在潇湘馆里陪黛玉说话，问她为何将鹦鹉挂在院外。黛玉笑道："人在地上，尚想着漂洋过海，遍历山川大河；那鸟儿本来会飞，眼界原比人心更广，如今反被锁在笼中，想必更是不平。所以把它挂在院外，纵不能放飞，看得远一点儿也好。"

不等宝、岫两个说话，紫鹃早在一旁接口笑道："姑娘本来还想着要替它放生呢，说它生为鸟儿，不能远走高飞，倒被捉来锁在笼子里，教说人言，给人逗了这么多年闷子，也该放它好好自由飞一回了。后来还是我劝着姑娘，想那鸟儿自小剪了翅膀关在笼里，渴了有清泉水，饿了有香稻粒，早已习惯了这笼中生活，若放了它，只怕反而不会独自过活了呢。外边的风风雨雨，冷热寒暑，哪里是它受得了的？姑娘想想才罢了。"说的宝玉、岫烟都笑了。

宝玉道："这话说得有理。'子非鱼，安知鱼之乐'，子非鹦哥，安知鹦哥在笼中不乐呢？何况它能得你为主人，也就是鸟中至尊了。只怕你要它去，它也是不肯去的。”黛玉道：“可又来。你又不是它，又怎么知道它愿意守着我不去？”话说出口，方觉不妥，脸上顿时飞起红云，忙用绢子掩着口咳了几声，遮掩过去。

紫鹃一边递上茶水，一边道：“说起鹦哥，比人都强，不仅能说会道，这些日子还长了一门大本领呢——承姑娘教它，已经认得十几个字了。”宝玉、岫烟都讶道：“果然吗？这可不成了精了？”便请紫鹃取下鹦哥笼来，演示给他们看。

原来宝玉为着方才岫烟的话耿耿于怀，却因黛玉在旁，生恐引动她同病相怜之叹，不便再谈，只说些闲话替她二人解闷，因见岫烟对鹦鹉好奇，便要凑她之兴，极力怂恿紫鹃取鹦鹉来演示。紫鹃笑着出去，果然放出鹦鹉，用包锦缠花架子提进来，又取了些字牌放在桌上，逗那鹦鹉衔取。鹦鹉初出笼来，不急认字，却在桌上蹦蹦跳跳了好一阵，才从牌堆里叼出一张“日”字来，大声念道：“蓝田日暖玉生烟。”宝玉意出望外，不禁笑道：“这鹦哥倒巧，不仅识字，还会串诗。”紫鹃道：“不仅会念诗，还会认人呢。你看它念的这句诗，三位的名字都在里面。”宝玉、岫烟两个一想，果然是的，更觉惊奇。宝玉道：“我不信竟有这样神奇，叫它再认一张，看是什么？”

那鸟儿不肯衔牌，仍蹦跳着念道：“望帝春心托杜鹃。”岫烟笑道：“这回说的是紫鹃姐姐的名字。”宝玉道：“不仅因字成诗，还会因人而异，这鸟儿岂非通了神？”黛玉笑道：“你越说越玄了，花也成神，鸟儿也成神的。不过是我前儿才教了它这首《无题》，所以翻来覆去，就只会念这么几句，可巧各人的名字都在里面罢了。”宝玉、岫烟两个回念一想，果然是的，不禁都笑了。

正欲抽牌再试，雪雁打起帘子道：“云姑娘来了。”果然湘云进来，却是来约黛玉一同送香菱去，看见宝玉和岫烟，叹道：“原来你两个也在这里，刚才我们翠缕回来说，香菱已是死了大半了，云里雾里只管胡说，也没人听得懂。这会子过去，不知道还赶不赶得上见最后一面？”

黛玉眼圈便红起来，忙命紫鹃取斗篷来。宝玉怕她伤感太过，忙阻道："你前儿已经去瞧过她，有多少话也都说完了。如今她那里人又多，气味又杂，你身上又不好，就别去了。我代你去看她，也是一样的。"湘云也道："这话说得不错。我本不该约你。"又问岫烟去不去。岫烟低头为难。宝玉知她是怕遇见薛蝌不便，替她说道："不如你在这里陪陪林妹妹，我们两个去替你们说一声就是了。"岫烟点头。宝玉便同湘云匆匆去了。

还未走近，已听见一个女人声音大呼小叫地隔墙骂着："一个丫头死了，也值得这么着鬼哭狼嚎小题大做的。还说是钟鸣鼎食、知书达礼的大家子呢，我当有什么了不起的规矩，原来是这么冠履颠倒、没上没下的。"

宝玉蹙眉道："这是谁这样泼悍无理？"湘云道："还有哪个？自然是那位大名鼎鼎的薛大奶奶了。我听翠缕说，已经骂了半日了，亏她也不嫌累得慌。"话音未落，忽听顶头一个焦雷，轰隆隆滚过，倒把宝、湘两个吓了一跳。抬头看时，只见乌云四攒，叆叇沉凝，那天眨眼便黑了，一阵怪风平地卷起，打着旋儿如条乌龙一般直接到天上去。两人俱心中栗栗，只觉山高的墙塌下来也是这样，知道就要下雨，不敢耽搁，赶紧进了院子。

先见过薛姨妈。老年人经不起伤感激动，又受了气，只觉胸口发闷，正歪在榻上打盹，看见他两个来了，点头叹道："多谢你们惦记。都在那屋里呢，过去坐坐就出来吧，久病的人，可别薰坏了你。看见你姐姐，叫她也出来吧，忙了好半日了，茶也未喝一口。"

宝玉应了，遂往香菱屋里来，却见宝钗并不在这里，又不知料理何事去了。倒是袭人和麝月两个都在，正同鸳鸯、素云、侍书、莺儿等一干人围着哭呢，看他进来，都讶道："你怎么也来了？"宝玉点点头，凑身上前，看那香菱双目微阖，面颊绯红，宛如熟睡，并不像是将死之人，因轻轻唤道："香菱姐姐，是我，我们看你来了。"连唤几声，香菱纹丝不动。正要伸手去推，只听头上又是一阵焦雷，直震得屋梁窗棂咯唧唧乱响，眼看着四周黑下来，连对面人的面目轮廓也都不见，便如满满一桶漆密不透风地灌下来，满屋里暗如地窖，伸手不见五指。

众丫鬟都惊惶吵嚷，袭人张着两手到处摸宝玉，急得哭了，宝玉大声道："我在这儿。"又安抚众人："不要怕，只是雷阵雨，大概有云遮了日头，就过去的。不要乱动，小心撞伤了。"湘云也帮着大声震压。正乱着，忽见一个人擎着盏青花宝莲灯走来，温声道："别慌，只是打雷。"正是宝钗。

众人见了灯光，方镇定下来。接着云雾散去，屋里复又光明起来。宝玉又唤香菱，袭人便将手在鼻端试了一试，触手冰冷，一无气息，这才惊觉已经去了，不禁放声大哭起来。宝玉顿足道："我竟未能同姑娘再说一句话。"便也哭起来。袭人怕他伤心伤身，且也怕下雨，硬拉他出来。宝玉虽不舍，无奈袭人苦劝，且宝钗也劝众人散开，好使薛蟠、薛蝌带人进来装殓，只得去了。临行数度回头，那香菱躺在席上，面目姣好，比生前更觉丰润有颜色，眉间一颗胭脂痣，滟红欲滴。宝玉看了，益发心恸神驰。

方出来院子，那雨已下来了，牛筋般粗细，筛豆般急密。幸好秋纹、翠缕两人打了伞来接，才不致淋湿。湘云叹道："这哪里是下雨，只怕是天漏了。"宝玉并不答言，只顾低头疾行，一路哭回怡红院来，躺在床上，竟不知身为何物，又在何处，忽忽如有所失。

袭人又是伤心，又是担心，只得百般劝慰，又将他去之前香菱自述身世的那些话说了。宝玉大为惊讶，叹道："我就说她天资颖慧，不是池中之物，果然不错。虽比不过我们这样的世宦之家，却也是名绅望族、书香门第，并不比那什么'桂花夏家'贫薄。只为嫁了薛呆子做妾，竟落得这般收场。难得她一点儿聪明，竟能于大去之前通天彻地，了悟因果，倒也去得安心，走得干净。"这方慢慢转得过来。袭人遂放下心来。

且说凤姐自听了宝钗与探春一番话，又回房与贾琏计议一回，都觉事出有因，非同小可，却只是拆解不来。想来想去，唯有设法进宫与元妃一晤，方可决议。贾琏道："去年就听说雨村降了，到处钻营打洞地找门路，如今尚未审清。我常劝老爷说这个人志大意坚，既贪且狠，宁可远着些，偏都不听，只当是歹话。说来奇怪，两府里老爷禀性不同，倒都肯投他的缘，和他好。大老爷说他有情趣，识时务；二老爷又说他学问好，懂经济。便跟吃了他的迷药一般。"又叮嘱凤姐，"同老太太说时，缓着些口气，别惊着了老太太。"

凤姐笑道："哪里能赤口白牙明着说呢，况且老太太并不知'贾化'是谁。我自然另有办法。"遂又将昨日贾母说的北静王府相中黛玉的事说了一遍，因说，"可笑太太还只当作一件好事呢。老太太的心思明摆着，是怕嫁了黛玉，伤了宝玉。你白想想，那年紫鹃丫头一句玩笑话，说林妹妹要回南去，宝玉就闹得三魂不见了两魄的。这要是果然把林姑娘许配别家，他还不得把大天翻过来？"

贾琏手攀着碧玉缸的沿儿，只管看那两条鲤鱼摆尾，又撮些酥皮点心的渣儿引那鱼来接喋，笑道："打这缸子鱼进门，我就说这礼送得蹊跷，果然大有文章。依你说，宝兄弟的亲事，老太太和太太倒是各有肚肠的。我只当早定了林姑娘无疑，难道太太另有人选？"凤姐道："一个金，一个玉，你怎么就忘了？"贾琏想了一会儿，叹道："果然如此，我倒不好说了。当年林姑老爷的后事是我一手料理的，还在半路上，就接到珍大哥的信说要盖省亲园子，缺着一大笔银子，立逼着我没日没夜地赶回来腾挪，所以都添在里头了。加上这些年拆东墙补西墙的，究竟也没落下多少，太太倒三天两头指着个由头来借当。如今林妹妹再要嫁出去，这笔账越发说不清了。"凤姐冷笑道："有什么不清的？老太太心里什么不明白。就是省亲做排场，也为的是大家的脸面，并不是我们有什么好处。林妹妹这些年在府里，短吃的了还是短穿的了？只有比别的姑娘好，从没有落在人后的。况且宝玉最多再过两年就要成亲，偌大家业，还不是他们两口儿的？就先挪用了些，也不算什么。"贾琏道："果然他们两个一娶一嫁，倒也干净爽利。只怕太太有什么别的想头，却不是坑死人？"

凤姐将金镂空嵌翡翠连环如意纹护指扣着缸沿，冷笑道："你良心倒好。只可惜上头不领情。大太太是只知一味死要钱，三天两头撂风凉话，说什么我们在这屋里几年，终究要过那边去的，意思嫌我在这边多用了心，若没好处，岂肯这样？二太太倒是古今第一个圣人，不过饭来张口，有的吃便吃，一边吃了一边还要说要省从我省起，不可亏待了姑娘们，前日倒又嫌我不会撑场面。真是两头的话都说尽了，比那一位更难侍候。再有那一些吃饱饭没事干、专门挑三窝四的人在旁边候着，哪里不挑出些事来？为着昨日送来的百来套帐幔、帘子，今儿一早多少人来我跟前吹风，一会儿说是三四年没换过家具了，一会儿又说大节下连灯都照不亮，好像我有多少东西扣着不肯给似的。还是昨儿老太太说的，教不必家家的帐子都换一遍，只捡委实旧了有需要的几处换过就是。我不过是经个手，倒白落了许多抱怨。正是那年为着老太太一时高兴，亲口说给潇湘馆换霞影纱糊窗子，还有多少人眼红呢，如今是我分派，更不知要嚼出多少好的来了。”因又说起宝钗，“论起来，她是太太的外甥女儿，我是侄女儿，更近着一层。不过倘是亲上做亲，她做了儿媳妇，自然就比我更亲近了。从前我只说她不理事，性子随和，谁知前些时因我病了，太太托她帮着大嫂子照管家务，我还诧异，怎么倒叫亲戚帮起忙来了，且是姑娘家。不想她倒管得有模有样，且心里颇有计较，园中一草一木都是熟悉的，我若再晚起来几日，只怕她不等过门就先当了家了。刚才她和三姑娘找我去，提醒我的那些话，真叫我倒要从此刮目相看起来。宝玉几时出门，去过些什么地方，见过什么人，说过什么话，她样样都知道，只怕太太都没她清楚。”

说着，平儿已回来了，听见说宝钗，便道：“这有何难？宝姑娘的丫头莺儿，早已认了跟宝玉的小厮茗烟的妈做干娘。但凡宝玉出门，都是茗烟跟着，什么不知道？况且她又和袭人好。”凤姐便看着贾琏笑道：“我说如何？四面八方都埋伏下了。”又问平儿薛家的事。平儿便将那边香菱如何咽气、夏金桂如何撒泼、薛姨妈如何生气的话一一说了，连贾琏也觉叹息。

凤姐叹道：“这下子又该有的忙了。宝姑娘再能干，也是个姑娘家，只怕不懂料理白事。少不得还要提着太太，随便她使谁过去帮忙，不然将来有些什么不到处，不说自己想不到，倒怪我不把姑妈当亲戚了。”遂先往王夫人处来，说了香菱的事，使了周瑞家的往薛姨妈处去慰问，又侍候着王夫人换过衣裳，两个一同来贾母处。侍候过晚饭，又承奉颜色，陪着说了一会儿闲话。

一时众人散去，凤姐给鸳鸯递个眼色。鸳鸯会意，将琥珀等一一支开，自己也下了帘子出去，掂个小板凳且坐在外间做活儿。凤姐便向贾母悄悄地说道：“昨儿早上老祖宗说的事，我因没经过多少事，猛然间竟不能全听明白，足足想了一整晚才理出个头绪来。果然是件难事。想北静王爷一人之下，万人之上，他若当真来提亲，咱们断不好驳回的。老太太若有了准主意，不如得空儿往宫里去一趟，怎么想个法儿请了娘娘的示下。若是娘娘发了话，赐了旨，到时候老太太再推北静王府的媒，就不算违逆了。不然，凭是什么托词，只怕无用，正如老太太说的，哪怕就说林妹妹已经有了婆家，北静王果然认准了，也会下个令叫那家子退婚，反生枝节，弄得大家没脸。唯有娘娘赐婚在前，才是万全之策。”

贾母听了，又想一会儿，虽觉未必妥当，却也别无他法，又因次日二月十六，正是御准入宫探访之日，遂道：“既然这样，你明儿就打点一下，我这就同你太太进宫去。”次日一早，果然着贾琏穿戴了往宫中去，只说贾母思念孙女，请旨候见。

小太监一层层传报进去，半晌出来一个人，只说不见。贾琏又请六宫都太监夏守忠出来说话。足等了一盏茶时，夏守忠方来了，见面作难道：“这来得不巧，宫里正避痘呢，不放一个外人进去。”贾琏笑道：“请出公公来，却不单为了家祖母的事情。却为公公的千秋将至，我前些时因人引见，新认得一位金银匠，打得好金饰，我因此按着公公的生肖请他打了一座小像，送给公公做玩意儿。原该到日子亲自送到太府里去，又怕冒昧。”

夏太监笑道：“多谢你费心想着，也不必送来。我还得侍候宫里，哪有闲空儿摆酒席？竟是明儿打发个小太监去府上取来便是。”又问贾琏，

“急着见娘娘，可是有什么事体？”贾琏便取出一封拜帖来，道：“本来不该劳烦娘娘费神。但只我这兄弟乃是娘娘一母同胞，自幼承娘娘教诲，手把手地教他认字读书，因此他的亲事，必得请娘娘示下才敢决定。这是女方的生辰八字，请娘娘过目。”夏太监笑道：“既然这样，我拿进去就是了。”贾琏再三谢了，夏太监只说“举手之劳，何足挂齿”，袖了拜帖笑嘻嘻去了。

贾琏打马回府，先往上房里来。贾母与王夫人俱已换了大装，端坐在厅中等候，听了贾琏之语，好不失望。原来今上虽御旨批准每月逢二六许后宫眷属椒房晋见，只因手续烦琐，外有太监盘剥，内有宫女环侍，即便相见亦不能尽叙人伦之情，故而一年到头终究也不曾入宫几回。难得一遭，偏又遇着避痘。贾母叹道：“既是这样，也只好等着罢了。”悻悻然卸去冠戴簪环，回房歇息。正是：

鹦鹉吟诗何足听，还须问取龟儿卦。

第五回

潇湘子焚诗祭香菱
菩提心赠画弹妙玉

却说接连几日，薛姨妈处诵经、开吊、烧倒头纸、悬引魂幡、宴请亲朋、订班唱戏，一连忙了半月有余。宝玉并不前往，亦不见特别伤心。袭人反觉诧异，问他：“你前段时间那般伤心哭泣，如今便去送灵吊丧也嫌烦琐，一支香也不拈，一个揖也不作，难道从前那些眼泪都是假的？”宝玉笑道：“眼泪哪有假的？你不知道，我原先伤心，是为人世间又少了这样一个好女孩儿，所以难过；然而你前日同我说了她临去前的那些话，原来她灵性已通，便不去，也不会再在尘世间了。况且她本来就不该是咱家的人，因此我只当她哪里来哪里去了，并不为她伤心。”袭人听了，倒担心起来，只怕他又存了什么古怪想头，入了魔障，欲去告诉王夫人，又不知从何说起，只得小心侍候，察言观色，独自闷闷地不能解释。

又过了些日子，薛家遣去苏州的伙计回来，果然说往阊门十里街打听着，从前确有这么一户人家，确有这么一个女孩儿，打三四岁上被拐子拐跑，至今下落不明。于是人人纳罕，都说这香菱根基不浅，可惜了的。又笑薛蟠不识货，麦苗当成韭菜割，拿着和氏璧，倒说是砖头。薛蟠益发后悔不来，言语间难免向夏金桂露出些微不满来。那金桂这些日了里见宁、荣两府上自王熙凤、李纨以及众位姑娘，下至平、袭、鸳、紫乃至小丫头子，早早晚晚，人来人往，都来祭吊香菱，薛蟠跑前跑后，忙得不亦乐乎，同他相好的贾珍、贾琏、贾蓉、贾蔷等人，更是手中撒漫，声势隆重，哪里是对待下堂妾，竟像是发送原配妻子。因此早已醋妒交加，有时故意打发宝蟾过来听些壁角闲话，听见人说以香菱才貌人物，其实堪为正室；若论家底出身，原强过邢岫烟；再论人物举止，则更胜夏金桂。

那宝蟾也不知是何用心，听了这些话，非但不隐瞒，反而添油加醋地说给金桂知道。那夏金桂原本气量褊狭，性情急躁，闻言顿时火冒三丈，只没处发泄。如今再听薛蟠抱怨，不啻点燃炮仗，泼翻醋缸，遂撕发拍腿，大哭大骂道："我知道你是吃了锅里望着盆里，摔碎瓦片当玉瓶，够不着的花最香，丢了的钱最大。混沌魍魉的汉子，当初是你看上了宝蟾，喜新厌旧把香菱撵了去，如今她一个想不开死了，你又拿着当起宝贝来，每日点眼抹泪地号丧，只差没打一顶孝帽子来戴上，披麻摔盆扶灵驾丧去。汗邪了心的，阎王奶奶害喜病——怀的什么鬼胎？既然如此，我不如把宝蟾也杀了，然后再一根绳吊死，你少不得还念我们两个的好儿。"

薛姨妈听她骂得不堪，且话里竟有诅咒自己之意，直气得浑身发颤，欲要过去理论，明知骂不过，反要火上浇油，更不知说出些什么好的来；若不理，又如何忍耐得下？宝钗也深恐母亲气急伤身，只得忍泪苦劝。

反是夏老夫人听不过意，劝抚女儿道："俗话说的：'死者为大。'那香菱比你入门在先，就有千日的不好，也有一日的好，她如今少年夭折，也是命苦，薛家就破费几两银子发送也是应该的，也是大户人家的体面，你万不可和死人计较。就是你男人，与她一夜夫妻百日恩，肯这样看重她，也是重情意的本分，你倒同他闹，成何体统？教人看笑话。况且我现在人家里住着，你就算替我装点门面也须下些声，不然教我如何住得下去？"

那夏金桂自幼唯我独尊惯了，眼里哪有天地君亲，在家时已经不把母亲放在眼里，如今出了门子，自谓是奶奶，说话行事家里人没一个敢驳她的，更加恃宠生娇，任性佯狂，老娘教训她的虽是好话，却听不入耳，由着她娘苦口婆心说得唇干舌燥，却只如对牛弹琴一般，哪里听得出个什么“宫商角徵羽”。说一次不听，说两次顶嘴，说到三番四次，说得她烦了，非但不听劝，反瞪了眼叉了腰发作道：“你是我亲娘，不说向着我，倒帮着别人责怪我，难怪人家不把我放在眼里，打帮结伙要踹过我的头去呢。你老人家既会说，当初就不该作生作死要结这门亲，把我葬送进这火坑里来，要我守这没名堂的活寡。如今眼看人家母子兄妹合伙打气，把你女儿当成路边野草般践踏，你不说疼我帮我，倒落井下石抛闲砖，同冤家一个鼻孔出气，敢是糊涂油蒙了心，还是眼睛上长了针，说出这颠三倒四的话来？”

夏老夫人气得身软体颤，泪流满面道：“你这眼里没娘的畜生，这难道是我生出来的好女儿？打小儿把你捧在手心含在嘴里养大，如今翅膀硬了，自己当家做奶奶了，连你娘也不放在眼里，倒说我颠三倒四。你男人现好好儿地在家里，你就左一句活寡右一句活寡的，也不怕伤了阴骘。‘痴汉惧妇，贤女敬夫’，这样折堕汉子的可有好人？我好意劝你这些话，哪句不是为你好？越劝，倒越扶越醉地使性子，只管强头别项的，把我也丧谤起来。我且洗眼看着，你把亲娘这样唾骂，能落个什么好儿。”又哭她死去的老头子，道是“怎的不带了我去，留着这老命给狗吃，留着这老脸教姑娘唾骂，活到一百岁待杀肉吃呢！”又连声命丫头收拾行裹、雇车子，便要回家去。

金桂听了，非但不劝，反一跳八丈高，一根指头险戳到老娘脸上去，骂道：“你是我亲娘，就这样咒着我，说什么伤阴骘，什么折堕汉子不是好人，又什么洗眼看我下场，你想我落个什么好儿才趁你的心？这可是没有家贼，招不出外边的盗伙儿来呢。”由着老夫人擦眼抹泪，出门上车，气昂昂地去了。那金桂没了母亲在眼前，越发没了顾忌，从前是隔三岔五地搅事，如今更是家常便饭，竟把隔墙骂街当作一日三餐下酒菜了。

又因香菱死前留言一不许供奉牌位，二不许装殓入土，只教烧化了将骨灰撒到江南旷野大河里去。因她这般清爽决绝，那薛蟠却又不舍起来，百般只念香菱的好，一闭上眼睛，便是香菱娇滴滴怯生生的模样，且将从前恩爱光景尽皆想起，心里想着夫妻一场，不愿就这般了断了恩情，又不好违她的遗言，便传了画士来为香菱传神留影，也是给自己留个念想的意思。府里相公有个叫作程日兴的，最擅画美人，又素与薛蟠相好，日常走动时也见过香菱一两面，亏他记得清楚，连夜打了稿子来，虽非十分逼真，也有九分相似。薛蟠喜得朝着程日兴连做了几个大揖，又指点着说这里须改动一点儿，那里要删减几分，程日兴依言添抹了，便如香菱再世一般，只比活人差一口气。薛蟠看着，由不得滴下泪来，遂命人裱褙妥当，供在灵前，日常望着出神。那金桂益发妒恨难耐，少不得更骂出百样言语来。

薛蟠虽不理会，薛姨妈却听不得这些恶语闲言，不免积恼成疾，每日里只嚷说肝气疼。宝钗劝之无辞，只得指着黛玉捏个谎，说："妹妹这两天咳嗽得紧，几次打发人来请妈妈过去住几天。老太太也说要烦妈妈帮忙照看，只因家中有事，才不便提起。如今香菱的事也料理完了，妈妈不如就进园里住几日，一则自己宽心，二则也帮忙照看妹妹，丫头们虽小心，毕竟不经事。"

恰好黛玉也打发了紫鹃来看薛姨妈，又将方才宝钗之话说了一遍，且说："自姨太太搬出来后，姑娘天天想念，说打母亲去世，只有姨太太陪着的几日，才觉着又得了些疼爱，偏又搬走了。这几日姑娘有些咳嗽，夜里睡不踏实，天天念叨姨太太。"说得薛姨妈心软，又想想香菱论身世虽然可怜可敬，论身份却毕竟是个薛家的下堂妾，况且这边外有薛蝌陪着薛蟠打理照料，内有周瑞家的帮着宝钗操持招呼，自己在此反而不便，且增加了许多礼数上的避讳处，便点头允了。宝钗遂看着人打点了些杂物，亲自送母亲进园来。

且说黛玉因近日犯了旧疾，每日请医问药，懒怠说话。众人知她性僻好静，也都不来烦她，只隔上三五日，偶尔走来略坐一会儿，说几句闲话罢了。唯有宝玉自知出园日近，愈加珍惜相聚时日，每天一早一晚，总要往潇湘馆走个七八次来回，遇上黛玉喜欢，就多说两句，捡些新闻趣事告诉，或是陪她教鸟儿说话认字；若是黛玉闷闷不乐，便千方百计，出些奇巧主意来逗她喜欢。

宝玉这日睡过中觉，读一会儿书，只觉坐立不宁，百事无心，遂又往潇湘馆来。方进有凤来仪，宝玉忽闻得馨香渺渺，且有青烟自屋中逸出。宝玉忙进屋来，只见地下笼着火盆，内中犹有未燃尽的纸片，却不是烧的纸钱，暗花回纹有似剡溪玉叶纸，案上砚墨俱全，笔犹未干，又设鼎焚香，供着嫩柳鲜花、新果香茗。黛玉膝上盖着毯子，正坐在火盆边亲自用个铜箸子拨火。紫鹃站在一旁垂泪，看见宝玉进来，忙招呼着："宝二爷来了，且请坐下，我这就倒茶来。"又招呼雪雁倒水来给姑娘洗手。

宝玉满心不解，又不敢问，因笑着坐下，向黛玉道："清明未到，这烧的是什么纸？"黛玉慢慢抬起眼来，向他一瞟，却不说话，仍旧慢慢地用火箸子拨火，火光映在脸上，明明暗暗，犹自泪痕未干。紫鹃站在身后，指着火盆偷偷打手势。宝玉用心看去，才见那盆里烧着的纸片上犹有字迹，火光照得分明，清楚看见写着行"一片砧敲千里白"，再欲看时，已然烧尽。恍惚只觉得哪里见过，搜心索肠，却一时想不起典出何处，心想若是黛玉作了诗不满意，所以烧了，又似乎不该这般郑重，左右想不明白，只得仍用闲话遮掩，道："如今天气转暖，你又不耐炭气，只管笼个火盆子做什么？不如收了。"

黛玉洗了手起身，叹道："从前不觉得，如今才知道'精华欲掩料应难'，'诗言志'，果然不错。"一言提醒，宝玉这方猛然记起，不禁拍手道："正是，我竟忘了。"

原来当日香菱立志学诗，昼夜苦思，竟于梦中得了一首七言律《咏月》。原诗作：

精华欲掩料应难，影自娟娟魄自寒。
一片砧敲千里白，半轮鸡唱五更残。
绿蓑江上秋闻笛，红袖楼头夜倚栏。
博得嫦娥应借问，缘何不使永团圆！

宝玉默计时日，方知今日是香菱“头七”，黛玉原来是在自己房中私祭，行那“小丢纸”之礼，点头叹道：“早知这样，袭人那里还有她从前换下的一条石榴裙，也该一起拿来烧了。”

黛玉道：“那又何必定要拘泥形式？不过是一片心意。我承她拜我为师，又受了她的头，毕竟不曾教过她什么。因此将她从前写的三首咏月诗，那回芦雪广联的句，并前儿我生日时她作的桃花诗，都抄录一遍，焚化给她——幸好都还记得——能做的，也不过如此。”

宝玉赞道：“妹妹真是过目不忘。‘精华欲掩料应难，影自娟娟魄自寒’，清秀飘逸，妩媚温柔，分明自道身世；结句‘博得嫦娥应借问，缘何不使永团圆’，更是问得好。如今重新想来，细细品去，倒教人心酸。”黛玉道：“那题目本来是我给她的，叫用十三元的韵写首七律出来。不想她大去之时，偏生又逢着月圆之夜，我便也用这题目再作一首，权当祭她，以完师徒之情。”说罢口占一律，吟道：

每逢月半月偏圆，星影霜痕浸晓天。
流水流云惊客梦，飞花飞叶照愁眠。
那堪情重腰常细，谁与才高运可怜。
一曲菱歌听两夜，和筝弹尽十三弦。

宝玉听了“那堪情重腰常细，谁与才高运可怜。一曲菱歌听两夜，和筝弹尽十三弦”几句，细想其意，几欲大哭，又怕惹得黛玉更伤心，忍悲劝道：“香菱从前说过，虽然命苦，但能得你为师，就死也无怨了。今见妹妹待香菱的一番情意，果然比别人不同。她能得你这一首诗为祭，便在九泉之下，也可心安。”遂在案上寻了一张薛涛笺，濡毫蘸笔，代为抄成。又想了一想，自己也续成一首，另题在一张岩苔笺上，道是：

星沉银汉月沉天，心字香烧忆婵娟。
梦醒分钗合凤钿，人归抛桨采莲船。

落花有意留春住，细雨无声入夜寒，
莫道藕深不见鹭，姑苏城外梦非烟。

抄毕，一并扔火中焚了。火舌吞吐，瞬间化为灰烬。宝玉拨灰来掩住，起身也洗了手。雪雁又奉上茶来，接了，遂坐在黛玉身边，犹恐她余悲未解，正欲设辞安慰，却听黛玉叹道："我也是才听说她本来自南边，姑苏阊门人氏，原来与我尚有同乡之谊。如今她的神灵先我而去，想来苏州河畔，沧浪亭前，'阖闾城碧铺秋草'，'半夜钟声到客船'，其所见所思，未必不与我当年一样。只怕将来我也要同她一样，只有死的时候才能回南边看一眼了。"说着，又流下泪来。宝玉只得用言语百般开解，心中却一则以忧，一则以喜。忧的是以黛玉之仙姿绝色、冰雪聪明，将来亦有紫玉成烟、白莲化蝶之日，宁不可伤；喜的是自香菱去后，园中人往来祭吊不绝，独宝玉因深信斯人灵性聪明，不同凡俗，若以寻常祭礼相待，反有负她为人，因此只一味回避，却偏被众人误会，反当他是无情无义之人，连袭人也在私下里同麝月议论，说满园子人半数都曾往薛家慰问，只有他与黛玉两个不曾前往，且连一句话也没有，可谓不通情理之至。他虽不解释，却也难免心生孤寂之感，唯今日见了黛玉这焚稿祭诗魂之举，大合心意，更知世人万千，惟黛玉一人知己，所谓无独有偶，因此反而喜欢。如今听到黛玉自感身世，不禁情动于衷，脱口劝道："妹妹何必自比香菱？她原为遇人不淑，方至薄命于斯。我再不上进，也不会似薛大傻子那般。"

黛玉听了，登时脸上变色，斥道："你这说的什么话？我自说与香菱同乡，又关你什么事？"宝玉自知造次，不由涨红了脸。欲要解释，却从何解释；待要赔情，又无法自辩。只急得作揖打躬地央告不已。黛玉只不肯理睬，扭着身命他快去。宝玉涎着脸赔笑道："妹妹要打要骂容易，要我去，断断不能。"又千"好妹妹"万"好妹妹"地央告。

正闹着，雪雁报说："薛姨太太同宝姑娘来了。"黛玉忙拭了泪迎出去，宝钗已经扶着薛姨妈进了院子，莺儿同文杏拿着包裹走在后面。黛玉忙命紫鹃接了东西，亲自过来扶住薛姨妈道：“昨夜紫鹃说妈妈答应今晚过来，已经收拾好屋子，想着吃过了饭去接的，不想已经来了。”薛姨妈笑指宝钗道：“原来是打算吃过饭来的，只是她说你身子不好，大老远的走来走去地做什么。所以特地提醒早点儿过来，免得要你跑一趟。”宝玉也过来见了礼，笑道：“还是宝姐姐细心。行一步棋，总要算到三步以后。”薛姨妈叹道：“她这些日子也忙碌得很，家里家外都指着她一个，哪还有时间下棋呢。”玉、钗等人都听得笑了。

于是一同进屋坐定，紫鹃便与文杏两个收拾衾枕，因只见薛姨妈之物，却不见宝钗的，特地走来告诉了黛玉。黛玉便问：“姐姐不一同住过来吗？或者还是回蘅芜苑去？”宝钗笑道：“你这里哪有这些空屋子？且家中还有事情要理，也离不开人。”黛玉道：“便没空屋，你同我住又如何？湘云从前也和我一床上挤过的，咱们抵足夜谈，岂不快哉？”宝钗笑道：“若一半次还可以，要是长住着，岂不扰你清梦？况且你身子不好，打紧的还不肯睡，再与我联床夜话，更要劳神了。”

宝玉也帮着劝道：“姨妈都搬来了，姐姐岂可独自住在外边，如何使得？”宝钗道：“丫头婆子一大堆，又不是我独门独户住着，有什么要紧。就是妈妈来，也不过略住几日，陪陪妹妹，并不是不回去，早晚还要来回走动的。况且太太又使了周嫂子每日在那边帮忙料理，一早过来，至晚才去，我们做主人家的倒搬空了，岂非坐大？”

说着，凤姐已经得讯儿来了，带着王夫人的话，也是劝宝钗在园里住下，又道：“前些日子我才叫人打扫蘅芜苑，说是天棘都翻出墙外头来了。总是人气不旺，所以草木才得了势，一味疯长。到底还是该搬回来，太太也放心，我也不落埋怨，园里的姐妹也多些团聚。终究在一起的日子又能有多长呢？”宝钗执意不从，只说：“我便搬过来，也住不安生，倒折腾费事。宁可每天进来，走动得勤些也就是了。”黛玉道：“姐姐也太固执了。这些人尚且劝不回你的意来，凤姐姐都说蘅芜苑的天棘翻出墙头来了，焉知不是为了望姐姐回去呢？只怕那些薜荔藤萝、紫芸青芷，为了想念姐姐，也都要黯然失色，就是人参果，‘为伊消得人憔悴’，也要瘦成相思豆了，姐姐只是不肯顾惜。难道园子外面藏着什么金珠宝贝，生怕被人盗了去，所以非要日日夜夜守着、半步离不开的不成？还是嫌我这里浅陋湫碍，委屈了姐姐？”说得众人都笑起来。

薛姨妈喜得摩挲着黛玉笑道：“都说凤丫头嘴巧，会逗老太太开心；依我看，你这妹妹说起笑话来，比你还犀利呢。这几天我心里发闷，只觉得胸口喘不过气来，如今听你妹妹只两句话，倒把我的闷气散了一大半去了。”凤姐笑道：“我哪里比得过两位妹妹。她们开口就是文章，再平常的事也都可入进诗里，就骂了人都还要说是讲学问。我平日里骂人，便是人家面子上不敢回嘴，心里头也在回骂，且骂得比我才狠呢；她们骂人，那听的人一头雾水，喜滋滋地只说好听，饶是挨了骂，还要夸她们好文采呢。”薛姨妈益发笑了。凤姐且又指着宝玉道：“姑妈不信我这话，只问宝兄弟。他哪一日挨了这些姐妹的话，不比接了圣旨还喜欢？若是没人骂他，才要闷气呢。”说得宝钗、黛玉也都笑了。宝玉不好意思道：“凤姐姐才说不会骂人，就把我给垫进去了。”

黛玉早又转头向紫鹃命道：“你跟着莺儿回去，帮着收拾了姐姐缺不得的金宝神枕、金缕玉衣，只管抬了来放在这里，她舍不得那些宝贝，少不得便要住下。”说得众人越发大笑。紫鹃便催着莺儿要走。莺儿偷觑宝钗眼色，见她并不劝阻，薛姨妈又说：“这可冤枉你姐姐了。她最不爱这些玩具摆设，只嫌烦琐，屋里统共那几件石头盆景、墨烟鼎，都还是那年老太太游园时赏的，就都挪进来，也终没什么可搬。”莺儿便笑着同紫鹃两个去了。

宝玉听说她两个同住，不知何如，倒像捡了什么宝贝似的，喜得抓耳挠腮，笑道：“都说宝姐姐固执，其实冤枉，林妹妹只几句劝，姐姐少不得也要从善如流的。”忽然想起一事，向凤姐道：“我一直觉得心里头有件大事没做，这几日乱忙一通，就忘了，今天看见姐姐，才想起来。”凤姐见他说得郑重，忙问：“何事？”宝玉正欲说时，想起薛姨妈、宝钗在侧，未免不便，忙又咽住道：“刚要说，偏又忘了。”

凤姐笑着，才要打趣，忽见丰儿走来，说是宫里来了人，贾母要她过去议事。凤姐心中狐疑，脸上却一丝不露，只笑道："正是椅子还没坐热呢，又有事情。既然这样，姑妈好歹多住几天，有什么事，让丫头吩咐我办来就是。千万别跟我客气，就是真疼我，当我自己子侄了。"薛姨妈笑道："既然这样，便不要什么，也得找两件磨牙的事来烦你。"凤姐笑着去了。

原来自那日贾琏送帖子进去，贾母便在家日夜等候，好容易等到宫中来信，却并不为赐婚，倒是传娘娘口谕，说蒙皇上恩宠，择日便要伴驾远行，赴潢海铁网山春围，行前诸事烦冗，恐无暇相见，便连一两个月内，也都难得见面，宝玉婚事，唯有射鹿回来再议；又命将薛宝钗的八字也一并封了送入宫去。

贾母、贾政、王夫人等跪听了旨，都吃一惊，各有心思。虑及奔波迢递，风露辛苦，娘儿们不得见面，贾母不禁又垂下泪来，贾政催促道："娘娘得伴圣驾，原是不世之隆恩，何谈辛苦？况且这些家常话，究竟留待闲了慢慢再说吧。如今外头还等着回话，倒是赶紧把薛大姑娘的八字问明，好打发公公回去。"王夫人便道："既然这样，该把他姨妈找来，说给她知道。"贾母道："忙什么？等我们娘儿商议定了再说。"王熙凤也道："姑妈在潇湘馆呢，我刚打那边来，巴巴儿地又请，倒像一件大事似的，太惊动了些。"王夫人道："宫里的事，自然是大事。娘娘既然这样说了，还有什么可商议的？虽然宝姑娘的生日我们也都是知道的，毕竟是个姑娘家，总得找了她母亲来，当面说清了，不然我们不言不语就把个姑娘的八字写个封儿递进宫去，倒不大方。"

贾母再没想到一番请旨，本来想为黛玉求个护身符的，看元春之意，竟似属意于宝钗，虽不愿意，为着娘娘旨意只是索要八字，并无可推托之辞，且素喜宝钗大方得体，性情温柔，又见王夫人一团高兴，只得点头道："既然这样，便请姨太太过来说话。"王熙凤也深知其意，不便说话。贾政自然更无意见，辞了出去且陪内相到书房小坐等候，又命人找了贾琏来相陪。

一时薛姨妈来了，王夫人笑道："我们大姑娘近日要陪皇上往铁网山射猎，因想念这些兄弟姐妹，叫把生辰八字都写个封儿送进去，大约是怕记错了生日，漏了赏赐。"薛姨妈便也约略猜到些，想她姐妹几个的八字宫中早已尽知的，不然从前宝玉、探春等生日之时，宫里又何以按时赏赐，并无遗漏，如今却又巴巴儿地打着生日的幌子要八字，自是单单为了宝钗之故。薛姨妈不便说破，只得含糊笑道："她是正月二十一，子时生的，小时候有个癞头和尚给她算过，说是五行缺金，竟不是大富大贵的命，所以才叫打了这个金锁，又给錾了几个字在上面，天天带着，积些福荫。"

贾母、王夫人等听了这话，都想起她从前说过的宝钗这金必得找个有玉的来配才是大好姻缘的话来，不禁对看一眼，都笑道："姨太太说哪里话，看宝丫头的行止、模样，安静温厚，将来必是个有福的。"又道，"这件事竟不必说与宝丫头知道，横竖她今年生日已经过了，到了明年，娘娘必有赏赐的。"薛姨妈笑道："平白无故地提她做什么。娘娘伴驾远行，跋山涉水不说，每日里自然百务劳心，哪里还有余闲为这些小事费神，反教我们不安。"

于是府里另备锦封，写了宝钗八字交给太监带回。贾母、王夫人、薛姨妈、凤姐等均知赐婚日近，只在钗、黛两个中间，因未放准，都缄口不提，故而宝、黛、钗三个以及园中姊妹，一个字也不知道。

却说宝玉自从那日与岫烟谈过，就想着要请凤姐做主，怎么想个法儿仍叫岫烟搬进园子才好。却因为香菱之死，伤心了几日，就将这件事忘了。直至今日见到黛玉祭香菱，心胸为之一开，方又想起来。只为薛姨妈在旁，不便说起，遂着人打听着凤姐于贾母处定昏已毕，方亲自上门，将岫烟之事说了一遍。凤姐听了笑道："你倒细心，我竟忘了。从你二姐姐去后，我总没去过紫菱洲一次，哪里知道她们的事呢？正是我还没赶得及找太太说你房里的事呢，你倒替别人操起心来。"宝玉忙问："我房里什么事？"凤姐笑道："你且别问，横竖两三天就知道的。倒是你说的这件事，确实要好好治治那起恶奴刁仆们，不然不说顾不上，还以为怕了她们，更要造起反来，乱自为王了。”

宝玉便催道：“既然这样，便着人接邢姑娘进来吧。”凤姐道：“自然要接她来，只是她并没有明说要搬出去，不过是告假回家暂住，如今我们敲锣打鼓地去接，倒叫她不好意思。这件事我自有道理，等下你只别作声，看我如何作法。”因叫人传命下去，立刻将紫菱洲侍候的人传两个来问话。

丰儿去了半晌，方带了王柱儿媳妇来。凤姐命宝玉站在六扇雕漆嵌云母的金碧山水折叠软屏后面，说是“请你看一场好戏”，俟他藏好了，方叫进那媳妇来，且并不问话，只向丰儿发难道：“原来你还知道回来。只当你长在那院里，等着移盆沤肥呢，还是折了脚，使两只爪子爬回来的？”丰儿嘟嘴道：“何尝不想快去快回？我去时，院子里空空的一个人也不见，草长得比人还高，等了半晌，喊得嗓子都哑了，才见她慢腾腾进来了，想是回家歇了一日，直等快关院门才回来应卯呢。”那媳妇便喊冤道：“姑娘可别冤枉好人，你哪只眼睛看见我回家去了？不过往门房找人说两句要紧的话，走开眨眼工夫，姑娘不知道，可别混说。”

凤姐厉喝一声“打”，彩明便走上前，不问青红皂白，左右开弓打了十几个嘴巴。平儿忙过来拦住了，指着那媳妇斥道：“你这媳妇子太不懂事，问到你，才轮着你说话；奶奶并未问你，谁许你向奶奶大呼小叫的？也不看看这是什么地方，容得你像在你们姑娘面前那般没上没下浑撒野的？”

原来这媳妇仗着婆婆是迎春的乳母，平日在紫菱洲里，人人都尊她婆婆为大，迎春又素来好性儿，所以纵得她无法无天；后来虽然她婆婆因赌事发，被撵出园子去了，迎春却也随即嫁人，又带走了绣桔等素日与她不睦的几个大丫头，因此院中总无人肯驳她面子，竟自山中无老虎，称起霸王来了。虽然向惧凤姐威名，毕竟从未亲身领教过，只当说几句话总没有错，孰料只是喊句冤，先就挨了一顿杀威棒。

也是凤姐今日存心要杀她个下马威，才好做下面的文章。如今看那媳妇面颊肿起，嘴角沁血，满脸满眼都是惧色，心中有数，这才慢慢地说道："你是看管院子的，为何院里没人，就敢敞了门各自走开？若是遭了贼，难道是你自家赔出来？料你折了命也赔不起。除非你自己就是个贼，正要开门给同党行方便，自己却故意走开，若成功了，就回头分赃；若不成功，或遇人看见问起来，就推说一时走开了不知道，左右赖不到你头上，可是打的这样主意？"那媳妇并不知有陷阱，听凤姐说她是贼，吓得忙忙磕头辩道："天老爷在头上看着，奴才岂敢瞒骗主子？若是奴才敢起这个心，就凭奶奶打死也不怨的。实在是刚刚走开一下，并没远离，只到门房说几句话，隔得又不远，眼睛一直盯着门的，原是看见丰儿姑娘进去，才随后来了。奴才以后再不敢了。"

凤姐见她一步步入了道，故意道："即便没有贼心，抛了屋子远走高卧的也不对。倘若姑娘们一时有事使唤，叫起人来，却又如何？"那媳妇更不提防，只听凤姐不再诬她偷窃，便觉安心，闻言忙老实回道："邢姑娘这些时日并不住在缀锦楼，所以才走开，并不曾误了主子的事。"凤姐诧异道："原来邢姑娘并不住在园中吗？怎么没人同我说。既然这样，不如把院门关了，倒还省一处的开销。"那媳妇听这话是要罢自己的差，吓得魂也飞了，忙又回口道："并不是不住了，邢姑娘只是回家暂歇几日，过几日还要来的。"凤姐便问："回去多久了？"那媳妇怎敢实说，只含糊道："也就月把天，正是也该回来了。我今儿头晌还打扫屋子，预备邢姑娘回来呢。"

凤姐故意道："只怕邢姑娘不肯回来。总不成没有主子，倒把偌大房子空着，由着你们寻欢作乐去，还要一年四季朝饔晚餐地供养你们，浪费柴米事小，倘若再设个局，当成赌窟贼窝来，被老太太知道，连我也没脸，还是把院门关了的好。"凤姐说来说去，只是要关院子，又叫彩明拿本子来查紫菱洲共是几个人服侍，月钱若干，又叫传当值的来说话。

那媳妇悔得要咬自家舌头，满头是汗，直磕头道："果真邢姑娘说过就回来的。算算日子，就在这一两天了。我们原说还要亲去迎接呢。"凤姐这才罢了，说道："既然这样，就还把你们留着服侍邢姑娘。你也知道，她早晚是薛家的人，若有个不周到不妥当，我也难见姨太太和太太的。”那媳妇磕了头，千恩万谢地去了。

宝玉躲在屏后听得明白，见那媳妇去了，方从屏风后面出来，拍手笑道：“凤姐姐真正运筹帷幄之中，决策千里之外，声东击西，以退为进，并不治她们玩忽职守之责，也不怪她们怠慢主子之罪，竟索性连邢姑娘一个字不提，倒叫她自己说出来。想来她们去请邢姑娘，必然是千磕头万哀恳的，从此以往，岂敢再不尽心？”

凤姐笑道：“你今天才知道我的手段？你只看到眼前你姐姐妹妹的事，比这些更厉害的可多着呢。若不是看你面子上，我也不必这样费事，直接打一顿撵出去，另叫人进来服侍也就是了。正为的是要你白看出好戏，学着些惩奸罚恶、恩威并施，将来这一摊子家业，早晚都是你的，降服众人，也要有些算计；便是为官作宰，交结权贵，也得察言观色。能齐家方能治国，其实是一样的道理。”

宝玉哪里听得进这些，只笑着向凤姐拱一拱手，道谢去了。自觉办了一件好事，心中着实得意，回去说与袭人，袭人也叹道：“这倒也是一件积阴德的事。”

那媳妇后来果然找齐紫菱洲服侍的一干人，细述凤姐之言，又百般商量着如何接回邢岫烟来。果然邢岫烟只说住在自己家中即可，既然已经搬出来了，倒不便再回去打扰的。急得那柱儿媳妇跪在地上打旋磨儿地磕头央告，说是：“姑娘最知书识礼、仁慈体下的，就耽待我们这些吃生葱就烧酒不知好歹的花子吧，姑娘若不回去，二奶奶要生扒我们的皮呢。再则没了营生，一家子几口人擎等着就要扎脖子的，刚刚脱了棉的换夹的，眼瞅着又要脱了夹的换单的。若在里边侍候，主子少不得一年四季还要赏些衣裳穿戴，若辞出园去，顾了吃顾不了喝，顾了喝顾不了穿，夏天就得光着，冬天就得裹着，哪里也不要去了。姑娘忍心看着我们饿死冻死？人说‘救人一命，胜造七级的佛塔’，姑娘这样善良的人，若肯点点头抬抬脚，就是超度我们，好比放生了。”

众媳妇婆子也都不住苦求，说得邢岫烟心软。那邢大舅也巴不得她仍住进园子去，又可以省一份吃喝，又白得一份月钱，便努力撺掇着教搬回来了。从此柱儿媳妇等将岫烟只当成亲娘老子般孝敬，比从前服侍迎春更加小心十分，生怕她一个不愿意又搬出去，凤姐就此关了紫菱洲一处，丢了她们的差使。不提。

且说诸姐妹知道宝钗重新住进园子来，都来问候，一则给薛姨妈请安，二则探黛玉之病，三则也方便相聚。因此潇湘馆忽然热闹起来，一日里常有三五人往来，园门常开不闭，紫鹃、雪雁、莺儿等一日七八次地沏茶换茶。黛玉起初倒也喜欢，人来了也都陪着有说有笑，没几日便觉厌烦，但凡来人，只淡淡招呼几句就推说要吃药回避了去，反教宝钗代她招呼。宝钗不过意，每有人来，必加倍小心，殷勤致意，唯恐薄了姐妹的面子。众人都知黛玉素来怯弱小性，便是她冷淡些，也都并不计较，却愈念宝钗的宽厚识大体、谦让有礼。

独宝玉虽来往潇湘馆的次数较往日更频，与黛玉单独说话的机会却反而少了，有时是与宝钗一处调琴对弈，有时又与薛姨妈闲话扯古，有时碰上别的姐妹来，便赏花抚竹，斗牌调鹦，明明与黛玉隔座相望，心里头有万语千言，却偏不能说出，倒像隔着几万里云山雾海似的。有时情不自禁说错一两句过头话，不是得罪了黛玉，就是惹恼了宝钗，且宝钗为人不比黛玉忧喜无常，原本端严矜肃，不苟言笑，远之固而不恭，近之又恐不逊，容易得罪了，求恕不是，赔情也不是，反觉生疏起来，因此平添了许多闲愁野恨。

捻指仲春，桃花已经开遍，叠瓣攒蕊，喷霞吐玉，锦重重地把枝子都压弯了，满园子凝脂冻雪，翠叶离披。贾母因传命春夏之交最易生病，功课宁可松动些，叫宝玉只上半日学，傍下晌就回来。宝玉得了这护身符，上学更是随心所欲，三天打鱼两天晒网的，愿意去就去上半天，不愿去便索性推病脱滑，先生也不肯深管他。

这日又是半天学，宝玉换过衣裳便往潇湘馆来，走在翠烟桥上，隔水看见桃柳夹堤，几个女孩儿在林子中嬉笑追打，那一带桃花又开得密，远远望去，如绮如霞，被女孩儿们碰得红飞香乱，连水上也落了许多花瓣，随波浮荡，洋洋洒洒，从桥洞下穿流而去，不禁想起苏东坡有“鸭头春水绿如染，水面桃花弄春脸”之句，不觉心痒，便要过去一同玩耍，忽见鸳鸯也在其中，倒站住了，心道她自从拒绝大老爷纳妾之议后，每见我必躲开，今儿难得高兴，同姐妹们一处玩乐，我若去了，倒叫她不安。因站住看了一会儿，也得了两句诗：

轻粉傅桃垂绛袖，淡烟著柳绿罗裙。

又想这“垂绛袖”与“绿罗裙”对得不工，或改前句为“红裥袖”，或改后句为“逗罗裙”，才可工整，却又不舍这句的出语天然。一时推敲不来，想着不如等下请林妹妹指教，遂加快脚步走来。未到门首，已听得一股细细琴音，穿梁绕户，缠绵清越，不禁放轻了脚步，在院门口一望，只见钗、黛二人都在竹篱下，一个弹琴，一个焚香，一个穿着素绫弹墨山水的长褂子，一个穿着丁香色杭绸团花掐金线的立领小夹袄，映着一带青碧竹林，潺潺溪水，篱畔翠色参差，风动竹影阴晴，那景致竟如画中一般，不禁看得呆住。直等一支曲子弹罢，才从竹后头走出来，叹道：“此曲只应天上有，人间能得几回闻？我算领教了。”

黛玉吃了一惊，扭头嗔道：“你什么时候来的？竟然偷听人家弹琴，好不要脸。”宝玉笑道：“我若贸然出来，惊扰了二位的雅兴，才是真正没眼色呢。韩愈尚有‘窥窗映竹见珍珑’之兴，如何他看棋便是雅事，我听琴便是没脸？”又道，“我刚才看见你们二人一个站着，一个坐着，一个弹琴，一个焚香，再配上这竹子，这泉水，这古鼎新茗，直可入画。想古时潇妃、湘妃本是两个人，如今只被林妹妹一人专美，其实缺典，倒是今儿妹妹这一曲《苍梧谣》，韵高古调，匹美虞韶，才是真真正正的‘潇湘妃子’了。”黛玉听了，脸上勃然变色，大生疑窦，欲要发作，又碍着宝钗在旁；欲不理会，然而宝玉言中之意，分明将她二人比作娥皇、女英，岂不唐突？因此脸上红白了几次，却一句话也说不出。宝钗亦同黛玉一般心理，大没意思，因淡淡地道："宝兄弟再不能亲近的，说不到三句话就说到歪里去，只管混拿古人来比我们。林妹妹'潇湘妃子'的美号原是因馆得名，极相宜的，潇湘馆又不是九嶷山，何须别人来画蛇添足、附庸风雅？"

宝玉这才省过来，潇、湘二妃共事舜帝，又想到《湘浦曲》里"虞帝南巡去不还，二妃幽怨水云间"之句，亦有此意，自己这个典故引得真是大大地不妥，不禁红了脸赔笑道："我只因闻得潇湘子抚琴，蘅芜君焚香，只当走进仙境里去了，若不是传说里的神仙，岂能这样飘逸超脱？所以枉拟古人，宝姐姐千万莫怪。"黛玉听他只是求宝姐姐莫怪，却不提自己，倒觉欢喜，面色微霁，却仍低着头拨弄弦柱，并不理睬他。宝钗早托词口渴，抽身走了。

宝玉讪讪地，便走到黛玉身后去看她理弦，只闻一阵幽细清香，似有还无，沁人肺腑，正如梁江淹《灵邱竹赋》所咏："非英非药，非香非馥。"竟不知是竹子的香、鼎煤的香，还是人身上的香气。欲要请教，又怕说错话更触怒黛玉，因此闭目用力呼吸，暗自细细品度。忽听人笑道："二哥哥可是参禅？竟然站着就入定了。"抬头看时，却是惜春同着彩屏来了，正看见宝玉闭眼努鼻子的怪相，因此打趣。宝玉不好意思，揉着鼻子道："我因闻到一股异香，极细，极清，却把整炉的沉香都压下去了，因此用力体会，只没辨闻清楚。"惜春笑道："这可是听琴入禅，通了三昧了，因此得闻曼陀罗香。"

宝钗隔窗听见惜春来了，遂同莺儿用青瓷莲花盘子托着全套的青花缠枝莲纹壶盏出来，沏出雀舌牙茶来，敬与惜春道："四妹妹开口就是佛家语，到底不同我们俗人。"宝玉道："四妹妹这样喜禅乐道，何不常去栊翠庵里向妙玉请教？佛理原要时常讨论切磋，才有进益的。若是一味闭门苦读，真成了面壁了。"

惜春冷笑道："住在栊翠庵，道理就一定通吗？依我所见，妙玉为人也就罢了。真正苦修之人原应衣无絮帛、食无盐酪，她却连一茶一器也那般执着讲究，那年刘姥姥来，喝她一口茶，她就连杯子都不要了。我佛有云：‘众生平等。’又道是：‘茶禅一味。’她却是耽于茶而远于禅的，连最根基的道理也做不到，又谈何修行？又如何看破？因此我说她自视太高，只怕倒不容易悟的。”

黛玉听了，默然不语。宝玉也因与妙玉素相投契，不便说话。惟宝钗心无挂碍，原与众人都无分彼此，遂笑道：“那年刘姥姥一句话，让你足画了两年的园子图；如今终于画得了，难道果然舍得送人吗？”惜春道：“有什么舍不得？若舍不得给，又何必画？既可画，便可给。姐姐何必疑我？你看我是那小气悭吝、只聚不散的人吗？”宝玉笑道：“你说妙玉不通，可是我看你这性情，倒和她是一模一样的，都一般的傲气。”惜春冷笑道：“傲气就一定是同类吗？二哥岂不知傲也有许多种的，有不甘同流、遗世独清之傲，亦有安贫乐业、虚心劲节之傲，有富贵不能淫、威武不能屈、贫贱不能移之傲，亦有渴死不饮盗泉水、饿死不吃嗟来食之傲，人有傲气，亦有傲骨，且有傲慢之态度、傲世之风格，二哥以为我之傲，与妙玉之傲，何如？”宝玉被噎得瞠目结舌，一时之间，竟无话可答。宝钗点头道：“说你冒撞，到底遇着四妹妹，才知道厉害了，看还敢乱说话不。”

黛玉笑道：“妙玉身在尼庵，骨子里却是闺秀；藕榭虽在侯门，心却已经皈依；两个人非但绝不相类，其实大相径庭，一个是出家的小姐，一个是在家的姑子。”惜春笑道：“林姐姐这话说得有些意思了。”黛玉道：“这样说就错了。你该说：‘女施主言之有理。’”众人都笑起来。

宝玉深感黛玉解围之助，笑道：“与林妹妹谈禅，再说不过她的。我从前自以为一只脚已经跨进佛门了，被她几句话就打了回头；你若同她讲论，只怕不是对手。”惜春笑道：“论口才我自然辩不过林姐姐，倒是手谈的为是。”宝钗失笑道：“都是宝兄弟一句‘窥窗映竹见珍珑’闹的，果然就摆上棋局了。”

于是紫鹃过来，安下藤几竹凳，铺了坐垫，布了棋枰，黛玉便与惜春两个分宾主坐了，各执黑白子斗起来。宝玉、宝钗两个站在一旁观战。看不到几个回合，宝玉便情急叫道：“妹妹错了，该走这一步的，不然，这个犄角岂不没了？”黛玉并不理会，仍向居中处落下一子。惜春果然连落几子将几个犄角吃掉，再回头时，却见自己中部大块失陷，不禁叫道：“了不得，只顾做困兽之争，竟被她逐鹿中原。”黛玉笑道：“我本来只拟围魏救赵，行一个缓兵之计，哪知道你也同宝玉一样，求全反毁，因小失大。这样求胜心切，执着得失，还说看得破呢。”

惜春拈起一子正欲落下，听了这句，却忽然呆住，愣愣地出神。宝玉方才看出黛玉用心，拭汗道：“幸亏不曾听我的，不然，哪有这一番山回路转。”宝钗笑道：“你读了那些诗书，难道连个‘观棋不语’的礼数也不懂吗？不如教她二人且下着，我们里头说话。”宝玉也说“正要看看姨妈”，遂同宝钗一起进去。

说不了两句话，碧痕拿了张帖子来找宝玉，说有位冯大爷派下了车子来请吃酒。宝玉本不欲去，宝钗劝道：“人家好意请你，又下帖子又派车，可见诚挚，如何不去？成日家只管在我们队里混算什么？也要结交朋友，时常应酬，将来场面上也有个照应。”宝玉听不入耳，却也不好驳回，只得同碧痕回房去换衣裳。正是：

从来梦醒方知悔，不到棋终未为输。

第六回

画中有意木石盟约
绵里藏针锦绣文章

话说薛姨妈自此在潇湘馆暂且住下，宝钗每日早晚探望，有时便在馆中留宿，有时又回家去料理几天，黛玉也不强留。是日薛姨妈同宝钗两个又回家去，黛玉无聊，估摸着宝玉放了学，便走来怡红院寻他说话，偏巧宝玉去见贾母、王夫人未归，袭人又因嫂子生育，被接回家去。只有碧痕一人在院中洒扫，见了黛玉，笑道："林姑娘来了，二爷刚才去上房请安，去了好一会子了，就回来的。姑娘略坐坐，我给姑娘倒茶。"黛玉道："我不坐了，说不定前头留饭，不定什么时候回来呢。"抽身要走，碧痕却已沏了茶来，托在手上说："姑娘好歹略坐一坐，二爷这便回来的；便要走，也吃杯茶，歇口气再走。不然二爷回来，要骂我们不会待客的。"

黛玉便笑着坐下，接了茶来喝。未入手，便闻一阵扑鼻香气，因问："是什么茶？"碧痕道："去年薛大爷送给二爷的，说就是平时喝的茶，掺上些桂花，封在罐子里，隔一年再拿出来喝，香得醉人，茶味倒也不怎样的。"黛玉听了，便知是夏金桂家的秘方，于是把茶杯放在一边，且看桌上玻璃插屏下琉璃狮子镇着的一幅画，墨迹方干，旁边放着湖山笔架、北宋汝窑三足洗、田黄冻的印石等物，却无落款，知是宝玉手迹，因问："这是什么时候画下的？"碧痕笑道："姑娘快别问这画了。我们二爷昨儿晚上高兴，画到半夜才睡。早起上学回来，又补了几笔，说还要写两句诗在上头，叫咱们巴巴地磨好了墨等他，他独自背着手垂着头，便如打趟子拳一样趟了几个来回，也没作出来。我们问他：'都说你别的学问罢了，这作诗上是极通的，今日怎么这样为难？'他说了许多道理，我也记不住，学不来，只记得说什么'不恭'。惹得我们又要笑了，说作诗又不是拜神，有什么恭不恭的，倒是给老太太请安迟了才是'不恭'呢。二爷便说也是的，不如先请了安回来，消消停停地再作，就急惶惶地走了。"

黛玉听了，便想替他作几句题在上头。因细看那画，是一幅岁寒三友的老题目，然而角上却题着"赏茗图"三个字，倒觉不解。心说宝玉虽然爱画，多半不是美人便是花卉，专以浓丽香艳为意，何以这画如此冷峭清素，那竹纤弱秀拔，扶风欲醉，虽有傲霜姿，并无斗雪志；那松端庄雅正，谦谦如君子，亦并无苍劲之意；斜刺里又穿出好茂密的一株梅花，用朱砂点染得焚丹煮霞一般，嫣然若凝脂，大不似寻常所见斗寒图之硬朗雄伟，倒是飘逸娇羞有女儿态。况且如今春暖花开，又非冬时霜节，画这松、竹、梅好似不合时令；且这布局情形，倒像在哪里见过的一样，因此低了头久久回思。忽又瞥见那竹旁欹着一块顽石，嶙峋支离，玲珑剔透，宛如随时可吐人言一般，猛然醒悟：难怪叫作《赏茗图》，这不就是那年刘姥姥来打秋风，老太太一时高兴，带了众人游园，在栊翠庵里吃茶的情形？那日承妙玉青目，招了她与宝钗两人入内吃体己茶，宝玉偷偷跟了去，四人或坐或立，或奉茶或嬉笑，可不正如画中的情形？想必是前日听惜春说禅，提及旧事，心有所感而画。宝玉不直绘人物而画草木，竟用了岁寒三友的典故来记述那日之会，自然是尊重之意，不肯唐突闺阁。设若他直形描绘她们三人容貌，却成何体统，又如何描摹得出？亏他好心致，倒晓得用这岁寒三友代替，梅花自是妙玉，翠竹必是自己，那松树想是宝钗了，他倒自谦顽石。再看那顽石斜斜欹于竹下，巍巍然如点头叹息之状，忽然想起自己家乡虎丘白莲池畔原有"石点头"之名胜，所谓"精诚所至，金石为开”，便源出于此了。想到此处，不禁红烧双颊，竟比画上梅花犹艳。

原来自那天宝玉比了潇、湘二妃的典故出来，黛玉心中大不自在，每每想以言语试探，终觉难以出口，今日见了这画，疑窦尽去，反觉羞惭，想他一片真情待我，岂有别意？我却每每猜忌于他，其实亏负。只是你我二人虽然有意，奈何我上无父母依恃，下无兄弟扶持，一番心事，谁能做主？倘若天意捉弄，阴差阳错，却又如何是好？想至此，泪盈于睫，一颗心突突乱跳，遂提起笔来，饱蘸了墨，便向纸上龙飞凤舞地写去：

细炊梅蕊煎茶汤，懒扫松针待晚霜。

风过潇湘听楚乐，何需弦管按宫商？

写毕，黛玉向碧痕道：“谢谢你沏的好茶，我不等他回来了，怕我们紫鹃找我呢。”说罢起身便走。碧痕在身后再留不住，只得呆呆看着她去了，大为疑心。

一时宝玉回来，麝月、秋纹随后跟着，丫鬟婆子一大堆，至门首散了，各归各屋。碧痕端上茶来，说：“刚才林姑娘来过，有没有遇见？”宝玉道：“林妹妹来了吗？怎么不留住？”又说，“她自然是回潇湘馆去，我恰从园子外面来，南辕北辙，哪里遇得见。”又忙忙问，“却说什么了没有？妹妹今日身子可好？”麝月笑道：“你也缓着些问，她一张嘴，你八九个问题，她可哪里答得过来呢？”宝玉也笑了，仍问：“怎么不留住？”碧痕道：“我何尝不苦留来着？这不是刚沏的茶，一杯都没喝完呢，你不信摸摸杯沿，想还没凉透呢。林姑娘略坐了一会子，看见二爷的画，问是什么时候画的，然后便出神，又拿起笔写了几句诗在上头，便放下杯说要走了，我再留不住。”

宝玉听见，又看了黛玉留的诗，便知黛玉已然识透画中意思，心中大为激荡，恨不得这便赶去找黛玉，将多少未完之话尽诉与她；又想黛玉既去，自是不想面对之意，这时候忙忙地赶了去，她必不好意思，又必以假辞遮掩，倘若自己一个不妨说错话，少不得又要怄起气来，倒是错过今日，等这心思凉一凉再去，见了面也不必提起，只当不知道为好。然而若说要等到明日才见，又如何忍得住。因此一时间起起坐坐，反反复复，心中竟颠倒了十几个念头。因听碧痕说那茶杯是黛玉才饮过的，杯沿犹温，不由得握在手中，痴痴地盯着，究竟不知是何主意。

碧痕笑道："好端端的爷怎么又痴了，莫非前头挨了训不成？"秋纹道："哪有挨训，老太太听说二爷才下学，高兴得什么似的，说二爷如今用功，老爷知道一定喜欢，省了多少闲气；又叮嘱天气忽寒忽热，容易生病，虽然用功，也不可太过，保养身子要紧，哪里还舍得训话。"

正说着，麝月拿着替换衣裳走来道："我说一件事，包管他就高兴了。"因比比画画地说道，"可还记得那日林姑娘生日，雪雁要同我们比针线的事？只因香菱忽然没了，大家心里不好过，就给耽搁住了。幸好宝姑娘近来三不五时地进来园子，莺儿便也跟着重新进来了，她原本好针线，那日又与雪雁两个比上了，雪雁好胜，说是既要比，不如大家都拿出活计来公平地比一比，还说要请宝姑娘、林姑娘帮着审评呢。刚才在老太太屋里，我见鸳鸯不在，就估摸着是为这件事，一问，果然是去潇湘馆了，二爷不凑热闹去？"

宝玉听了，果然大喜笑道："这种雅会，岂可不去？"又问麝月，"方才怎不见你说起？倘若去得迟了，盛会竟散了，岂不遗憾？"麝月笑道："我也是才在老太太房里听说的，就知道二爷听了准是一时三刻等不了，即刻要去的，所以才不敢说给你知道；不然二爷进了门，必定茶也不喝，气也不喘，衣裳也不换，就得奔了潇湘馆去，倘被老太太知道了，责骂我们不会服侍还是小事，再要被太太听见，说二爷为着看我们赛针线竟连礼也不顾了，还不得把我们全撵出去？况且林姑娘刚才既在咱们这里，想必那比赛也就没开始多大一会儿。"

宝玉听见"撵出去"三字便觉刺心，当下更不答话，急急要茶来喝了，又换过衣裳，便催着麝月往潇湘馆来。一进院子，果然莺声燕语，红围翠绕，院当中竹林子底下放了鸡翅木雕花大条案，上面摆满各人的针线活计，荷包、香袋、手帕、汗巾、扇套、璎珞，应有尽有，鸳鸯、紫鹃、雪雁、莺儿、侍书、春纤等二三十个人，都拥着黛玉央她评点，见了宝玉，都笑道："正在说宝姑娘怎的还不过来，倒来了一位宝二爷。"绮霰、春燕也挤在人群中，看见他两个，独迎出来道："原来二爷已经下学了。"麝月笑道："好啊，你们两个不在院里侍候，倒会躲在这里图轻快，可不是要造反？"绮霰笑道："并不敢图轻快，真格做完了活儿才来的，想着二爷下学回来，听姐姐说了这个会，少不得要往这里来，所以先等在这里侍候着。"

麝月啐道："你倒会说话。"不理她两个，且看活计。只见众绣件已经初选比过，多数中乘，仍平铺在案上给人赏玩，却将选出的上佳者围在正中，计有绣帕一条、肚兜一件、香袋两个、璎珞绣屏一件、双面绣的团扇一柄，还有虎符缠臂一条，不禁将那缠臂拿在手中笑道："这是谁的，怎么会有这玩意儿？"众人都笑道："且不说谁是谁的活计，只说哪件好，才见得公平。"

宝玉便请黛玉讲评，黛玉笑道："我看了这半晌，已经心中有数，说出来，必会先入为主，影响了你的判断。你如今刚进来，不如凭直觉论来，倒还公正直接。"宝玉早已等不得，闻言笑道："既然这样，我便抛砖引玉了。"便指着绣件，说这一件配色相宜，那一件针脚细密，这一个花鸟灵活，那一个心思巧妙，舌灿莲花，不吝赞美之词，巧言令色，使尽鼓吹之能，直说得众人眉开眼笑，都道："二爷真会说话。依二爷说，竟样样都是好的，那到底哪一件为上呢？"宝玉笑道："这就说不好了，依我说，凡参赛者都是好的，都该有赏。"众人更加笑道："既然这样，二爷赏什么？"黛玉早截口说道："一人一瓶桂花油。"说得众人都笑了。

黛玉遂从容评道："若单以绣工而论，这条鸳鸯戏水的丝帕和这条虎符缠臂的绣件都算好的，但意思却俗，新针线配着旧故事，再好也是有限；这璎珞绣屏摆在案上最好，绦子编结得好不奇巧精致，配色也鲜艳，刺绣工夫却是平常，可谓喧宾夺主，就有大好处，也终不能满意。倒是这两只香袋虽小巧，却是各有好处，这一只针线细密，配色丰富且有层次，只输在绣的燕子上，想那燕儿原是寄人篱下之雀，纵能飞也不远；这一只不但针线好，意思更好，在香袋上绣大雁已经难得，还要围着这雁绣出云彩来，更是舒展磅礴有傲气，所以，倒要属这一只为冠。”

正说着，湘云同着翠缕走来，恰听着末两句，不禁笑道：“依你所评，这两只香袋倒有一比。”黛玉、宝玉都忙问：“何比？”史湘云笑道：“燕雀安知鸿鹄之志？”宝玉道：“这说得过了。”因问：“这是谁的佳作？”众人都笑道：“你倒猜猜看。”宝玉道：“这如何猜得来？我又不曾见过你们个个的刺绣。”湘云却已猜到：“我知道了，既然叫猜，想来必是人物相关，这一只是春燕的，这一只是雪雁的，可是这样？”紫鹃笑道：“到底是云姑娘。”

湘云便转头看了一周，问道：“怎么宝姐姐不在这里？”黛玉道：“叫丫头去请了几次，再请不来，想是陪我住了几日，实在被我烦得受不了，所以怕了。”莺儿忙赔笑道：“姑娘说哪里话？原是为前儿梅家送信来，说话就要迎娶琴姑娘的，因此我们太太回家去打点些妆奁箱笼，我们姑娘也要帮着准备，所以腾不开身，过几日闲了还要再来叨扰的。我们姑娘叫我在这里给林姑娘和云姑娘赔罪呢。”湘云笑道：“你也太小心了，林姐姐说笑话呢，哪里就急得这样。”宝玉却大惊失色，问道：“这是几时的事？”

莺儿道：“就是前天，梅翰林的公子因进京受衔，所以要赶着完婚——正主还没来，只是派家人送信儿，等琴姑娘嫁了人，就该我们二爷娶邢姑娘了。”宝玉听见“嫁人”两字便觉刺心，不禁连连“唉”了几声。黛玉也觉伤感，暗自出神。湘云却拉着莺儿问：“你们琴姑娘出嫁，你自然也要忙些日子了。早听说你的手巧，这里头哪件是你的大作？”莺儿不好意思，捡出那只璎珞绣件说：“是这一件，自然比不上雪雁妹妹的好。”

湘云道：“我来得迟，没听全，只听见说绣小燕子不如大雁子，所以略逊一筹。我却不以为然，这不是评绣，倒是评画了。既是赛针线，总要针指工夫一流为佳。依我看来，这璎珞与虎符都是好的，还有这扇子，难为她两面一模一样，竟看不出针脚从何而起，至何而终，缠绵流畅，毫无二致，若依我评来，这扇子才是刺绣中的极品。”黛玉笑道：“《疏》云：‘画者为绘，刺者为绣。’刺绣与绘画原本根并同生，理出一宗，我以画理评绣品，有何不妥？先秦之时，皇族大臣的衣冠悉用颜色绘绣出各种图案以定职阶，草石并用，炼五色以染丝，名为‘画缋’，单以颜料区分谓之‘画’，若以刺绣区分则谓之‘缋’，可见画与绣非但理出一宗，连功用也是一样的。”

宝玉听到“草石”二字，不禁心中一动，问道：“妹妹刚才说‘草石并用以炼五色’，不知是什么意思？”黛玉道：“古代画缋技法，先用草木提取汁液染底色，再用彩石粉制成颜料绘案，最后用白色颜料勾勒衬托，《周礼·考工记》有载：‘青与赤谓之文，赤与白谓之章，白与黑谓之黼，黑与青谓之黻，五采备谓之绣。’又道是：‘杂四时五色之位以章之，谓之巧。’《博物志》也说‘天地初不足，女娲氏炼五色石以备其阙，断鳌足以立四极’，这就是最早的染色法了。所以百花、浆果、草根、矿石，乃至宝玉，都可为颜料，用以入画。”

众人听见说“宝玉”也可为颜料，都笑起来。惟宝玉听了这一句，却呆呆地发愣，忽忽有所失。莺儿笑道：“姑娘们说得怪好听的，我也不懂。若纯以刺绣论，雪雁妹妹的针线也是极好的。这双面绣的团扇，便是她的，她们的苏绣功夫甲天下，我们再比不上；那虎符是平儿姐姐的，她没来，只叫人送了这件缠臂来。”麝月笑道：“原来这虎符是平儿绣给巧姐儿的，难怪呢，我说谁这会子还戴这个。”

湘云原本听说黛玉以雪雁所绣香袋为众绣品之冠，唯恐薄了莺儿，故意另指一件为上，不料却仍是雪雁之物，倒觉佩服，又听了黛玉长篇大论的一套刺绣谈，心下叹服，因看着雪雁笑道：“难得难得，这才是有其主必有其仆。主子比出《论语》《周礼》这些大道理来，虽然说得天花乱坠，终究不过‘纸上谈兵’；丫头倒是一针一线，‘针针正正’的‘锦绣文章’，堪比魏时针神薛灵芸了。有什么诀窍，也教教我们。”雪雁羞红了脸道：“姑娘过奖了。哪有什么窍门，不过是绷要平，架要稳，剪要小，针要细，再就是针法要变通，比方绣这雁，该用铺针法绣背，套针法绣翅，面色宜深，里色宜浅，翅肩处将套针上再加施针，长短兼用，虚实相副，像这云烟本是为着烘托大雁的，就要散针和整针一块儿用，浓处用套针细线，淡处用接针，再淡处用稀针，就鲜活了，不过是这些。”话未说完，众丫头都笑起来，都道：“若说这些针法也都知道，只是谁理会该如何套用，又在什么时候什么地场用呢？改日闲了，倒要你慢慢地一件一件细说来听听。”

雪雁因见湘云只是拿着那纨扇不放，笑道：“姑娘若喜欢这扇，就送给姑娘玩儿吧。只怕姑娘嫌牡丹花样俗。”黛玉笑道：“另绣一幅芍药花的就不俗了，最好再绣个石凳。”湘云道：“你专会打趣人。但有一点儿错被你捏着，再不放过的。我如今随你怎么说，这扇子是要定的了。可惜离入夏还远，我竟有些等不及呢。”宝玉笑道：“词里说：‘团扇，团扇，美人病来遮面。’倒不一定非要夏天才用。”湘云道：“哪有红口白牙咒人家病的。你敢情是怕我要了扇子，你林妹妹没得用来遮面？”黛玉冷笑道：“我就该是一年到头要病的吗？我倒要问问，你何尝见我每日拿着扇子遮面的？还是爱拿扇子的人必得生病？”湘云笑着正要再说，忽然想起来，时常拿把扇子在手中摇着的人倒是宝钗，便不肯往下说去，只拿起那鸳鸯戏水的绣帕问：“这可是鸳鸯姐姐绣的？”

鸳鸯笑道：“怎么见的我叫鸳鸯，就必得绣鸳鸯？那是侍书的，小蹄子春心动了，所以日夜惦记着鸳鸯戏水，连手帕上也绣着春意。”侍书听了，急得骂道：“少胡说，什么春心动了，又什么是春意，统共就那几张绣样子，我不过照着绣罢了，这里的姐姐妹妹，哪个没绣过鸳鸯、蝴蝶、牡丹、荷花这些，雪雁绣这牡丹团扇，云姑娘还评作第一呢，偏我绣对鸳鸯，你就有这些话来编派。”鸳鸯笑道：“虽然不错，只是平时并不见得你针线特别好，唯有绣这鸳鸯时，竟加倍用心，不是心里有想头，却是为着什么？可见一针一线都是有情意的。想来要不了多久，就要渡水成鸳鸯了。”侍书恨道：“越说越坏，今儿我非撕你的嘴不可。”说着追着鸳鸯要打。宝玉忙一手拉住一个，笑道：“好姐姐别恼，还没请教，哪件是鸳鸯姐姐的手笔？”侍书倒没怎样，鸳鸯却用力将手甩开，正色道：“我们闲话瞎扯，并不与二爷相关，二爷别这么拉拉扯扯的。”

宝玉顿时红了脸，大没意思，黛玉瞅着一笑，并不说话，湘云也只笑着，紫鹃忙打圆场道：“鸳鸯姐姐说这些日子忙，只绣了这幅百寿图的绣屏，虽然好，却未完工，所以不算在上品里。”湘云展开看时，原来是一匹御赐的明黄宫缎，上用大红丝线绣着许多寿字，形体各自不同，总有几十个，自是孝敬贾母之物，便都连声赞好。又一一翻看其余并未入选的绣件，虽非上乘，也各有佳处，因一一赞叹，把玩不已。

翠缕便拿着那只肚兜问：“这件也是好的，为何不见评审？”黛玉微微一笑，只道：“自然是好的。”宝玉忙一把抢过，红着脸道：“是谁把它拿了来？”绮霰忙道：“是我，因听说这里要赛女红，我在柜子里翻了翻，属这条肚兜绣得最好，又簇簇新没穿过的，所以拿它来参赛。果然大家把它选上了。”

湘云早已认出那肚兜正是那年自己与黛玉经过宝玉窗前，见着他在睡午觉，宝钗坐在一旁刺绣，手中做的正是这件活计。听说宝玉从未穿过，不禁看着他一笑，问道：“不忍乎？不敢乎？不愿意乎？”宝玉早已团起掖在袖里，胡乱道：“胡闹，这种东西怎好见人。”又故意问这件绣品是谁的，那样东西却做何用。众人并不解他三个打的是何哑谜，也不理论，便一一告诉。

正乱着，只见琥珀提着一只填金掐丝雕花过梁的五彩食盒来，黛玉忙笑问：“是什么？”琥珀道：“是桃花南瓜羹，老太太让送来给林姑娘、宝姑娘吃的。”湘云笑道：“可见老祖宗偏心，怎么我们就不配吃桃花羹的？”紫鹃忙上前接了，揭开盖来，见是满满一盅，足够三四人分，笑道：“宝二爷、云姑娘都在这里吃过饭再去吧，尽够了。何况宝姑娘这早晚不来，今晚多半不过来了。”宝玉道：“使得。”便命春燕回去告诉一声，说在潇湘馆用饭。湘云笑道：“忙什么？倒像几百年没吃过粥似的，就馋得这样。”众人也都笑了。

鸳鸯知道前头已经放饭，便告辞要去。琥珀笑道：“老太太说了，你也难得进园子，‘就回来晚些也使得，只是别只顾自己玩乐，有什么好看好玩儿的，捡几样精致的也让我养养眼。’”

黛玉笑道：“难得老太太高兴。”忙命雪雁用只蝴蝶穿花五彩填漆托盘，将众人评选出来的几件上佳绣品摆在上面，捧着陪鸳鸯、琥珀一同去，又叮嘱：“若老太太看上什么，别小气，就孝敬了老太太吧。”雪雁笑道：“方才云姑娘看上那团扇，我也说给就给了，哪里就小气了？这也要姑娘嘱咐，也太把人看得太没眼色了。”众丫头也都向鸳鸯道：“倘若我们的针线竟能入老太太的法眼，姐姐便留下吧，就是我们天大的面子了。”鸳鸯笑着，遂同琥珀、雪雁一同去了。

一时来至贾母房中，邢、王两位夫人连同尤氏、李纨都正围着大桌子吃饭，小丫头们捧着漱盂、手巾等站在一旁侍候，看见绣案，都连连赞叹。鸳鸯忙洗了手上前侍候，雪雁因贾母未曾细看，不便就去，只得也站在一边等候。贾母道：“可怜见的，跟你鸳鸯姐姐一起吃吧。”又叫人拿只绣凳给她坐。雪雁只是不敢，琥珀知她为难，便拉了她到自己屋中等候，陪她说话，又拿起绷子向她请教针线之道。雪雁见是一幅用拉梭子针绣的包头帕子，便道：“绕针之法，重在选针。针线的大小粗细选对了，再捻得密些，压得实些，没有不好的。”遂亲自从锦盒里挑选针线，演示了几针，穿插绕捻，从细讲解。

一时贾母吃毕，又漱口洗手，琥珀这才带了雪雁进屋里来。众人这才重新细看，又凑贾母的趣儿，请老祖宗点评优劣。贾母笑道：“我年轻的时候，也天天拈针动线，很会绣的，什么齐针、抢针、单套、双套，乃至正、反、扎、铺、刺、旋、刻，都来的。如今虽绣不动了，却仍喜欢看，所以才收藏了两件‘慧纹’时刻不离身。依我看她们姐妹也都算好的，只是都不大喜欢绣，只爱作诗，若论绣功，丫头反比主子强。”邢、王两夫人都笑道：“老太太的手自然是巧的，谁还跟老太太比呢？便这些人绑在一起也比不上老太太一星儿。依老太太看，这些丫头的针线，哪个还可以看得入眼？”

贾母又翻检一回，便指了那只纨扇与那件璎珞为上。雪雁忙道：“这扇子是我绣的，已经给了云姑娘了。老太太若喜欢，只管说个样子，好在夏天还早，赶天热前一定绣了来。”贾母用心看了雪雁两眼，笑道：“我就说林丫头不错，嘴里手上都来的，调教出来的丫头也比别的巧。既然这样，你就替我绣两把扇子来，圆的、方的各一款，图样嘛，问你鸳鸯姐姐就是了，她最知道我的心思。”鸳鸯答应了，又道：“这件璎珞八宝绣屏是跟宝姑娘的莺儿做的，老太太若喜欢，就留下。大家早说过了，谁的玩意儿若能被老太太看上，那是天大的面子，只管留下，就是赏脸了。”

贾母听了更加高兴，笑道：“既然这样，我再多看几样。”又将那扇子与那璎珞反复比着，看得出了神，半晌方道：“若是将这璎珞配着双面绣的画屏，摆在那张胭脂冻的条石案上，倒是又新巧又展样儿的。”雪雁道：“既然这样，我就同莺儿姐姐商量着依样子做起来，我绣画屏，请莺儿姐姐打络子，如何？只请老太太给个尺寸。”贾母喜得道：“这孩子心眼儿活，会说话，又不抢功，倒知道扬长补短，真是个伶俐孩子。”又叫鸳鸯拿钱打赏。雪雁忙磕了头。邢夫人趁机说道：“这些丫头们果然有眼色，识大体。依我说府里的丫头原是老太太眼皮底下长大，手把手调教出来的，自然个个都是好的，怎么前儿倒一下子撵了那么多。”

王夫人只做没听见，一声不吭。李纨也不便说话。尤氏捡起那件未完工的百寿图道：“依我看这个最好，怎么倒不入老祖宗的眼？”鸳鸯笑道：“谢大奶奶夸奖。这个是我绣的，原本就是为着给老太太上寿的，还没到正日子，所以没完。今儿露了眼，到日子就不稀罕了。”

正说着，凤姐也来了，琥珀倒了茶来，贾母便叫凤姐也挑挑，凤姐道：“我没才干，论笔才没笔才，论手才没手才，文不能诗，武不能绣，哪里看得出个好坏来？自然是老祖宗的眼光最好。”又挑出那只缠臂道，“这是我们巧姐儿的东西，怎么平儿那蹄子也拿了来献宝？若是入了老祖宗的眼，就没了，巧姐赶明儿可戴什么呢？这可得赶紧藏了去。”说着果然收了起来。尤氏笑道：“可见你小气，一件缠臂罢了，除了巧姐儿，谁要它做什么？老祖宗还没看上眼呢。”凤姐忙问道：“果真吗？早知道我就该装大方，先说把这个孝敬了老祖宗，老祖宗自然是不要的，少不得还要夸我孝顺。这么着，我贤名也赚了，东西又可留下，岂不两便？”笑得贾母捶她道：“你这猴儿，又来耍宝。若论孝顺，你就很孝顺，偏说这些话来怄我，既然这样，就该把你屋子里所有的宝贝尽数摆了来，凭我挑，你看我要不要？”凤姐笑道：“我屋里碎瓷烂瓦多着呢，老祖宗若要，只管搬来，只怕没地方搁，还得把珍珠瓶子翡翠缸挪出来腾地方，到时候便宜的还是我们。”又问贾母觉得哪件好，因听李纨说百寿图竟未入选，拍手笑道：“所以说你愚，这有什么解不来的？自然是因为老祖宗知道这原本是鸳鸯姐姐绣给她老人家的，好不好，总之都跑不了，所以才不肯白夸奖，占了份子，倒不如留下空儿来夸奖别的两件，岂不白落下两件东西？”说得众人都笑了。王夫人也道：“说你小气，真就小气得臊都没了，只当老太太和你一般心思。”贾母笑道：“她倒没冤我，果真我就是这样想的，偏又被说破了。”众人更是哄堂大笑。

贾母又向雪雁道：“四丫头的园子图已经画得了，真个是大方秀丽，我倒有些舍不得送给刘姥姥了。有心想让四丫头再画一幅，怕她又要两年的工夫。如今我倒要问问你，能照着那样绣一幅极宽敞的画屏吗？也不用双面绣，只要单面平整就好。”尤氏、李纨都道：“这主意倒好。只是四丫头画都要画足两年，若是绣，岂不更加麻烦？”雪雁道：“那倒不是。画得慢，是因为要布局设色，先在肚子里打了好久的稿子，才敢落笔，听说四姑娘中间又改过几次，废过几稿，所以画得慢。如今我照样子绣去，并不须重新布局定稿，只要一笔不错地照描就是，倒并不难，只是怎么也要一年的工夫。”

贾母笑道：“你虽说得容易，我却知道并没那么简单，画画与绣花虽然道理是一样，手法毕竟不同，山水、楼阁、人物、树木、花鸟，画里一笔带过，绣品却要千针万线，浓淡、动静、起伏、详略，都要考虑周到，最是费神。也罢，等我亲自跟林丫头说，从此不叫她使唤你，你只管一心一意地绣去。”又向凤姐道：“你有空去看看你林妹妹，倘若她的丫头不够使，再挑一个给她也使得。”

凤姐忙答应了，又道："依我说，就叫外边画工依着四姑娘那画拓一张出来，雪雁丫头只管按着拓样下针就好，岂不省些斟酌工夫？我再挑个小丫头专门帮着她劈线穿针，或者又可提前十天半月的，老太太也早一点儿喜欢。"贾母笑道："既然这样，就更好了。"

又说一会儿话，凤姐因见尤氏暗中向她使眼色，便借故辞出。尤氏故意又坐着说了几句话，才辞了贾母，往凤姐处来。方转过琉璃嵌翠双龙戏珠影壁，便见院里南墙边两抱粗的一棵百年老槐树下，一只半人来高的碧玉荷叶缸半埋在土里，水里种着些荇草萍花，养着一对闪烁辉煌的金鲤鱼，来回穿游，足有四五尺长。凤姐正坐在树下凉凳上剔牙，见她来，笑道："你就是屁股沉，我一回来就先催着丫头备茶，这会儿茶都凉了，你才进来。牙长的一截子路，倒走了大半年。"

秋桐正在厢房里同丫头挑鞋样子，听见尤氏进来，忙丢了样子出来扭扭捏捏地问了个好。尤氏正眼也不瞧她，径自走到树下碧玉缸边探头看看，又将手敲敲缸沿，铮然有声，不禁笑道："什么鱼这么金贵，特意替它埋一只缸在这里？那池子里游的不是鱼？"

凤姐道："你不知道这里的缘故，这就是前儿林妹妹生日，北静王府特意遣人送来的那对金鲤，说是主门户平安，吉庆有余的。连这只碧玉琉璃缸也是一并送来，专为供养这两条风水鱼的，说是冬暖夏凉，不易得病。"尤氏念佛道："阿弥陀佛，这倒是件劳心的事，鱼是活物，又不耐冷又不耐热，又怕饱又怕饥，倘若一个不提防给养死了，那时怎么好，岂不是弄巧成拙？"凤姐道："谁说不是？我正为这个操心呢。拨了专人侍候这两条鱼，竟比侍候两个大活人还烦心。"

尤氏又撒目一周，笑道："人说'天棚鱼缸石榴树，老爷肥狗胖丫头'，如今你这里有了这鱼缸，也就差不多齐全了，只差一棵石榴树，怨不得不结籽（子）。"凤姐笑骂道："好乖巧的嘴，敢打趣起你娘来了。老娘不结子（籽），谁养得我儿这样大了。"

两个嘲戏一会儿，同进屋来。平儿端上茶来，尤氏接了，方向凤姐慢慢地说道："你前回说的娘娘赐画的事，你哥哥也着人四处打听着，说贾雨村犯的是贪污案，查出亏空约有千万之数，因此调京候审，还未定罪。若肯退回全部赃款，量不至重罚。又因前日皇上出宫围猎，四王共同监国，这件事便淹蹇住了，倒给了那贾雨村腾挪机会，这些日子里，只在各相府侯门间蹿个不停，四处求人告贷，帮忙疏通。你哥哥也帮着留心打点，不为别的，怕他一时急了，乱咬乱说，牵连无辜也是有的。你倒也不必太担心，他不过是我们常来常往的一个客，并无深交，将来他的事出来，无论发放贬职，都不与我们相干，不过从此小心些，远着来往，也就是了。”

凤姐道：“正是这话呢，就只怕两位老爷这一向同他走得近，一时半会儿脱离不开。”又命平儿将前日北静王府送的纱取两匹出来，递与尤氏道：“这也是北静王妃送林妹妹的，都是上等的好料子，她不要，收着也是白收着，你拿回家去给蓉哥媳妇做两件衣裳穿吧。”尤氏将手一捻，只觉轻薄软透，温存细腻，不禁笑道：“这是什么纱？看着黑漆漆的不起眼儿，摸上去竟像是小孩儿手一样，又纤巧又柔软，像是带着体温的，从前没见过谁穿这个。”凤姐笑道：“竟连我也不认得，还是老太太说，这叫香云纱，做了衣裳夏天穿着，出汗不沾身，越穿越凉快，又不起皱，说是一两纱比一两黄金都贵呢。就是颜色不好，非得找个顶巧的绣娘，大红大绿三镶三滚地绣了来，才可以压得住。”

尤氏谢了收起，又向前凑了一凑问道：“这北府里给林姑娘送礼，又是鱼又是纱的，好不金贵，到底是个什么意思？我听你珍大哥说，那在各府里常走动的冯紫英，有一次忽然同他打听林姑娘的来历，说是宝玉在扇子上写了许多诗句传出去，不知怎么被北静王爷看见了，大为叹赏，听说是这府里的小姐写的诗，所以问人。”

凤姐一拍腿叹道：“我说这件事来得蹊跷，原来是宝兄弟闹的！”因向尤氏细细地说明：“我也是瞎猜，若不是你，也不说了——老祖宗前些日子找我去，说北静太妃从前亲口说过，北静王要为自己亲选一位侧妃，不但要模样好，还得文采了得，必是谢道韫、班婕妤一流人物。既依你所说，想来必是先取中了才，复取中了貌。那日北静少妃来府里为老太太祝寿，只怕就是亲自相看来了。我起先还纳闷儿呢，说少妃亲自为王爷选妃，怎么就单单看上了林妹妹？若以相貌，薛家两位姑娘并不输给她；若论待人处事的大方亲切，三丫头和史大姑娘更觉活络；况且少妃自己已经是个病秧子，再为王爷选一个药罐子，安的什么心？莫不是怕将来侧妃与她争宠，所以故意找个体弱多病的，好使她不能同自己斗法不成？”

尤氏笑道：“你自己是个醋缸，只当人人都同你一样心眼儿多。”又道，“若是这样说，这件事倒有七八分。九成是北静王见了林姑娘的诗，便留了心，所以请少妃帮忙相看模样，听说竟是个才貌双全的，就相准了，却因并不是咱府里的姑娘，且年龄又小，不便造次，所以请冯紫英帮忙打听身份来历。再听说是个翰林之女，焉有不喜的？若不是为老太妃守制，只怕前年就要下聘的，好容易等到孝满，又知道林姑娘今年及笄，就先下了重礼试探动静，也是投石问路的意思，只怕这缸子鱼便是讯号。”

凤姐皱眉道：“这冯紫英是谁？这样多事。他又如何知道林妹妹身世？莫非是珍大哥同他说的？”尤氏道：“你怎么忘了？这冯紫英就是神威将军的公子，与诸王府侯门均极熟络，同你大哥也极相投。从前你侄儿媳妇病重时，就是他荐了一位张太医来，把得好脉息，比铁口神算还准呢。你大哥说见冯紫英问得奇怪，便含糊答应他，说林姑娘本是这府里的亲戚，老太太的外孙女儿，素日也不容易见到，并不曾说什么。依我猜，仍是宝玉同他说的，他与北府原走动得频，和冯紫英这些王孙公子也都常相往来的。”凤姐叹道：“必是这样。宝玉有口无心，乱说话也是有的。别人再赞他两句，什么不说？这事情果然闹出来，才是饥荒呢。”

尤氏笑道：“你也是闲操心。这又有什么好烦恼的？果然我们家里再出一位王妃，难道不是喜事？论人品才情，我听说那北王也是个好人物，且是一人之下万人之上的，除了皇上也就是他家最大，林姑娘果然嫁过去，难道还委屈了不成？不是我说句过头的话，只怕比咱们大姑娘还得体面呢，虽然名头上皇妃娘娘和王妃娘娘差着一层，可到底是北静王亲自相中的人，便又不同了。”凤姐也不便深谈，只道：“看着罢了。”又说一会儿闲话，便散了。

且说宝玉在潇湘馆同着黛玉、湘云一道吃了饭，又下了一会儿棋，才回至怡红院来。袭人已从家回来了，正站在廊庑下遥等，见他回来，忙上前接着，堆下笑道："我巴巴儿地赶回来侍候你吃饭，你倒好，说不回来就不回来了。你就是吃猫食的，走到哪里吃到哪里，别处的饭菜一定比家里香不成？春燕来说的时候，厨房已把你那份送来了，更没有端回去的理，所以叫小丫头端去吃了，倒是老太太特意打发人送了一盅桃花南瓜羹来，我还给你留在那里。若要吃，便热了来。"宝玉笑道："老太太也给了林妹妹，我已经吃过了。"又道辛苦，问，"花大哥得了什么？怎么不多住几天？"

袭人叹道："哥哥嫂子本来也要留我过了'洗三'才回来的，我想着这么大个屋子，这么些事，哪里走得开这些天？所以赶着回来了，只好到日子再出去就是了。生了个女孩儿，也罢了，都说头胎开花，二胎结子。"宝玉道："女孩儿才好，该好好备份礼，贺一贺花大哥的。"袭人道："太太和二奶奶已经赏过了。"又把赏的金银锞子、一对手镯、四条湖绉手巾拿给宝玉看。

宝玉道："太太是太太的，论理我这份却不该省，也罢，就照宝姐姐那锁的样子打只金锁吧。"袭人笑道："我才说要求百家钱替侄女儿打只银锁，你又要打金的了。他们得了金的，哪里还看得上我的银锁。"宝玉笑道："我的金锁只是拿钱买去，却不比你求百家钱来得真心，送礼贵在诚意，万不可以金银衡之。"袭人道："既然这样，你也给我一文钱吧。"宝玉解开荷包，散碎银子不少，却再找不出一文钱来，恨道："平时散钱乱扔，偏到用的时候，再想不起哪里找去。"于是仰着脸苦想。恰好麝月进来，听说找钱，笑道："这才是古话说的，一文钱难倒英雄汉。"宝玉、袭人都笑了。

袭人又向麝月讨了一文钱打百家锁，麝月又另给了三钱一只的金耳挖子做"添盆"之仪，又问她都向园里谁讨钱来，别房的姐妹都随了些什么礼，届时"洗三"又要回何礼，一长一短地说些闲话。宝玉听着，起先只觉有趣，忽又想起宝琴即将成婚，只怕隔不两年便也如袭人所说“开花结子”，不禁悲伤感叹，因此拿了一本书呆呆地看。袭人哪里知道他的心思，见他看书，只当要用功，便向头上拔下一根紫玉钗来，将灯剔得亮些，又沏了盏果仁泡茶，叮嘱小丫头好好侍候着，自己便不肯在跟前扰他分神，所以出来找秋纹等人说话，却见众丫鬟都拥在一处，正谈论日间赛针线的事。

原来怡红院诸人俱有绣品送去，便如袭人等不肯参与的，也自有小丫头代拿了她的针线去比。却唯有春燕的香袋一枝独秀，虽未得冠，却也出尽风头，因此众人都以为奇，因平时并不见她长于此道，遂又翻起前些时她说梦见晴雯替她绣花的事来，都道：“原来是晴雯暗中相助。可惜只帮了几针，倘若整个是晴雯的针线，必要夺冠的。”春燕也道：“晴雯姐姐真正多情，人虽去了，魂梦却只守着怡红院，再不肯就此舍了我们的。”说着，见袭人进来，便都掩口不说了。

袭人笑道：“你们只管玩儿吧，疯了一日还不够，都这会子了还只管叽咕，吵了二爷看书，是要骂的。”春燕笑道：“二爷才不为这个骂人。今儿他在潇湘馆里，玩得比谁都高兴呢。姐姐没看见，真个是热闹，林姑娘、史姑娘做评判，难得她们两个高兴，不但没有小瞧我们的针线，还比出大文章来，诗啦词啦说了许多，我都听不懂，说得真是好呢。”

碧痕笑道：“既说听不懂，怎么知道是好？不过是夸了你两句，就轻狂起来，打着林姑娘、史姑娘的旗号，只管自卖自夸起来。我可听见说林姑娘评出来的状元并不是你，是人家自个儿的丫头雪雁，可见藏私，不过拿你过桥，给雪雁垫底罢了。”春燕扭头道：“我不信，若说她要过桥，怎么不拿别的针线搭桥，就算是垫底，也自然是因为我这个不错。”

麝月笑道：“这我倒可以做证的，林姑娘再不藏私。倒是云姑娘一心想帮莺儿，又另选了一把牡丹花的扇子说好，不料也是雪雁做的。说是什么苏州双面绣，我也是正经第一次看见，难得它两面有花，竟是一模一样，连个线头都找不见，人家说‘天衣无缝’，大概就是这个意思了。况且雪雁讲的那些针法也都极通的，咱们都说要拜她为师跟着学呢。后来雪雁又回来说，连老太太见了都夸呢。”袭人也道：“林姑娘才不至于那般小气。自然是她识得雪雁的双面绣，所以才不肯说扇子好；倒是香袋、汗巾这些物件随处可见，林姑娘也未必知道哪个是哪个人的，所以公允评来，却偏选了雪雁的为首，不过是误打误撞，你别诬赖好人。”碧痕笑道：“我不过一句玩笑话，倒惹出你们三个人一车子话来。”又道，“刚才我替二爷换衣裳，看他袖子里笼着一条肚兜，是从前姐姐替他做的，问人才知道，原来绮霰拿去比赛来着，怎么竟也没评上状元？”袭人一愣，只道：“我的针线功夫原本平常，没评上又有什么好奇怪的。”就此掩过不谈。

碧痕因又说起宝琴许嫁的事来，叹道：“他们家倒真是热闹，刚办完了白事，又办红事，这才是人常说的‘只闻新人笑，不闻旧人哭’呢。”麝月笑道：“所以说你不通，这句话比方的是男人喜新厌旧，娶了新人，就不理那前头的人了，并不是说一家子办红白事。香菱死，同琴姑娘嫁人，是不相干的两件事，只管混比。”袭人也说：“好好儿地说婚嫁，怎么又说到白事上去？看叫人听了不吉利。”

忽见王夫人房里的小丫头走来，说找花大姐姐，太太有话说。袭人诧异，这么晚了，太太能有什么话，只得起身叮嘱道：“我去去就来，你们也早些睡吧，别只顾着玩儿，也灵醒着些，小心二爷叫人。”碧痕笑道：“姐姐去吧，看太太屋里有月钱放呢。姐姐若不放心，我进里边去陪着二爷可好？就只怕姐姐越发不放心了。”袭人啐了一口道“回来再同你算账”，便同小丫头去了。正是：

万般心事胭脂阵，千古难堪红粉关。

第七回

水月庵惊魂风月案
贾家女失足孙家楼

却说袭人被王夫人找去问话，足有一顿饭工夫才回来。见宝玉已经睡下，便不惊动，悄没声儿地卸了钗环，向外床上轻轻躺下，一宿无话。

次日二月二十七乃是北静王爷生日，宝玉一早穿戴了往北府里去，随众行过礼，便被带去偏厅喝茶等待开席。府里张灯结彩，喧歌处处，便是戏台子也与别处不同，除正院八角戏楼分三层建筑，上可腾云驾雾、下可翻江倒海之外，各楼宇间尚有彩练横空，有偶戏人立在练上曼舞，满院里又有踩着高跷的偶戏人扮成仆佣模样，在席间穿梭斟酒，这是院中散席，供无职的公子哥儿们戏耍；有品的王公命妇则分坐于左右翼楼，各广九间，另请了两班小戏，清吹弹唱，随席献艺，若有愿意看正院大戏台歌舞的，便站在天井旁阁楼上，隔着帘幕向下观玩。席案、戏台皆使花工用七宝珠翠，奇巧装结，花朵冠梳，扎着时鲜花样。所有碗碟，俱是官窑瓷器，描金嵌玉，飞龙勒凤。

原来这一天招呼的全是皇亲近族、藩王使节，次日才是公侯大臣，唯宝玉因与北王交情不同寻常，故于头一日即来祝拜，其实并无资格入席。

虽北王特别交代，令他与那些外族番邦的郡王世子同座，然而宝玉并不以攀交权贵为意，又见举目无非皇戚，言必失敬久仰，说不尽的屏雕金龙，褥设彩凤，觥筹交错，谀辞如潮，又兼华灯炫目，锣鼓成行，实在热闹富丽得不堪，因此只略用了些酒水，看了半出《绣襦记》便瞅空儿出来。府里原是时常走动的，因此宝玉并不用人带路，径自穿过花厅向门房寻着自己的小厮茗烟道："我一直要去看看芳官，总未得空。今儿难得出来，不如就往水月庵走一趟。"

茗烟正与王府里的小厮吃茶吹牛，闻言忙掷了杯出来，主仆两个笼鞍上马，风驰电掣，不一会儿便出了城，来到庵前打环叫门。水月庵的姑子听说是荣国府的二爷来了，都大惊失色，连忙迎到禅房坐着，命人上茶。宝玉哪里肯吃，只问："有个芳官，是不是投身在你们这里？"那姑子却不认得什么"方官""圆官"，闻言发了半天愣。茗烟一旁提醒道："她原是荣府里的丫鬟。"

一语提醒了那姑子，拍手道："原来是她，二爷问她做什么？"茗烟骂道："你管我们爷问来做什么，你只管叫她去就是了。"那姑子连连自说"该死"，忙忙地去了，不一时回来，木着脸道："二爷快别问了，圆觉——就是二爷说的什么方官，如今改了名字叫圆觉了——谁知是个不知礼的，凭人怎么说，只是死不肯出来。"宝玉叹道："到了这个地步，还是这个性子。"因问姑子："她在哪里，你带了我去。"

姑子遂带路，来到庵中一角柴房，指着道："她就在里面。"茗烟早又骂道："好啊，好好的人叫你们拐了来，是当骡马一样关在柴房里的吗？"那姑子委屈道："是她自己与净虚师父犟嘴，师父骂了几句，说要关她在柴房里饿上半日，她恼了，索性住进去不肯出来，并不是我们关她。二爷不信，看那门上有锁吗？"茗烟不信，挥拳踢腿地要打。宝玉忙拦住，劝道："听起来确是芳官的脾气，她不能撒谎。"宝玉遂来至柴房前，轻轻地叩门叫道："芳官，是我，我看你来了，你开开门，我同你说话。"门里只是寂然无声。

宝玉又叩求多下，方听见里面人带泪说道："二爷请回吧，从此只当我是死了。”宝玉哪里肯去，只道：“我好不容易出来，你总得让我见一面。”里面又复寂然，半晌方冷笑道：“二爷果真要见？可别后悔。”宝玉且不懂，只说：“当然要见。”话音未落，柴门“哗”一下拉开，一人蓬头垢面破衣烂衫站在门前，问：“二爷果然要见我？”宝玉定睛看时，吓得仰面后退，惊道：“你是谁？何故吓我？”那人早又将门关了，冷笑道：“我说你并不会愿意见我。”宝玉身上颤抖，指着那门问姑子：“这人是谁？”那姑子苦着脸道：“她不就是爷说的什么方官了？进庵来，改了名字叫圆觉，可是再不乖觉的，没早没晚只管与师父斗嘴。一时恼了，自己将杯子砸个粉碎，抓起瓷片就往脸上一阵乱划，就变成这样儿了。”

茗烟方才叫开门，见那芳官形容虽似，然而伤痕累累，皮肤外翻，如同鬼怪一般，只吓得一阵连滚带爬，这时又迎上前来，抓住姑子问道：“胡说，好端端的她为何要划伤自己？从前她那样爱俏，那样抓尖儿，如何肯无缘无故划伤了脸？你们把好端端的人拐了来，方的改成圆的，作践得不人不鬼，还说不是害她？我这便抓了你去回太太，必要打死你。”姑子吓得跪地磕头，叫着：“阿弥陀佛，屈死我了，谁敢无故伤人？真真儿的是她自己划伤的。二爷不知道，这圆觉性子最是古怪，谁也拗不过她的，满世界里再没第二个。原听说她从前学过戏，平常我们央她唱两句，死不肯开口；不要她唱时，又独个儿哭一回唱一回，扰得人睡不成，连净虚师父都拿她没法子。她为着和师父怄气，自己锁了柴门不肯出来，眼错不见的，又把脸也划花了。爷若不信，只管问她。再不然，问净虚师太和芹大爷。”

宝玉听了，泪如雨下，又问茗烟：“芹大爷是谁？”茗烟想了一想道：“是了，就是后街上周大奶奶的儿子，三房里的芹四爷，专管尼姑道士的。”

只听芳官在内说道：“你们不必拷问她。确是我自伤面目，与她无干。二爷快去吧，看这里气味不好，薰坏了你。以后也不必再来。”宝玉听她语中犹有关切之意，更是心痛如绞，五内摧伤，欲要去，哪里舍得；若不去，又无话可说。茗烟只觉得这庵里充满诡异之气，巴不得速速离开，因苦劝道："二爷走吧。就是舍不得她，也总要先回了家，再找个大夫来想法子治好了脸上的伤，再恢复从前模样才是。"

宝玉听他说的有理，且也无他法，只得上马去了。方出门来，却忽听一声清唱断云裂帛，越墙而来，唱的正是从前芳官为宝玉献寿那夜唱过的《赏花时》："翠凤翎毛扎帚叉，闲踏庭前扫落花……"细细一缕刺入心中，宝玉顿觉锤心刻骨，痛不可抑，"呀"一声大哭起来，便要搂马回去，茗烟生怕回府晚了累他受罚，死劝着去了。

回到府中，宝玉心中怅然若失，及至逡巡睡下，梦里犹隐隐听得芳官唱曲声，翻来覆去，却只是一句："洞宾哦，您得了人可早些儿回话，若迟呵，错叫人留恨碧桃花。"仍是《赏花时》的腔调，唱得悱恻缠绵、余韵不绝，有裂石穿云之响。宝玉在梦中叹息连连，寻声行去，不知不觉来到一个地方，却既非北静王府的丹楹朱户，又不是水月庵的青灯古刹，虽然也有石碣山门，彩灯盈道，但终究不知身在何处。

宝玉正自疑惑，忽见那大石后涌出许多红粉骷髅来，一时花容月貌，一时凶神恶煞，不住地向他做鬼脸，宝玉恍惚问道："姐姐们是谁？与我素昧平生，无冤无仇，为何要戏弄我？"那些女鬼便都冷笑道："无冤无仇？我们本来都是好端端的女孩儿，只因为认得了你，也并未做过什么不齿的事，就白白丢了性命名节。你倒只管养尊处优，如宝似玉地装好人，是何道理？"

宝玉听后，只得再用心辩认，却见那些女子不是别人，正是金钏、晴雯、芳官、香菱、司棋、可人等一干人，其中又有尤二、尤三姐妹两个，忙施礼道："宝玉自知有得罪之处，却并非有意冒犯。香菱姐姐为何也怪起我来？两位尤姑娘更是只有数面之缘，何以这般见责？"香菱笑道："我来此原不为寻你，乃因绛珠仙子销号之时将届，故而特来探看于她，订立相会之期，也好早做准备。恰遇见司棋妹子的魂灵，便站下来说一会儿话，想不到遇见了你。"宝玉似懂非懂，又道："各位既然不是来寻我的不是，为何又做出许多鬼脸来吓我？"

尤三姐冷笑道："你自己心里有鬼，倒只管怨人。我且问你，既然说我们无冤无仇，你何以坏我名节、毁我姻缘、断我性命？如今既然狭路相逢，少不得有仇报仇，欠命还命。”说罢，自身后掣出寒嗖嗖明晃晃一柄宝剑，便欲刺出。宝玉连忙躲避不迭。忽见一女子腾云驾雾地赶来，叫道：“休要伤他。”宝玉回头看时，却是黛玉，忙挡在前头叫道：“妹妹留心，且莫管我。”那些女子笑道：“见了他林妹妹，倒还有些良心。”又都上前见礼，口称“绛珠仙子”，意甚恭谨。黛玉并不答话，只用力将宝玉一推，如坠五里云中。

宝玉大叫一声醒来，一身的汗。袭人忙披衣趋近，问他：“怎的了？做什么梦了？”宝玉抚着胸口叫道：“林妹妹可回来了？”袭人失笑道：“好好地睡在这里，哪来的林妹妹？”宝玉方知是梦，终不放心，遂对袭人说：“你叫起一个小丫头，要她去潇湘馆探一探，看看妹妹可好？”袭人笑道：“这大半夜的，无缘无故去敲门，林姑娘岂不恼呢？若再惊起别人来，就更不好了。”

宝玉情知有理，只是放心不下，遂向袭人说起梦中所见，叹道：“那个地方，说起来原有些熟悉，倒好像什么时候去过似的。便是这些人，也都像是旧相识，只不知为何这样怨恨于我。”说着又垂泪。袭人笑劝道：“这可是还没醒呢。她们从前与你同一个园子住着，晴雯、芳官更是见天一个桌子吃饭，自然是旧相识，有什么好纳闷儿的？”宝玉道：“不是那么个旧相识，我在梦里看见她们，只觉这个梦从前好似做过的一样，这些人，还有这个地方，也是从前那个梦里就有的。”

袭人忽然想起，那年宝玉在东府小蓉大奶奶屋里睡午觉，醒来也说起这么一个梦，说是什么“太虚幻境”，里面有许多人物故事，还同自己偷试了一回。想起旧事，不禁满脸绯红，劝道：“一个梦罢了，哪有那些道理？人家常说的：‘日有所思，夜有所梦。’自然是你日夜思念她们，所以才会梦见这些。快睡吧，已经敲四更了。”

宝玉只得重新睡下，心里总是放心不下黛玉，辗转反复，好容易等得天亮，忙起来亲自叫醒秋纹，命她：“不拘找个什么由头，去潇湘馆里看看林妹妹，回来告诉我。”秋纹不解其意，也只得应着去了，一时回来，说："并没什么事，刚起来，正梳洗呢。"宝玉这才放下心来，要水洗了脸，自往贾母房里来请安。只想请过安后再去看黛玉。不料老爷偏传话进来说，仍要叫往北静王府里看戏去，好同着那些王亲大臣多多亲热，学习些规矩礼法。

原来今儿才是宁、荣两府的爷们儿为北王上寿的正日子，宝玉满心不愿意，听说贾政也去，岂敢违逆，且连脱滑的空儿也没了，只得穿戴起来，带上李贵、茗烟等，骑了马，随着贾政的马车径往王府里去。后面家丁浩浩荡荡抬着寿礼走在后面，计有寿桃一百个、寿面一百挂、上等的人参十二支、貂皮一张、南海佛珠一挂、金玉狮子各一对，并从苏州精心订造的上等丝缎十二疋、官缎二十四疋，由江宁所织之上用缎十二疋、官缎三十六疋，都由大红案子抬着，大红披巾盖着，招摇过市，两边又有从府衙借的官兵开路，引得那些百姓都站住了在路两边观看，又细数那过往的马车箱案，猜测所献之物，啧啧连声，摇头叹赞不已。

贾政坐在车内，隔帘看见宝玉满面悒怏，见于颜色，于是搴起帷子教训道："昨儿因要筹备送北王的礼，竟没时间找你算账。我听李贵说，席还没散，你人倒跑了，连奴才也不告诉，害得他们找遍了整个王府，闹了多少笑话。我还没问你，昨天一整日野到哪里去了？你倒又摆出这沮丧样子来堵我的眼，灰头土脸，唉声叹气，哪里像个读书上进的王孙公子？倘若去了北静王府也是这样，丢人现眼，失礼打脸，晚上回来定要揭你的皮。"宝玉听了，吓得忙道："我昨天并不敢乱跑，只因席上实在嘈吵，闹得头疼，所以先走了，就忘记知会贵大哥一声。其实只比他早回家一半刻。"

贾政还欲教训，想着北静王一向对宝玉另眼相看，若只管一味训斥得他没情没绪，等下见到北王倒不好，遂忍耐住了，只道："若论别的本事，量你也没有。这会子左右无事，倒不如细想两首诗来，等下预备席上祝寿。做得不好，晚上再一并罚你。"宝玉虽擅诗，向来不喜歌功颂德之作，此时却也只得勉强答应。宝玉骑在马上，搜肠刮肚，百般苦恼。不提。

且说黛玉一早起来，正在洗漱，忽见秋纹忙忙地走来，又没什么事，只是请了安便又匆匆离去，倒觉得诧异，又不好说什么，独自出了半日的神，无可排遣，因想起再过两天，三月初一是王夫人生日，少不得又要叫宝玉等抄经散经，这等事原是宝玉最不喜做的，倒不如得闲便帮他准备些。黛玉遂命紫鹃将书案搁在窗边透亮处，洗笔磨墨，展开纸来，恭楷抄写。

黛玉抄了一会儿，因见“一念愚即般若绝，一念智即般若生”之句，不禁想到“三谛圆融，一念三千”之说，又《僧祇》有云：“十二念为一瞬，二十瞬为一弹指。”因此搁了笔，负手支颐，发起呆来，暗想世人以时光飞逝为“弹指”，《庄子》又有“人生天地之间，如白驹之过隙，忽然而已”，可见“时间”之理，既有限，又无限，竟是世间最不可捉摸、难以形容之事，当下思潮起伏，心有所感，遂草书一绝云：

韶华易逝不宜留，一念三千再念休。
转瞬还翻十二念，百回弹指几春秋。

黛玉题完诗，想到红颜易老，相思难酬，若论自己所受的委屈煎磨，那真是一日三秋，每一瞬每一念满满的都是烦恼，时间竟过得比什么都慢；若论桃红柳绿，花谢水流，却又觉岁月如风，转眼即逝，又过得比什么都快。初进府时，自己同宝玉一桌吃，一房睡，何等亲昵无私，而今却难得在一起说句体己话；就算好不容易两个人面对面坐着，也有诸多顾忌，一时厮抬厮敬，一时斗口怄气，却终究不能明明白白说句心里话；况且，即便知道了宝玉的心意又如何，这些年中，他说死说活的疯话还少吗？然而老太太、太太不开口，舅舅、舅母不为自己做主，又能奈何？只怕时光如水，天意弄人，终究逃不过“卿何薄命”四个字。想到此，不禁泪流满面，用绢子堵着嘴呜咽不止。

紫鹃出去喂了鸟进来，看黛玉好好写着字，却又哭泣起来，心中叹息，只得委婉劝道：“姑娘才好了两天，怎么又无故伤心？姑娘已经是先天寒弱，再不自己珍惜着些，可教人怎么样呢？就是大夫一天来三次，开的方子能治病，也要姑娘自己平神静气，一心想好才行。”黛玉叹道：“你哪里知道我的心思？”紫鹃道：“虽不知道，跟着姑娘这几年，也多少猜着些。其实姑娘又有什么不如意的？虽然亲生父母不在，可也并不至失依没傍的，且不说老太太固然疼爱异常——现有例子摆着，三位姑娘倒是嫡亲的孙女儿，也不过这样——宝玉跟咱们更是一条心，凡姑娘说的话，无不小心奉承，凡姑娘喜欢什么，也都是要一奉十的，如何还只管怄气？姑娘若肯惜福，就该仔细身体才是。”

正劝着，却见探春、惜春带着侍书、彩屏走来，进了门便哭。紫鹃讶道：“这一个还没劝好，又来了两个。只道我们姑娘爱哭，怎么三姑娘、四姑娘如今也都弄起这个光景来？”又不住地拿眼睛向侍书、彩屏两个打量。侍书呜咽道：“孙家刚才来人报信，说咱们二姑娘昨天无端失足，跌下楼来，至今还昏迷不醒呢，两位太太如今已经吩咐琏二爷探看去了，只怕这会儿已经咽气了。”探春听了，益发大哭，惜春也默默拭泪。

黛玉吃了一惊，倒反收了泪，问道：“我们可能还见一面吗？”惜春叹道：“哪有那么容易。二姐姐既嫁了人，就生是孙家人，死是孙家鬼，咱们闺阁千金，岂有为这个到人家门上抛头露面的？所以我说，一个人生为女子，想要清清白白地过一世，除非出家做姑子，不然再难干净的。”

探春顿足恨道：“咱们贾家的女孩儿就被人这样白欺负了不成？依我的性子，就该到孙家大闹一场，再问他个虐死妻子之罪。就因为生为女儿，便这样任人摆布，一旦嫁了人，哪怕她是猪是狗，也要忍气吞声。现在人要死了，忍到头儿了，难道朝廷会颁座贞节牌坊、容她上《列女传》不成？咱们家枉有这许多人，竟没一个有刚性的，你们看着吧，他们到了孙家，看到那个什么孙绍祖，非但不会问罪，说不定还要装出亲热样子来攀交情呢，再不会为二姐姐说半句求公道的话。”说着，又哭起来。

黛玉便也哭了，又咳起来，紫鹃忙过来拍着，探春不欲使她更加难过，站起来告辞欲去，黛玉忙问：“老太太同宝玉知道吗？”探春道：“二哥哥一早随老爷去北静王府祝寿去了，这会子自然还未得知；老太太那边，大家都瞒着，等琏二哥回来探准了是什么情形再说；这会子园里只有两位太太、大嫂子和琏二嫂子知道。我这会儿且去紫菱洲看看邢姑娘，权当替二姐姐再看一眼她住的地方吧。”说到末一句，复哽咽起来。

黛玉便命紫鹃拿衣裳来，也要同去。紫鹃欲劝又不好劝的，口里虽答应着，眼睛只看着探春。探春情知其意，便劝道：“今儿有些起风，你身子又不好，别到处走了。免得伤心，又咳起来。”黛玉道：“诚如你们说的，我虽不能再见二姐姐一面，往紫菱洲走一走，看看她从前住的地方，也就好比又在一处了。”说着，又流下泪来。惜春催促道：“既然这样，我们便一起走吧。”紫鹃知不能劝，只得拿了通袖过肩的缠枝花卉纱袍来替黛玉披上，遂一齐出来。

方过桥时，却见宝琴倚着湖山石掐花，望着水面一径发呆，身前一丛牡丹花，半开半吐，枝叶掩映。探春便上前拍了一下肩道：“傻子，做什么独自在这里出神？”宝琴吓了一跳，忙问：“姐姐们哪里去？”探春将缘故说与她，又说正要去紫菱洲看邢岫烟去。宝琴听了也觉唏嘘，遂道：“既然这样，我同你们一道去。”

一行人联袂来至紫菱洲，远远地看见池塘清冷，轩窗黯淡，连池边仙鹤也无精打采，将头藏在翅膀下打盹。这院里原比别处少花草，蓼花荷叶均以夏为盛，如今却没什么风景，池中莲荷都未长成，惟点点青萍，不觉浓淡，丝丝芦苇，益见清寒，便连鸳鸯也不肯逐对戏水，却各自扒在池沿上打盹，池边放着张凉椅，上面栖着几只麻雀，落着点点鸟粪、几片羽毛，众人见了，愈增感伤，早又滴下泪来。

待进了屋，却见李纨、史湘云也都来了，正与邢岫烟坐着喝茶，见了她几个，叹道：“正说要丫头分头去请你们过来说说话，倒是想到一处了。”那岫烟手里捏着方翡翠绿的撮穗撒花熟罗帕子，哭得两眼肿起，见人来，忙站起招呼，泪犹未干，哽咽难言。探春情知她与迎春同处一室，将近两年，情分自与别人不同，遂在她身旁坐下，按着手劝道：“二姐姐一生谨慎，性子柔顺，心地又善，待人又和气，平日里温声细语，一句重话也没说过，猫儿狗儿也不曾伤过，我并不信老天这样狠心，年轻轻便要收她回去。不过是跌了一跤，如今琏二哥已经带太医赶着去了，必定可以治得好的。”李纨等人也都说：“必是这样，我们大可不必杞人忧天。”

湘云愤愤道：“二姐姐弄成如今这样，都是嫁错人家才落到这一步，大伯和婶婶就不问一句吗？这回若天可怜躲过一灾，不如让琏二哥把二姐姐接回，从此常住不要去的才好。”李纨道：“原来结亲的时候，咱们老爷和太太就不大赞成的，说那孙家虽有几个钱，并不是阀阅之家、书香门第。无奈大太太一意孤行，只是要结这门亲。如今把二姑娘断送进虎口里去了，到这时候便要说什么，还能逆转乾坤不成？自然还是和为贵。比方薛姨太太娶了那样的媳妇，就后悔娶错人，也不好随意打发了去；何况咱们是女儿家，就明知嫁错，还能把姑娘收回来不成？”

宝琴听着，只是坐不住，一则她婚期在即，听到众人谈婚论嫁不好意思的，且李纨又说到她家的事上头，更加不便开口，遂站起走到一边书案旁假装翻书，看见案上棋枰犹在，翎羽蒙尘，不禁黯然，握起一捧黑白子，从指间零散洒落，听那棋子敲击之声。一想到从今往后，奕秋亭榭，珍珑虚设；王谢楼台，燕迹永绝，不禁怅然若有所思。李纨已知觉了，自悔不迭，忙岔开道：“二妹妹从前最喜下棋，原来那组玉石的棋子带了去做嫁妆，这一副新的，玉色反比那副看着还旧黯些。”唯有湘云不察，仍旧追问道：“上次二姐姐回来说，那姓孙的每次和她吵架，就说什么大老爷欠了他家五千两银子，把女儿卖断了去抵债的，所以任意作践得连丫鬟也不如。我不信这话，大伯怎会连五千两银子也拿不出来？只恨为什么不当面同他理论，倒由着他说嘴！现在又说什么二姐姐失脚坠楼，焉知不是他家里人亲手推下去，又或是二姐姐受不住折磨自己跳下去的呢？依我说就该报官。”这番话，众人心中原也各有猜疑，唯有湘云突然说出来，便都大惊阻止不迭。李纨推她道：“云丫头真是大胆，人命关天的事，怎好混说？便是报官，也没凭没据的，倒说咱们讹他，有理也是无理，原告倒成被告了。”湘云也知说得露骨，遂低了头。

众人感怀心事，不免也都想起各自终身，湘云、宝琴两个摽梅将咏，嫁杏有期，眼看便要出门的，心中每每揣度，并不知对方脸长脸短、性情好坏，倘若遇着个孙绍祖这般前世冤孽，却又如何是好；探春、惜春因近日府里官媒往来得频，心中早已栗栗不安，前些日子宫里更又派出画匠来为她二人造像，说若是被选中，便要远嫁海外，到时爹娘兄弟再无相见之日，何等凄凉？黛玉更不消说，风吹草动就要哭一回的；李纨也自感叹少年守寡，老来无依，虽有贾兰一人可靠，谁知他将来成龙成虎？因此都低头拭泪，默然无语。丫头们见主子悲伤，更加不敢说话。缀锦楼不大地方，虽是香拥翠绕坐了一屋子人，却连半点儿声息也无。

且说怡红院诸人也都听说了迎春的事，难免叹息伤感，正在议论，却见琥珀肿着眼睛走来找袭人，因说去前头回王夫人的话，知道就回的，且坐下来等着，遂向众人说："你们可听说司棋死了？"众人听了都大惊问道："才听说二姑娘的事，怎么又说起司棋来？可是你听错了，把主子当成丫头混说。这是几时的事？"琥珀道："哪里听错了。二姑娘的事是一早孙家的人来说的，司棋的事是刚才她老娘告假时亲口说的，谁承想她们主仆两个的命竟是一般的苦。原来司棋出园后，她娘说她已经失了脚，不适合再留在家里，逼着要她嫁人，说的人家，不是续弦就是小妾。她不肯，三番五次地寻死觅活，总被拦住了不成功。前儿她姥娘又把她说给一个六旬老翁做妾，怕夜长梦多，竟用一条绳子捆着，将她塞在花轿里逼着成了亲。刚拜过堂，前头宾客还没散呢，后面屋里她就用捆她来的那条绳子吊死了，就是昨天晚上的事。"

原来司棋的姥娘就是那年被探春打了一巴掌的王善保家的，调唆着邢、王二夫人找丫头们的茬儿，不想却葬送了自己的亲外孙女儿。秋纹、碧痕等人听了，便都想起那年抄检大观园的旧事来，都拿着绢子拭泪，又惊又叹道："竟这样祸不单行，焉知司棋不是先替主子引路去的呢？若是她们主仆两个能在阴司做伴，也不致太过凄凉。"又念起晴雯来，都道："她们都是一同出园子的，又都这样薄命，真真儿死得冤枉，难怪魂灵不安，只怕司棋的魂儿也要回来的。"又说起同时出园的入画、芳官、四儿等人来，叹道，"也不知她们如今是死是活，从前姐妹们何等亲热，只说要同生同死的，一旦分开，竟连个信儿也没有，临了儿也没能见上一面。”

琥珀叹道：“当年琴、棋、书、画四个原是一起进来的。抱琴跟娘娘入了宫，司棋死了，入画走了，如今就只剩下侍书一个，若教她知道，还不定哭成什么样儿呢。我竟不敢自己走去告诉她，所以来找袭人一块儿去，也好帮着劝慰。”碧痕冷笑道：“原来你是要她帮着劝人，只怕她听说这些姐妹都死得绝了，心亏舌头短，说不出话来；即便她肯说，那些死的冤魂也未必肯听，倒反更不安宁。看她这会子不在，又不知背后在哪里咬唇戳舌。我倒劝你们，聪明的赶紧上香拜佛求神保佑，不然等下回来，还不知道谁遭殃。”

秋纹听这话说得不善，唯恐生事，连忙拿话打岔，却遮掩不及，便见袭人从外面进来，带笑不笑地道：“琥珀妹妹来了，怎么不往我屋里去？这里热，不如跟我来。”

原来宝玉房中原有袭人、可人、晴雯、麝月、秋纹、茜雪、绮霰、檀云等八个大丫头，又有碧痕、春燕、芳官、四儿等八个二等丫头，另有许多粗使小丫头。然而碧痕虽居二等，仗着自己跟宝玉的情分不同，并不把众人放在眼里，自以为若论样貌针黹，虽不及晴、袭，却强似麝、秋；若论口才，便连晴雯也不是她对手，那日给黛玉吃闭门羹，就是因为晴雯同她拌嘴输了有气，倒害宝玉赔尽不是。如今晴雯既去，碧痕以为如要再提拔一个丫头，铁定是自己跑不掉的，偏偏一日日延挨下来，只不见信儿，好容易昨日放定，竟提拔了春燕，因此气急败坏。想着前夜王夫人原找了袭人去问话，便疑心是袭人不作美。因此心中正百般不自在，听见司棋的凶信儿，再按捺不住，怒不择言，便发泄了出来。不想恰恰袭人走来，情知方才的话已被她听见，既难遮羞，反豁出去，冷笑道：“正是呢，我们的屋子自然又脏又热，哪里是姑娘待的地儿？还不赶紧攀了高枝去呢。前头大房正室，才是姑娘去的地儿，快去吧，小心晚了被别人占了窝可就迟了。”

袭人欲不理，奈何这话说得实在重，且难听，因此再忍不下，红了脸转身问道："姑娘这是说我吗？"碧痕仰着脸打鼻子里"哧"地一声笑道："不敢，我说那说得着的人。这屋里并没有人可以做得正室夫人，撑破天也不过是个姨奶奶的命，叫我说谁去？姐姐倒不必来捡这空欢喜的名儿。"袭人气白了脸，走过来指着碧痕道："你别这么夹枪带棒的。既要说，就把话说明白了。什么是心亏舌头短，又怎么是冤魂不安？我在这屋里几年，自问并没做过什么亏礼欺心的事，姑娘今儿这话，倒要说说明白。"秋纹忙劝道："姐姐是怎么了，姐姐一向最宽宏大度的，同她一个糊涂人计较什么。"

无奈碧痕正在气头上，再听不得这话，不管不顾地嚷道："怎么是我糊涂？你们个个都是聪明人，所以才最能自保，长命百岁活着；我们都是糊涂人，所以才会得了不是撵出去，不是出家做尼姑，就是干脆一伸腿死了，倒也干净，省得待在这院子里，被人家当贼防着，只许她鬼鬼祟祟，别人就多说一句话也有罪。"

袭人听她句句都捎着晴雯、芳官等人，明知她素日与晴雯并不见得亲厚，今日如此，必是为了自己没有帮忙提拔之故，因道："我知道你是为小燕儿补了晴雯的缺，却没有提你，所以恼我。只是这件事是太太和二奶奶亲定的，并不与我相干，姑娘何以只是怪我？"

碧痕被她说出心病，大没意思，更加发狠道："呸，我才看不上你那二两银子呢。打量谁都跟你似的，自以为坐稳了姨娘位，生怕别人同你抢，不论谁同二爷多说了几句话，或是侍候了眼面前的事，总要想方设法支使了人去，不使她与二爷说话，安的什么心？咱们'斑鸠吃小豆，心里有数'。天天调唆着撵这个，赶那个，咱们自然都是'戏台上跑龙套——走个过场儿'，难道姐姐就必定在这屋里长长远远住一辈子的不成？一边撵晴雯出去，一边还要防着五儿进来，芳官也不过白在二爷面前提了两句话，太太怎么就知道了？何苦来，又白害死一条人命。"

琥珀听她越说越狠，再料不到自己来访竟惹出这般官司，忙着劝碧痕收声，又拉袭人离去，只说："你的为人，我们尽知道的，何必同她争吵。我们且到你房中说话。"

偏袭人今日竟然性情大异，只站着不肯去，身子抖得风中叶子一般，哑着声音向碧痕道："你不要在这里吵，我知道你会说话，黑的也可说成白的。你既然会说，我们便到太太跟前说去，让太太评评这个理，看我有没有不叫你们服侍二爷，倒情愿自己独自拼死累活，还要落你一番是非的理。"

碧痕听这话，便知袭人有撵自己出去之意，今日便不发作，改日也必会设个法子撺掇了太太或是宝玉撵自己出去，宝玉是不怕的，禁不住自己几句软话；若是她同太太说了什么，只怕就难了。不如拼着今日撕破脸闹一场，她要保贤良的名声，或许倒不敢明着变法儿，便要自己去，少不得也要挨上一年半载才好有所动作，倒还方便转圜。碧痕想得定了，遂再无顾忌，叫嚷出来道："打量谁是傻子？那日抄园子，连林姑娘房里的紫鹃因收着宝玉的荷包扇套，差点儿还有不是呢，袭人、秋纹这些人竟是干干净净的，说给谁，谁信？别的不论，我亲眼看见二爷当日把一条大红汗巾子系在她腰上，她后来解了收在箱子里，那是外来的东西，怎么抄检时倒没人问起？连太太二次前来，挑拣了那许多眼生的物件扔出去，也还没这个。这还不是早得了风声，藏起来了？怡红院里，个个都有错，长得好是错，说句玩笑话也有罪，独她每天和宝玉两个偷偷摸摸地反倒没罪，可不是奇事？太太耳根子软，眼神不到，难道这园子里的人也都各个聋了瞎了不成？为的是大家存体面。'千朵桃花一树生'，风吹了你，雨落了他，谁是常开不败的？'妆得个观音貌，藏不住罗煞心'，自以为是要做姨奶奶的命，不等喝交杯酒就先圆房也罢了，没定名分就要装腔作势起来，我就不服！"

一地下的丫头婆子听着，都大惊失色，有生怕株连走开避祸的，有心中称愿暗暗叫好的，也有趁势泄愤火上浇油的，上前假意劝道："姑娘糊涂，她是老太太房里派下来的人，太太也要高看她三分，我们怎么能和她比呢？姑娘可不是'搬起碌碡打天——不知天高地厚'？她和二爷的事，太太都不论，我们管人家咸淡！"碧痕冷笑道："我当然管不着，我替晴雯屈得慌。花大姐姐，我倒想白问问你，家常做梦，难道没见着晴雯姐姐找你来吗？你欠她一条命，就这么平白无故算了不成？人家日常说的，‘鬼神不在半空中，鬼神只在浑身走’，晴雯的魂儿去不远，就守在这园子里头呢，姐姐每日出出进进，就没撞见过？何苦呢，撑破了天，也不过是个姨娘，离宝二奶奶差着好几层呢，犯得着这样杀人放火的，就瞒得过人，也瞒不过天，还有脸说不欺心亏礼，‘咬人的狗儿不露齿’，也不用在这里扮相声，你有胆子，自己到院里海棠花前边表白去，看看哑巴花信不信！”

袭人进门时原苍白着一张脸，同碧痕吵了几句，涨得通红，此时听了这话，忽而转紫，指着碧痕，只浑身发颤说不出话，忽然“哇”的一声，吐出一口血来，便往后倒。小丫鬟们都吓得乱跑乱叫道：“了不得了，碧痕一句话把花大姐姐气死了。”

碧痕倒又害怕起来，心道她竟然这样不济，果然害了她命，那些人岂肯饶我？不如赶紧走了为是。趁人乱着，拔脚便跑，遇着人，只说宝玉打发她往厨房里说一句要紧的话，一溜烟出了园子。待到二门上，只见许多人围在那里不知做什么，便不敢凑前去，径向后门来，几个小厮在那里踢球，等着里面随时招呼，门前只有一个穿红插绿、打扮得妖妖调调的媳妇正倚着门嗑瓜子，与看门的一个半老家人摺嘴打牙。碧痕且在山子石后头站了一站，认得那媳妇便是从前晴雯的嫂子，遂掠了掠头发，定一定神，故意上前笑道：“嫂子在这里正好，我正要出去找我妈说句话，烦嫂子将我妈找来。”

那嫂子“哎哟”一声，歪着嘴道：“姑娘好会支使人。可看着我就是那盐花花渍的咸人一个——有那闲工夫替姑娘传人去？”碧痕故意赌气道：“嫂子不肯帮忙，直说便是，何苦又拿这些话来寒碜人？既这样，我就自己找去。”门房拦住道：“这倒不好。姑娘随便使什么人出去找找吧，别又乱往外跑。”那嫂子搡他道：“你就教她自己找去，还怕她不认得她妈不成？”门房只不肯放，口口声声说：“我放她出去不打紧，回头上面知道了，要怪罪的。”

恰时忽听有摇惊闺的过来，那嫂子大惊小怪地道：“不知是卖脂粉还是花翠，我正想着要寻一对茉莉颤儿插头。”又推那门房道，“你就给我买些脂粉来如何？横竖打扮了也是你高兴。”待那货郎走近来，却并没有胭脂水粉，只是磨镜子的，却也厮缠一会儿，问东问西。那门房笑道：“你只管问他做什么？莫非嫂子有镜子要磨？我不就是你现成的一面活镜子？还要那死的做甚？”

他两个嘲戏，碧痕早趁人不见溜出去，顺着后巷只管觅那人稀的地方一路飞跑，直跑了一盏茶功夫，方站住了呼呼直喘，心道：这回可怎么好？府里是断然回不去的，被拿住了，一定打死，且连累老子娘；便不死，也少不得一顿打，拉出去或卖或配人，终究还是个死；若要走，却又走到哪里去，只怕不出两天，倒饿死了，再不就被拐子抓去，比先时更惨了。

忽然听到一阵木鱼钟磬之声，抬头看时，只见一堵高高的院墙，略露出些树冠，隐着一个塔尖，恍然大悟，原来是座庵堂，心中倒得了一个主意：从前芳官、藕官出来，不是去了什么庵什么庙做姑子吗？那边大老爷要强娶鸳鸯做妾，她急了，也铰了头发说要做姑子去。看来这做姑子，倒是一条避祸藏身的好路数，不如便求求住持，只说自己家乡发瘟疫，娘老子都死了，自己单身一个来京投亲，偏那亲戚也不在了，横竖先躲几年，有口饭吃，其余的，慢慢再做道理。

这碧痕心高气大主意正，打定心思，竟站起来掸一掸衣裳，又故意拉乱头发，便上前敲门。正是：

只为蝇头争小利，那知门外即天涯。

第八回

小红步红拂女梳头
宝玉效司马光砸缸

且说宝玉自北静王府拜寿回来，先到贾母处告诉了，又出示了北王赏的镶嵌绿松子石铜镀金镌花撒袋一副，这是单给自己的；另有佩刀、方齐头漆鞍、雕花辔头等骑猎行头各三份，乃是分别赐给玉、环、兰的，皆饰金嵌玉，雕花镂螭，十分华丽贵气。贾母看了十分高兴，又问了贾政，知道宝玉席上献诗，颇得公侯王爷们的赏识，更加得意，因向众人道："说他不读书，性格乖谬，真要待人接物时，倒也不丢大人的脸。"众人自然都凑趣奉承，说些眼面前的话来恭维，将宝玉夸得天上有地下无的，古今第一个文武双全、才德兼备的贤子孝孙，这也不消细说。

一时宝玉去了，贾政仍侍立一旁，王夫人度其情形，知有事故，因约着邢夫人同去看视巧姐，余者也都各指个缘故散了。贾政这才缓缓向贾母说明，北静王今日略露消息，愿结秦晋之好，只因两府世交，唯恐擅请官媒造府反为不恭，所以先探准了府里的意思，再邀媒下聘。

贾母听了，半晌无话。贾政便又禀道："我因王爷并未指明是府里的哪位姑娘，且未问过老太太，所以并不敢擅自答应，只含糊应对了，回来听母亲吩咐。"贾母道："其实这件事，我和你太太并琏儿媳妇早已有过商议，也都心中有数。只怕北王看中的便是你外甥女儿。你只看二月里她生日，北王送的那些礼就知道了。不过宝玉的年纪也不小了，我的意思是要亲上做亲，不知道你怎么想？”

贾政猜忖着贾母的意思，知道意下也是要纳黛玉为孙媳，恭敬议道：“母亲看中的必是好的，只是若拿这话去回王爷，好像不妥，早不说晚不说，偏待北王有意同咱们结亲时才又说府里要留下自娶，倒好像存心与北王争抢似的。想宝玉从前为个戏子，已经与忠顺王府不睦，这些年朝上官中惹了多少闲气；今日这亲事，更与从前争抢戏子不同，乃是与北王争夺心爱之人，倘若不从，势必与王爷交恶，把几辈子的小心交结都毁于一旦了。俗话说，孤掌难鸣，往日里同咱们相与的几家这些年里竟都落了势，就只北府里还肯看顾些。若再把他得罪了，来日若有些大意失脚须倚傍处，再去求谁照应？谁又敢与北王争锋？”

这话正说中贾母心病，因前些日子甄家被抄，史家外放，王子腾亦因贾雨村案牵连挂碍，尚在审理之中，因此每每烦恼，今闻贾政之言，亦知在理，叹道：“你说的这些，我又怎会不知，怎会不想？自然都是酌量过的，所以才自己掂掇着不肯说给你知道，免得你操心。前些时日我已经叫琏儿进宫求了娘娘的旨，偏值娘娘又随驾春狩去了，只好等娘娘回来赐了婚，那时再拿懿旨去回复北王，便可无虑了。总不成为了讨王爷的好，倒去逆娘娘的意。如今你不管捏个什么谎拖延几日，好歹等娘娘回来，就见分晓的。”

贾政想了想道：“也只得这样。怕只怕儿子无能，若是北王心切，立时三刻便要请媒下聘，到时候即便娘娘有旨，只怕也难转圜的。这些日子因皇上不在京中，委托了四位王爷共同监国，其中尤推北王为首，说句话，只比圣旨略差着一点儿。我今日在他那里坐席，看到不仅朝中的这些权臣贵戚都与他交好，便连海外诸国藩郡也都有寿礼送贺。说句大逆不道的话，只怕今上也要敬他三分，何况我家。”

这话却逗起贾母另一番心思来，因问：“前些时宫中来了许多太监、画师，给三丫头、四丫头画了像，说要送入宫中备选，到底是怎样的？”

贾政凝眉道："这话，今天我在席上也听那些王公大臣们提起，正是为着这些海外岛国的王储而起。原来今上德被四海，惠及宇内，遂使四海来降，远近都要奉迎接交，愿与我朝结百年之好……"话未说完，早被贾母打断，不乐道："我只问你这件事跟咱们家有关系没有？谁叫你长篇大论地颂起圣来，听也听不懂，可不闷人？况且既然说是四海来降，如何又见天儿议论什么边疆叛乱，什么流寇造反，皇上倒有闲情丢下朝政不理，自个儿打猎散心去，这个道理我就不懂。"贾政道："古人云：'垂拱而治。'又道是：'运筹帷幄之中，决策千里之外。'焉知皇上春狩之举，不含有大用意、大谋略？我辈凡人百姓如何能知上意。"

贾母冷笑道："我虽不懂什么治国带兵的大道理，跟着你父亲这些年，听说的总比你见过的多——这且不去说它，你只告诉我，他们画了两个丫头的像，到底要做什么用场？"贾政因赔着笑，从简禀道："皇上想用联姻的法儿笼络各国王储，所以才请官媒将各公侯府里未出阁的适龄女子造册画像，咱们家三姑娘、四姑娘都在备选之列。倘若皇上点中，或是被海国王储看上，就要赐婚远嫁的。"贾母吃了一惊道："这不就是和番？若果真把两个丫头送到海外去，这辈子岂不连面儿也见不着了？"说着泪流满面。贾政忙劝道："哪里就会那么巧，偏偏选中了咱家的姑娘呢？听王爷们说，凡有封诰的门第都在备选之列，正是百里挑一，未必就到咱们的。"贾母这才慢慢地平缓了，终究不放心，又命贾政派人进宫打听着点儿，叹道："倘若娘娘在京，还可进宫里与她商量，帮着留点儿神，偏又隔着这么山高水远的。"

贾政也深为叹息，并不敢再说别的，只是赔笑劝慰而已。一时回到房中，赵姨娘来服侍着换了衣裳，贾政便在王夫人屋里歇了，于枕边又将两国联姻之议说了一遍。王夫人也觉忧心，叹道："虽说三丫头不是我生的，从小只看作亲生的一样，果然要去了，我倒失了臂膀。"又问，"与她娘说了没有？"贾政道："同她说什么？又没放定，若教她知道，闹得阖府皆知，倒不好。"复又想起一事，问道："我今儿回来，恍惚听见说宝玉房里走了一个丫头，却为何事？"王夫人生怕贾政见责，忙遮掩道：

“不是什么大事。宝玉不在房里，那些丫头闲极生非，为些小事口角起来，我已经骂了一顿，没事了。”遂搁下不提。

且说宝玉回至房中，听说袭人因和碧痕怄气，居然气得吐血发昏，忙问大夫来看过没有，待听说已经报给二奶奶，大夫来过瞧了，便又问症状药方，一边走进屋里来。袭人犹躺在帐内，双目紧闭，脸色青白，听到宝玉进来，只是流泪，不肯说话，也不睁开眼来。宝玉见她这样，又急又痛，握了手劝道：“我并不知情形是怎样，但你素日大方体下，况且一个屋里住着，原免不了有些磕磕碰碰的去处，你看那玻璃茶盘托着茶杯，每日拿起来还要稀里咣当乱响呢，斗嘴怄气是常事，何必这样在意？我听说碧痕自知闯祸，已经跑了，这会子且不知是死是活，少不得还要叫茗烟到处打听着，若找着了，必带她到你跟前来赔罪。”

袭人闭着眼只是哭得哽咽难言，一时挣扎坐起，又吐了几口血出来。宝玉更加心痛，叹道：“如何一天不见，便这样重起来？必是大夫的脉不准，还得另请才是。”说着便要打发人去再请一位大夫来。袭人听见，这才睁了眼，拉住宝玉衣襟不叫去，哭道：“饶是她们有那些闲话，你还替我扬铃打鼓地满院挂幌子去。你出去一日刚回来，还不好生歇着，倒为我忙前忙后，上头知道了岂不恼呢？明日且勿声张，只悄悄叫小厮请大夫来瞧了就是。千万别叫老太太和太太知道，反教人说我轻狂。”

宝玉应了，哪里睡得着，一晚上起来数次，时时来袭人床前问候。袭人生怕他不安，只假装睡熟，任他唤问，只不应声。宝玉只当她真睡了，这才重新躺下，不一声鼾声微起。袭人倒在外床流了一夜的泪。

次日一早起来，宝玉便命人传大夫进来，自己出园去请贾母安。却有贾琏带去孙府的人回来报信，说迎春已于昨夜子时去了。凶信传出，合府皆哭泣怜惜，都叹迎春命薄，嫁出府不到一年，竟然短命至斯。邢、王二夫人哭着，安排奠仪，香烛素马，打发人去孙家吊唁赴祭。贾府子侄不免都要前往致意。宝玉大哭着，便也回房换过素服，袭人还要挣扎起来相送，被麝月按住了，说是：“我们又没折了手，难道不会替他准备的？”

便罢了。

宝玉一行到了孙绍祖府上，随众焚香祭祷，又寻个空儿找了绣桔说话，细问迎春猝死前后事。那绣桔早被孙绍祖收用过的，且打怕了，岂敢说实话？况且孙绍祖如今新擢升了御前侍卫，正在飞黄得意之时，连贾赦尚不敢得罪，宝玉又能如何？因此绣桔只一味啼哭，悲切切含糊应道："姑娘近来身上原有些不好，精神每每恍惚，问东答西，提笔忘字，手里拿着钥匙，倒四处去寻。那日在楼上走着，不知怎么好端端就摔了下来。姑爷也找大夫来瞧过，说是跌伤内脏，救治不及，入夜便死了。"宝玉听了不信，明知必有蹊跷，却也无法，只得回至迎春灵前恸哭再三。是晚回来，先至袭人床前问候。袭人只答"好多了"，并无别语。接连几日，都是这样。

贾赦、邢夫人只去了头两日，见了孙绍祖，并不敢责备询问，况且见扎的金银山与捧栉侍女都堆金沥粉，彝炉商瓶、烛台香盒倒也齐备，便觉满意，只说些节哀保重的现成话，假意哭几声便回来。倒是王夫人打发琏、玉、环等人每早出门，按期祭吊。园内诸姐妹也有亲至灵前拜祭的，也有在园中另设奠仪的，也都哭了几次。别人犹可，惟惜春人小心思重，格外存感，心道香菱不过是薛家的一个下堂妾，死后还有那般排场，两府里往来拜祭不息；二姐姐乃是荣府里正儿八经的公侯小姐，虽然自小没娘，父亲兄嫂俱在，眼睁睁看着她被人作践至死，非但一句话也没有，便连往来奠祭也嫌啰唆，可见人情冷暖，凉薄至斯。从此对两府里人情益发冷淡，自谓看破。这也不提她。

如今只说王夫人为与迎春"接三儿"，连自己生日也无心操办，只合家草草吃了顿饭，玉、探、环、兰等人来跟前磕了头就罢了。谁知娘娘虽则出宫远行，却一早备下贺礼，着太监按时送来。贾琏打了赏，延入雅室休息。一时太监去后，贾琏便走来，向贾母耳边悄悄传了娘娘口谕。原来元春临行前已经请宫中监天正代为合过八字，认为宝钗温良贤娣，宜室宜家，堪为宝玉良配，遂择定宝钗为弟媳，且亲题了"金玉良姻，天作之合”八个字，命内监转交，说定回京后再商议细节，下旨赐婚。

贾母听了，益发闷闷不乐，也只得命人找了王夫人和凤姐来告诉。王夫人大喜过望，立时便要找薛姨妈进来商议，贾母阻道：“娘娘尚未回京，这只是内监传信儿，要我们心中有数提前准备的意思，说明是回京后再议，少不得要等娘娘回来，再入宫商议妥当，眼下还急不到那里。”王夫人道：“还商议什么？连日子都定了，还有假？既说了细节，不过是些下帖纳吉的礼数罢了。我一向都说宝丫头好，果然娘娘也看中了，如此亲上做亲，我也可放下心头一件大事，有宝丫头替我看着那个混世魔王，从此少操多少心。”喜滋滋地合不拢嘴。

贾母叹道：“你说的固然是，只是我想着宝玉一直同他林妹妹亲近，那年紫鹃丫头一句玩笑话，只说林丫头要走，你们白看看他是什么光景？到底这些事娘娘并不知道，所以才会径自定了宝姑娘。只怕宝玉不肯，到时若闹出病来，反为不美。”王夫人道：“那都是从前年纪小闹的笑话，如今大了，念了书，知了礼，再不至于那般胡闹。况且老爷说北静王爷看中了林姑娘，意思就要来府里提亲的，果然这样，咱们倒不好违拒的。”贾母道：“所以我才在这里烦恼，找你二人商议，总要想一个两全其美的法儿来，保全了一对玉人才好。”王夫人道：“要就是宝姑娘，要就是林姑娘，哪里有两全的法儿呢？老太太的意思，可是要劝转娘娘，定要选林姑娘为孙媳？我只是舍不得宝丫头。”

凤姐站着听了一会儿，早猜着贾母心思，因忖度着笑道：“虽然不能两全，或者倒可以三全其美的。”贾母故意道：“你又来胡打岔了，从没听说个‘三全其美’的话，可见你没学问。”凤姐越发上前笑道：“我虽没学问，也知道娥皇、女英的典故。那边是‘金玉姻缘’，这边是‘一对玉人’，正是半斤八两，两个都一样好，两个都一样喜欢，竟难取舍。依我说，何不就两好做一好，岂不三全？”王夫人迟疑道：“这成吗？”凤姐道：“怎的不成？横竖都是要请娘娘的旨意。不如就同娘娘实话实说，虽然娘娘属意薛大妹妹，为着宝玉，未必便不肯。到时候懿旨一下，咱们奉旨成婚，同北静王府那边只说娘娘赐婚定了林姑娘，这边却是双喜临门，一担两挑，岂不三全其美？北府里也好交代，宝兄弟的心事也可成全，便是宝姑娘，平日向来大方宽厚，且与林姑娘又极要好的，也未必不愿意。”

贾母听了，眉开眼笑道：“还是你这个猴儿最会替我打算，想出这个鬼主意来。果然能这样，倒是件皆大欢喜的幸事。我白捡了两个又俊俏又孝顺的孙媳妇儿，从今往后可就不疼你了。”凤姐笑道：“不妨事。只是两位妹妹抢在我前头，还不怕什么。我还庆幸呢，亏得宝玉和娘娘只是两样心思，老太太和太太也只提了这两位姑娘，倘若咱们一人一个想法，难道十个人选，宝玉也要进十个来不成？那时才真正轮不到我呢。”说得贾母、王夫人都笑了。

正议着，忽见凤姐院中的媳妇忙忙地走来，见了贾母，也不知回避，跪下说：“请二奶奶快回去看看吧，巧姐儿不好呢。”贾母、王夫人听了，都大吃一惊。凤姐也不及骂那媳妇不懂规矩，也无心细问缘故，忙忙地站起向贾母告了罪便抽身出来，王夫人也道：“我同你一起去看看。”遂一同往凤姐院中来。

原来这几日宝玉为着迎春之事不用上学，一早去潇湘馆探望，因天气晴阴不定，乍暖还寒，黛玉夜里常难安枕，日间精神不振，胃气又薄，早起吃的燕窝也吐了，宝玉深为忧虑，陪着说了会儿话，因黛玉神倦思睡，只得出来，自回房临窗读了会儿书，不禁又想起黛玉生日时，诸姐妹那般欢聚吟诗，何等热闹欢喜。不过半个来月，竟然接二连三死了香菱，亡了迎春，病了袭人，跑了碧痕，且听说宝琴、湘云、岫烟、李纹俱各将聘，转眼这世上又少了四个冰清玉洁的好女儿，大观园盛会，竟是一去不再，怎不让人伤心悲泣？

正自伤感，忽见贾环走来请安，期期艾艾地提起碧玉荷叶缸之事，意思是要宝玉带他去凤姐院里观鱼。宝玉奇道：“这有何难，只管去就是了，谁还会拦着你不成？”贾环扁嘴睃眼地笑着，只不挪地儿。宝玉知他不敢，左右无事，笑道：“也罢，就同你走一遭。”遂抛了书同贾环一起往凤姐院里来。天气渐热，各房俱在午睡。两人沿着院墙根下走来，一路上鸦雀没声，连个人影子也不见，院前琉璃照壁映着太阳光，刺得人睁不开眼睛。直进了院子，方见一个大丫头站在老槐树下梳头，一头乌发密匝匝地披下来，长可委地；一旁巧姐也披着湿头发，正踩在小板凳上，扒着缸沿儿看鱼。宝玉看见那丫头一把青丝水光凛凛，黑得发蓝，不禁心中羡慕，因问："凤姐姐在家吗？"

那丫头刚替巧姐洗过头，就便自己也洗了，再想不到这时候会有爷们儿进来，只羞得满面通红，一手抓着湿头发在腕上挽了两挽，一手扭着颔下的盘花扣子，回道："宫里头来了人，二奶奶被老太太、太太请去说话，还不知几时回来。二爷或是有什么事，或是有什么话要吩咐，或是要拿什么东西，不如过会子再来。"宝玉这才看清她容长脸庞，细巧身材，穿着银红潞绸春衫，油绿细花松绫裙子，打扮得与众不同，很是眼熟，只是一时想不起，笑道："不妨事，我们不过是来看鱼的，待一会儿就走。"那丫头只得说："既然这样，二位爷略坐坐，我这就倒茶出来。"说罢转身进屋，自去理发倒茶。

宝玉身不由己，便跟着那丫头走进屋来，因看她沏茶，倒忽然触起前情，想起一件事来，问道："你原来不是我屋里的吗？"那丫头冷笑道："二爷好记性。我在怡红院里两年，二爷都没认得，现在倒想起来了。"宝玉赔笑道："刚才便觉得姐姐面善，只是一时不敢往那边想。我还记得那天你替我倒茶，说了几句话，后来便没再看见。第二天早起，我还四处找你呢。却是什么时候来了这里？"那丫头一愣，呆呆地看着宝玉道："二爷原来找过我吗？就是那次倒茶后没两天，二奶奶就把我挑了来，将有大半年了。花大姐姐难道没同你说？"

宝玉仰面想了一会儿，拍手道："我想起来了，总有半年前吧，凤姐姐同我说要从我屋里挑一个叫小红的丫头走，我原不知姐姐的芳名，便随口应了；后来回房时，袭人说已经打发你去了，哪里知道就是姐姐。"小红想了一想，叹道："也难怪。院里那么多人，我正经连名姓儿也不曾报过你知道，你又哪里记得我是谁呢？二奶奶要我来，我本想找你磕个头辞行，也是主仆一场。袭人说，还不知道你什么时候回来呢，等你回来，她替我说一声就是了。难道我能赖着不走不成？”说着眼圈慢慢地红了。

原来这小红原名林红玉，乃是大管家林之孝的女儿，今年十七岁，因素性聪明，三分人才，七分口才，便一心要出人头地。那林之孝也知道女儿这番心思，却自恃能干，并不巴望女儿拔尖争胜，宁可她平平安安在园里服侍几年，到日子打发出来，仗着荣府的气派与自家财势，不愁找不到个好人家，遂只拨在怡红院里粗使。不料红玉只是不忿，每欲耸角乍翅，只恨怡红院里处处机关，层层设防，文有袭人之温柔周密，武有晴雯之伶俐跋扈，中间又有麝月、秋纹、碧痕一干人眼观六路，耳听八方，芳官、四儿、春燕诸丫头机灵古怪，花样百出，哪里还容别人插得下脚去？因此她寻觅了两年，总未有机会。后来因遇巧合被凤姐取中，虽不情愿，也没奈何；及听说抄捡大观园，死晴雯、撵芳官等事，倒也庆幸，心想倘若我还在那边，未必不在被逐之列，从此益发断了念头。不料今日又遇到这番奇缘，才知宝玉心中未必不有情于她，便要施些手段，再试他一试。因此倒了茶，却不端起，亦不敬让，只拿根红木雕花梳子慢慢地梳通了头，且对着水银镜子挽髻编辫，露出青绒绒鬓角，白生生耳垂，一边塞粒米白珠子，一边吊只青玉坠子，衬着银红春衫，翠绫裙子，越显得青山秀水，便如一朵半开的茉莉花一般。

宝玉呆呆看着，心道：“古人说‘绿鬓如云’，我先只觉‘绿’字用得奇巧，却未必贴切，今日才知道，竟是大有意趣。”当下又是羡慕又是不足，心想她若还在我屋里，或者还可有些想头；如今既到了凤姐姐这里，再没重新讨回去的理。果真无缘，竟然就此错过了。因此悔恨不来。

两人正自各怀鬼胎，胡思乱想，忽听外边“泼剌”一声，都吓了一跳，方想起贾环还在外头，忙出来，却见院里空空，哪有贾环，便连巧姐也不见了。宝玉说声不好，急忙扑向鱼缸时，果然看见巧姐头下脚上，早喝了两口水，正扎在缸里扑腾呢，忙抓住两只脚用力倒提，无奈湿手重滑，巧姐又挣扎得厉害，竟提不起来，复被挣脱开来。宝玉情急，抬眼看见红玉方才洗头的蓬牙三弯腿包铜盆架子摆在一旁，遂扔开盆子，拎了盆架相准玉缸壁薄处砸去，第一下用力不足，只磕掉了荷叶上立着的一只玉蜻蜓，第二下方听“扑”的一声，只见玉碎珠溅，缸里的水连同两只鱼哗一下涌流出来，宝玉这方重新探头到缸里，双手勒住巧姐腋下，用力抱出。

奶妈早被惊动了起来，合着红玉两个将巧姐接过，用力按抚胸口，拍背掐人中地折腾了好一会儿，巧姐方“哇”的一口水吐出，又接连吐了几口水，喘息一会儿，方大哭出来。幸喜鼻腔、喉咙不曾进水。红玉胆战心寒，听到这一声哭出，才知自己已随巧姐在鬼门关走了一回，浑身一软，瘫倒下来，便也哭了。奶妈也惊得魂飞魄散，自知难免受责，一边揉抚巧姐，一边先发制人，哭道：“小红，你给姐儿洗头，怎么洗进缸里去了？奶奶回来，凭你说去，看你有几个脑袋？”

此时各屋里以及后院睡午觉的、躲懒乘凉的也都聚了来，见闯了大祸，都栗栗坠坠，七手八脚满院子里抓那两只鱼，用盆子舀了水且盛着，情知这一番又不知谁家要倒霉受挂连，唯恐殃及，各自在心中揣度，绞尽脑汁要想一个万全之计开脱，那想出来了的便又贴着墙根悄悄溜了去，想不出的只站着抹汗。

一时王夫人、凤姐等已经带着人急匆匆走来，原本听了那媳妇不清不楚的一句“姐儿不好”，只当巧姐得了病或是摔了磕了，待看见院里满满的都是人，宝玉、巧姐、小红还有奶妈俱一身湿透，巧姐扎撒着两手，银盆样的小脸憋得紫红，站在地上号哭得不像人声，都大惊问道：“这是怎么了？”红玉不敢隐瞒，只得跪在地上，将缘故说了一遍，因说二位爷来看鱼，自己进房倒茶，出来时便看见巧姐掉进鱼缸里了，二爷为了救巧姐，就把鱼缸砸了。宝玉生怕凤姐责骂小红，也忙帮着解释，说为自己喝茶才叫小红倒茶，并不知巧姐为何会落水云云。

凤姐哪有心思听这些话，只连声命快请大夫来，叫人拿衣裳给巧姐换，又叫人拿绳子将红玉和奶妈绑了送去柴房，闲了再审。平儿问：“不是说三爷一起来的吗？怎么倒不见三爷？”一语提醒了王夫人和凤姐，都道：“就是，快去把环小子找来。”凤姐咬牙骂道：“秃头上的虱子——

明摆着。再没别人，必是这坏肠子的母子为了算计我，竟合起伙来害我们巧姐儿。”

说着，赵姨娘已经带着贾环来了，蝎蝎螫螫地拍手叫着：“环儿刚回去，怎么又来叫？听说巧姐儿惊了水，这是怎么闹的？我因不放心，特意来看看姐儿。”因见王夫人在这里，赔笑道：“原来太太也来了。敢情是不放心姐儿？也是，侄孙女儿，心头肉，怎么不心疼？真真儿地把我也惊得心慌神乱的，这会儿还怦怦乱跳呢。”王夫人也不理她，只命宝玉先回去换衣裳，这里且问贾环：“你刚才不是同你二哥哥一起来的吗？既说是看鱼，怎么巧姐儿掉进缸里，你也不救她，倒自己走了？”贾环大惊小怪地道：“大姑娘掉进缸里了吗？我竟不知道。我走的时候，她还是好好的。当时只有二哥哥和小红在院里，难道是谁同她玩儿，不小心推她下去的不成？”

王夫人气得浑身发颤，问道：“你这话，是说宝玉把巧姐儿推进缸里的？”贾环道：“孩儿不敢。孩儿没看见，不便乱猜。若不是太太找我来，说巧姐儿掉缸里了，我还不知道呢。兴许是姐儿想捞鱼，自己失足掉下去的也未可知。”王夫人更怒，却无法可施，冷笑道：“原来你大了，学会说话了，倒知道先拿话来堵我。你娘刚才说不放心巧姐儿，所以来看她，你这会子倒又推说不知道了？你既没看见，又怎么知道是姐儿自己失足掉进去的？”

贾环被问住了无可回答，仍抵死不认账，反推在宝玉身上，只说：“我原是来看鱼的。因小红说倒茶，二哥哥也跟了进去，我苦等他两个不来，就跟过去瞧瞧，却看见他两个躲在屋里搂搂抱抱做出多少不堪的举止来，我因看不过，所以先走了，并不知道后来的事。”

凤姐听贾环句句陷害宝玉，生怕再问下去，更不知要胡说些什么，反令王夫人难堪，急忙阻道：“太太不必再问，横竖我心里明白。姐儿这会子因受了惊吓，所以只会哭，不肯说话；等大夫开了药，睡一觉醒来，再细问过，少不得就要水落石出的。”因回头向赵姨娘道：“我这里不用你费心，巧姐儿一时半会儿死不了，要等好消息，自己回房里消消停停等着吧。”赵姨娘又羞又气，欲要说话，又不敢，只得恨恨地带着贾环去了。一路犹自喃喃不绝，只说宝玉同丫头不轨，弄出事来，倒冤枉好人。

这里王夫人气得哭起来，向凤姐叹道：“越是那起小人巴不得大桶脏水泼他，这傻孩子越是要自己往沟里跳。”又叫人带红玉进来。红玉两手被倒缚在背后，湿衣裳犹未换下，披头散发，满面羞惭。王夫人端详一会儿，发狠道：“果然是个没臊的，花里胡哨，妖妖调调，成何样子？主子在院里，你怎么倒自己躲进屋里去了？幸亏发觉得早，要是巧姐儿有个三长两短，问你有几条命赔？”红玉跪在地上，连连磕头，哭着分辩说进屋原为倒茶，转身便出来，并没耽搁。何况院子里分明有人，再没想到姐儿会出事，只求太太开恩。

无奈王夫人深恨她坏了宝玉名声，这本是她心头第一件大事，明知儿子有这个痴病，日防夜防，只怕有人拿着这个做文章，偏偏的就又有把柄落在人手上。因骂道：“叫你看着姐儿，你倒一味装狐媚子，勾引爷们儿，只这一条就该打死；何况又疏于职守，差点儿伤了巧姐儿性命。”因此两件，立逼着凤姐撵她出去。凤姐明知个中另有冤屈，然见王夫人盛怒，且为巧姐焦心，也深恨红玉疏忽，遂不劝阻，当下传命：“叫林之孝家的进来，带她女儿出去。”王夫人反愣了一愣，道：“原来是她的闺女。”因将林之孝家的找来，说了巧姐落水的事，并不提宝玉与贾环，只说：“做奴才的未能侍候好主子，反差点儿伤了主子性命，就该打死。若不看你面上，定要重打四十板。她既是你女儿，便着你领回去罢了。”林之孝家的又惊又怒，也不敢辩，只得磕了头，领了女孩儿出去。这里凤姐又将侍鱼的两个婆子找来，命给门上各打二十板，罚俸三个月，遣去扫院子。那两人并不敢求情，都含愧磕头领了。

这里王夫人喘定了气，看着残缸剩水，便连两只鱼也都有气无力，眼瞅着便要翻肚，深为烦恼，不敢隐瞒，走到上房来回贾母知道。贾母听了，大惊哭道：“这是天意如此，叫我怎么样呢？正为着北静王求婚的事百般设法来推辞，这孽障倒又闯祸。若能保全这缸鱼，还可托词八字不合，或说林姑爷遗命在先，或求娘娘赐婚，设法转圜。如今缸也砸了，鱼也死了，再不允婚，不是成心要与王爷作对吗？直与谋反无异了。宝玉闯下这等弥天大祸，可知是他亲手断送了他妹妹，再怨不得别人的。”又召进贾政来，一行哭，一行说，将事情说与他知道。

贾政亦是满面泪痕，叹道：“逆子，逆子，我贾家竟断送在他手上了。”又怕更增母亲伤悲，只得收泪劝道：“事已至此，恨也无益。宝玉闯下这等祸端，此时便将他打死，也难洗清。为今之计，不如我明日就往北府里走一趟，作速允了北王婚姻之请，结成通家之好，方见得我们并非有意忤逆，不然，只怕不日便要灭门了。”贾母听了，虽知有理，只不舍得，仍一心要等元妃回来，指望或有回天之术。贾政料到母亲难劝，只得回房，担心得一夜未眠。

宝玉尚且一字不知，只为红玉一事悬心，悔道：“从前她在怡红院服侍，并不知道珍惜，如今去了凤姐姐处，何苦又招惹她，弄到如今，却有何意思。”

一时林之孝家的带着众人来查夜，寻着宝玉，又悄悄地埋怨道：“小红原是为你惹的祸，哥儿好歹也有句话，怎么想法子劝太太回心转意，还要她进来才是。哪怕仍然降作粗使丫头也使得，好过这样子出去，落人褒贬。外头若知道这是从府里撵出去的，只当做了什么天大的坏事，可叫她以后怎么见人呢？”说着便哭。宝玉原本有愧，闻言益发垂了头，嘟嘟哝哝地道：“我也不知会出这样的事。如今太太正在气头上，连我也有不是，三两天就叫搬出园子去呢，我还敢劝去？”

林之孝家的便出主意道：“哥儿自己不肯去，却可以求那太太听得进话的人去劝劝，或许还可以转得过来。”宝玉便又苦想找哪个说情，因道：“宝姐姐的话，太太必是听得进的，只是她如今也不大进来，自己家里的事又多，且是最不喜管闲事的，我去求她，未必便肯；不如求求三妹妹，她必肯帮我，只是太太听不听，便不知道了。”林之孝家的便极力撺掇道：“哥儿既这样说，何不这就找三姑娘去？姑娘是娇客，太太又素来倚重，或者会给几分情面也未可知；若不成，还得求求宝姑娘，她到底是太太的亲外甥女儿，如今身份更比从前不同，她要是肯说句话，只怕倒有七八分成功。”

宝玉听了，并不疑有他，果然便走来秋爽斋叩门。探春已经歇了，听见他来，少不得重新起来，披衣理鬓，延入堂屋说话。宝玉遂将自己如何带贾环往凤姐院中看鱼，因随红玉进屋倒茶，不想巧姐竟失足落缸，自己情急之下砸缸救人等事，从头至尾，说了一遍，又说太太盛怒之下，迁责于红玉，说她勾引自己，疏忽职守，当时便撵出府去，所以来求三妹妹在太太面前美言几句，怎么想个法子仍叫红玉进来才是，不然，岂不因我之故，令丫头受责？

探春一听便知必是贾环与赵姨娘从中作梗，叹了口气道：“只怕难劝。当年金钏原是太太的心腹，不过和你说了两句玩笑话，便被太太一巴掌撵出园去；如今小红照看巧姐儿，反令她落水受惊，论罪更比金钏大十倍，撵出去已是轻罚，若不看她是家生子，林管家的闺女，只怕当时便不打死，也要发卖；更何况我听说，彩霞的妹子小霞进来没几天，不知怎么被琏二嫂子和林大娘给安排去跟了四妹妹，太太正为这个不自在呢，这次借故撵了她的丫头去，焉知不是为此？”

宝玉不信道：“太太怎会这样小气？一个小丫头的去留，原本就是凤姐姐同管家嫂子们的事，何劳太太操心？若说为这个怄气，再不能的。”探春道：“你知道什么？上次凤丫头为了一点子事要撵太太陪房周瑞的儿子，还是赖嬷嬷几句话给拦住了；还有那次太太不在家，为着玫瑰露的事，直说要把太太屋里的丫头都拿来在大太阳底下跪瓷片子，若不是平儿劝着，还不知闹出些什么故事来。太太虽不理会，挡不住那起奴才的嘴，无风还要起三尺浪的，拿着这些芝麻谷子的事情只当作大新闻到处讲，偶尔吹一两句到太太耳朵里，总是不自在。”宝玉道：“这更是没有的事了。凤姐姐原就是太太请来帮忙管家的，就算待下严苛些，也是行的太太之威，太太怎么会反而同她生气呢？”

探春知道难劝，叹道：“你也算读了几年书，原来竟不知道‘功高盖主’四个字。”便不肯再往下说，只道：“你既要我去劝太太，我便去，左不过几句闲话罢了。可十有八九是不成的，你若于心不安，倒是拿些银子赏她，再着人问准她心意，除了这府里，还想些什么，能帮便帮才真。”宝玉点点头辞过，并无他法可想，只得拱手别过。回到房中，足足地想了一宿，次日一早，便出园来至薛姨妈院中，欲求宝钗设法。

谁知自从元妃打发太监要了宝钗八字，薛姨妈已知赐婚在即，虽未在宝钗面前说起，却早悄悄地告诉薛蟠、薛蝌两个，叫替宝琴准备嫁妆之际，也就顺势替宝钗准备起来。宝钗见为宝琴备嫁所购之物往往双份，便也有些猜着，问起来，薛蟠又言词恍惚，笑容暧昧，更又知了几分，心里颇觉踌躇。她入京这些年，眼中所见这些男子，总没一个比得上宝玉的人物风流，性情温顺，虽说有时也嫌他忒婆婆妈妈，又胸无大志，不思上进，行事荒唐，喜怒无常，诸多乖僻执拗处，然而这许多年里在贾府住着，长辈疼爱，姊妹和睦，早已熟惯。果然能与宝玉一娶一嫁，总不出这府里，又与母亲长相厮守，如何不愿意？即便宝玉不爱读书，留恋脂粉，凭自己柔情软语，也必可劝得他转了性子。只是明知道那宝玉心里，早已有了林黛玉，他二人形容亲昵、言语无拘不是一年两年，众人都看在眼里，只不理会。果然自己与宝玉成亲，却置黛玉于何地？因此大没意思，这些日子总不肯往园里来。不想越躲越躲不开，宝玉偏偏找了来，求以红玉之事。宝钗岂肯管这闲事，况且明知自己与宝玉将有婚姻之约，如何倒去找着王夫人说话，因此佯笑道：“宝兄弟，不是我不肯帮你，只是那红儿是二嫂子屋里的丫头，太太撵了她去，我做亲戚的怎好拦着？可不是没眼色？”

宝玉还要再说，隔壁薛蟠房里丫头小舍儿走来回禀，说大奶奶要找太太说话。薛姨妈道：“这里有客呢，有什么话，闲了再说吧。”宝玉忙道：“大嫂子既然有话要说，自是急事，我来这半晌，也该回园子了。”薛姨妈还欲留，宝钗却将母亲袖子一拉，不令挽留。宝玉遂去了。

这里夏金桂进来，穿着织金满绣的重绢衣裳，梳着流云髻，中间宝花挑心，两边珠翠掩鬓，后用满冠倒插，密麻麻排着茉莉针、金步摇、凤钗、翠钿，六瓣莲垒丝如意嵌宝石的实金簪儿，足有三四两重，明晃晃沉甸甸坠得髻子也偏向一边，连两边耳朵也是吊着老大的金灯笼坠子三连环，颈下戴着珠宝璎珞，黄烘烘往人前一站，便是足金打制的一个绢人，手里且拿着湖蓝、水绿熟罗销金包袱各一，薰得香喷喷的，带着几个丫头婆子来辞薛姨妈，说要回家为母亲拜寿。

薛姨妈见她装扮得这样招摇，满心不喜，却不好说的，只得道："上次亲家母来京，因家里事多，也不及好好款待。走的时候，也没有送一送，好不失礼。如今既是亲家母大寿，你又是难得回娘家一次，自该叫蟠儿陪你去，再多备些寿礼衣缎。"夏金桂笑道："我们两家原是至亲，并不要讲究这些虚礼。何况他前面店铺里忙得那样，平日连家也难回，哪里抽得开身陪我回娘家？不如我自己清清爽爽地去了，略住几日便回来的。"宝蟾只在金桂身后使眼色，指指自己又指指金桂。薛姨妈看得烟迷雾遮的，只得含糊应道："既这样，多叫几个可靠人跟着，早去早回。待到正日子，再叫蟠儿过去给亲家母磕头，顺道接媳妇回来。"夏金桂似笑非笑地应了，遂告辞出门，外面早已备下马车，婆子扶上车来，就此别去。

薛姨妈遂找了宝蟾来当面细问，刚才拼命挤眼是什么意思。宝蟾叹道："太太心善，哪里知道我们奶奶的伎俩？屋里金银柜子的销匙向来是我带着，前儿奶奶忽然要了去，说从此只是她亲自管账。昨日又指使我出来，也不让爷进屋，今儿爷一早前脚去店里，她后脚打扮了便说要回娘家。太太想想，可是有什么缘故？所以我刚才使眼色，想让太太查查她身上，还有随身的包袱，免得日后少了什么，疑到我身上来。"薛姨妈愣了半晌，只得道："那是她的屋子，她要这样，也没法儿。"于是回到里边说与宝钗知道，宝钗也道："哥哥既已娶了嫂子，自然便是嫂子当家，她就把房子烧了卖了，我们也只好看着。只有千日做贼的，没有千日防贼的，她果然存了这个心，我们防也是无用。难得自香菱去后，哥哥这些日子竟似转了性子，也知道留心生意，也不肯再与那些人厮混吃酒，省了妈妈多少心。就算嫂子搬腾了些什么，毕竟财物小事，就损失也有限。正经赶紧把蝌兄弟的新房收拾出来，等琴妹妹的婚事办妥了，早些娶邢姑娘过门，妈妈也多个臂膀。”薛姨妈道：“我的儿，还是你想得周到。既这样，我明日便去与大太太商量定了婚期，做一个双喜临门，也把这些日子的晦气冲一冲。”

原来薛家在京中自有房产，为着贾母、王夫人苦留，才阖家大小留在贾府久住不去，便连薛蟠娶亲，也一并借的是贾府的房子。那薛蝌却不愿寄人篱下，一早说明要往城南老宅里成亲，薛姨妈原不愿意，宝钗却极认同，劝母亲说：“房子在京中，横竖又不远，容易往来的；况且两房同住，易生是非，倒惹母亲生气；不如另门别院，妯娌间不常见面，也还容易相处，便是母亲在这里住得腻烦时，也可过那边住几日散心，强似一家子都住在亲戚家。”薛姨妈听了有理，遂着人过去打扫房屋，油洗窗门，铺地糊墙，布置得极是齐整。只等吉日到了，好娶邢岫烟过门。正是：

春蚕作茧自缚后，又为他人裁嫁衣。

第九回

藏金屋龄官甘做妾
结红线凤姐义为媒

且说宝玉自薛姨妈处回来，仍往秋爽斋来，立逼着探春去与王夫人说话，自己只在秋爽斋苦等。谁知这日正是探春生日，出园来，先与贾母请安，又往贾政、王夫人跟前磕了头，免不得与赵姨娘周旋一会儿，听了几句不咸不淡的歪话，又惹下许多闲气，足有一顿饭时候才回来，翠墨跟在身后捧着一盘子寿礼。

宝玉早已在檐下等候，远远地便迎上来催问道："如何？"探春不禁笑叹道："你也够痴心。那小红得你这样，可谓虽败犹荣。"宝玉无心玩笑，仍是没完没了地逼问结果。探春道："我说去也白去，这不，臊一鼻子灰回来了。"宝玉知道不成功，长吁短叹，垂头不语。探春看着不忍，劝道："你我在府里，就有十分的心，也难尽一分的力。依我说不如找个擅活动多见识的兄弟子侄，命他们在外头帮忙打点着，或者还能有所收获。"一言提醒了宝玉，拍手道："我怎么竟忘了他了！除了此人，别人再没这本事。"遂向探春拱一拱手，匆匆辞去。

探春望着背影笑道："我这二哥，再不为别的忙，正经事不见他这般用心，为一个丫头，倒忙得见首不见尾的。"想至此，又叹息起来，愁道，“冷眼望去，两府里子孙，只有二哥是个好的，偏又是这样不务正业，将来偌大家业，却指望谁呢？”因此倚着栏杆，倒愁郁了起来。

忽见湘云和宝琴同着几个小丫头，抬着一架风筝远远走来，笑道：“你在呆看什么？刚才过去的可是二哥哥？一大早为着什么事这样慌张？”探春不欲提起贾环之事，故意假装看风筝，含糊应道：“他会有什么正事？不过是那些闲事罢了。”又问，“你们怎么也这样早？”湘云道：“还是琴丫头提醒的，说今儿原是诗社的正日子，又是你生日，虽是为了二姐姐的事不便操办，倒不如起一社，一则姐妹们聚一聚，二则写几首诗祭祭二姐姐，也可遣发愁绪，好过各自伤悲。如何？”

探春想一想道：“也好。”就便打发小丫头分头去请黛玉、宝钗等来商议，又叹道，“如今每起一社便少几个人，谁知道今日聚后，又到何日再聚，聚时又得哪些人呢？”湘云道：“聚一日且乐一日，何必多想。”宝琴只蹲在地上同小丫头插柱装线。

一时李纨、李绮先来了，带着一盒酥，众人见了李绮，都起身问好，又问候李纹待嫁之事。李绮见了风筝，便要放起来，湘云道：“且别急，这响哨上是带灯的，要等到夜里放起来才好看。”

接着惜春、黛玉也到了，都有贺仪表赠，惜春是自制的茉莉心香一盒，黛玉是湖笔、端砚各一；只有宝钗说要帮母亲理账，稍后过来，命丫鬟带回一筒南海贡茶；打发去怡红院的丫头却说宝玉一早出去，至今未回。李纨便说道：“昨儿依稀听说宝玉兄弟把什么打破了，究竟是怎么个缘故，我因事多，就没细问。”探春不得已，也知早晚瞒不过，都会知道，便简略说了砸缸之事。众人都吓了一跳，叹道：“宝玉太鲁莽些，不过为着救人，事出仓促，也是不得已而为之。”又说，“该去看看巧姐的，也问候一下凤丫头。”唯独黛玉听了此讯，心里一惊，突发奇想：“莫不是为我砸得不成？”当下心中突突乱跳，心思电转，脸上红白不定。

众人并未理会，且又议起诗题来。探春道：“这一社既由我而起，便由我来命题。我想万物之源终缺不得一个水字，我们这里一半人倒是涉水而来，保不定哪日又要渡水而去。因此这一社，还是咏水吧。也学上次潇湘妃子的法儿，将天下的水写了阄儿，谁拈了什么就是什么。”李纨道：“这回不可，拈阄之事，一次为巧，次次都如法炮制反失于僵硬，不如指定几个水的题目，谁喜欢哪个便挑哪个，如此方可有好诗。”

湘云、宝琴也都说妙。湘云便抢先说道：“我先说几个，就是江、河、湖、海。”黛玉少不得振作起来，道：“那我也说几个，就是雨、露、霜、雪。”探春道：“雨水、露水尽够了，加上霜、雪二水，反觉牵强；枕霞的四水也容易相犯，不如去掉河水，另换个灵动些的。”岫烟道：“那便是溪水吧。溪、河本一类，又与江、湖、海迥然不同。”

李纨道：“我便说个潭水吧。岂不闻‘桃花潭水深千尺，不及汪伦送我情’，可知上一社既咏桃花，这一社正该咏潭水的。”宝琴道：“你既有潭水，我便再添一个瀑布。虽说前人‘飞流直下三千尺，疑是银河落九天’已经写得尽了，今儿倒要看看是否后继有人。”李绮道：“那我就再加个泉水，‘问泉那得清如许，为有源头活水来’。”

说着，宝钗也来了，听了众人所议，遂道：“泉、溪亦有点儿相犯，不如只留一个。”岫烟忙道：“那就是泉水吧，与瀑布、潭水又可相接，又不至像溪水般过于细巧。”遂都一一写定了，仍不见宝玉过来。

众人道：“且不等他，先分派了题目，留下哪个没人选，就把哪个给他便是。谁叫他缺空儿呢。”于是黛玉选了露水，湘云选了江水，探春是海，宝钗是湖，李纨是潭水，李绮是雨水，岫烟是河水，宝琴是瀑布，剩了一个泉水便给宝玉留着。湘云数了一数，共是九水，便向惜春笑道：“偏偏又是九个，不如你再补上一个，凑足十首刚好。”李纨笑道：“自古以来，不如意事十常八九，哪里有那么多十全十美的事。况且九已经是至尊之数，若再不足，非要以十为美，反太穿凿强求了些。依我说，这九首就刚刚好，竟不必再做。”

宝钗也道：“若说为了补数再作诗，便不是作诗的本意了。强做了去，别说一首，便十首又有何难？只是刻意求工，反为不美。岂不闻九九重阳，亢龙有悔？况且方才琴儿说的：‘疑是银河落九天。’我们今天写的是水，又恰是九首，倒暗合了诗里的意思。《禹贡》有云：‘九河既道。’可见九已为极，何必又十？不如就把这泉水的题目给藕榭，宝玉就来了，也不让他做。”宝琴拍手道：“姐姐说得最妙。这九首诗不如就叫作‘银河九首’，我们几个，岂不都是从天上来的了？”说得众人都笑起来，都说：“这说得有理，又雅致，到底是蘅芜君。”

说话间，探春、惜春已将诗题誊录一遍，果然总题为“银河九首”，用蝴蝶针绾在壁上。众人各缀其名，又请探春限韵，探春道：“韵不必限，形式倒要改一改，不如填词吧。只是我向来不擅长调，只是小令就好，便是《忆江南》如何？”湘云笑道：“说了半天作诗，题目出来，却是‘诗余’。小令最好，最合我意。”探春又道：“《忆江南》破题三个字，要说明各人咏的是什么水，接着要说明在哪里见过这水。中间一联自行发挥。最后一句则要说明诗客的身份。改日咱们写出来，不说明哪首是谁做的，看二哥哥可能猜得出来？”众人都道：“这新奇有趣，只是太缠磨人了。”遂各自思索。

恰时厨房里送了银丝寿面来，众姐妹遂放下题目，拿面来吃，面虽然只有一样，浇头与伴碟却是五颜六色，都用莲花白镶金线的瓷碟子盛着，花花绿绿足有二三十之数，满满地摆了一桌子，倒也好看。湘云便先挟了一筷子香椿芽拌麻油，既香且脆，又清口，笑道：“这个炒鸡蛋最好。”探春道：“不值什么，你爱吃，说给厨房里，叫做来就是了。”便立即命人去厨房传话。

宝钗又道：“昔秦昭王三月三日置酒河曲，有金人自东而出，奉水心剑曰：‘令君制有西夏。’及秦霸诸侯，乃因其处立为曲水祠，二汉相沿，皆为盛集。遂有三月三日，士人并出江渚池沼间，为流杯曲水之饮。而今虽无金人奉水心剑，焉得无曲水流杯乎？”众人都道：“这说得好。”果然传酒来，齐敬探春，探春辞道：“治国平天下，乃是君子士大夫的事。我不过生错了日子，宝姐姐就扯上这些野史轶闻来取笑，这杯酒其实喝不得。”

黛玉笑道：“正是你这日子生得好呢，将来少不得也要有一番大作为的。宝姐姐说今儿席上并无水心剑，岂不知从前吴王阖闾使干将铸剑，采五山之精，合五金之英，而金银不销，铁汁不下。干将曰：‘先师欧冶曾云，若炼剑不成，须以女身祭炉神。’其妻镆铘闻之，即投身入炉，铁汁出，化为两剑，各镌有字，雄曰‘干将’，雌曰‘镆铘’，其余所出之钢亦铸得三千利剑。可见剑之一事，原为女子化身。今日既有‘银河九首’，你又生于三月三日，可知本身便是剑神，更何须金人献赠水心剑乎？”

众人听了，更加齐声喝彩。李纨道：“蘅芜君和潇湘妃子这两个故事都讲得好，合在一起想想更有滋味。今儿便冲了这两个典故，蕉叶这杯酒也是不能不喝的。”不由分说，湘云、宝琴左右按住，李纨便用铸银高脚葵花钟尽力灌了探春两盅。众人复又归座吃面，虽不便放量豪饮，却也彼此让了一回，又几次三番派人去怡红院打听宝玉是否回来。

原来那宝玉听探春说该找一个得力子侄帮忙，猛然想起一人，便急匆匆出了园子。你道他想的是谁？原来便是那年送白海棠来的贾芸。当下急吼吼命人找了他来，不及闲叙，便道：“你可认识从前在我屋里，后来跟了凤姐姐的丫头小红？”贾芸听了，先吃一惊，只道私情泄露，看宝玉神情却又不像，心下犹疑不定，只得含糊说道：“依稀有些印象，宝叔问她做什么？”宝玉叹道：“前日因为她一个不小心，太太发怒，将她赶出府去了。”遂又将砸缸救巧姐的话说了一遍，向贾芸谋道：“我的意思，是你找个恰当时机问问本人，或是同她老子娘商量着，看有什么法子可以帮她，就当代我赔罪了，不然我心里总是觉得亏欠得慌。”

贾芸这才放下心来，早打起一个主意。原来他自从见了红玉，便暗暗有意，自从红玉去了凤姐处，他又在凤姐跟前奉承，见面的机会更多起来，眉来眼去，两心相许，已不是一天两天。原本只想等红玉到年龄打发出府，就要登门提亲，就只怕林之孝两口儿虽是奴才，却比自己体面有权势，未免眼高于顶，瞧不上。如今听得红玉竟被逐出，虽然惊讶，倒也欢喜，因笑道：“宝叔有命，侄儿焉敢不从。一定办得妥妥当当，不教宝叔操心。说不定，这件事最终还要宝叔说句话呢。”宝玉忙问：“什么话？”贾芸笑道：“这且不忙说他，八字还没一撇呢，反正一两天里就知道的。倒是宝叔上次吩咐我办的事，至今还没能办周全，正难见宝叔呢。”

宝玉左右看看，故意找个由头将眼前人尽皆支出，这才悄声问道：“你是说芳官的事吗？她如今怎样了？”贾芸叹道：“两府里监管尼僧的是三房里的芹老四，这人生性悭吝，只要见了钱，任是什么人情礼数都不讲，后来搭上水月庵的老尼姑净虚，偏也是个敢在虎嘴里拔牙当街卖的，锥子上抹油——又奸又滑，两只眼睛瞪起来，只是看见钱。我和他们平素里井水不犯河水，若是擅自向他问话，他知道漏了底细，只怕狗急跳墙，更要做出多少不堪的事来，那时我又无权辖治他。因此依我说，这件事还须上头亲自问询，不然，纵揭出来，也是不抵事的。”宝玉听他的话头，便猜到贾芹背后另外有人，况且近日里偶有风闻，也些许猜到必是宁府里众爷们儿，倒不好答话，只问：“既然如此，何不报给琏二哥与凤姐姐知道？”贾芸道：“他管僧尼事，便是琏二叔同二奶奶派的差使。我去告诉，反于婶子面上不好看，倒像是我多事好妒，有心搬弄是非了。”

宝玉知他避嫌，心想若是自己去告诉老爷、太太，必然会问这些事你又从哪里知道，反落不是；若告诉老太太，又深知贾母向来最厌此等事，虽必严惩，若是一时气病了倒不好。他原本不擅理这些人情世故，事临头来，竟是毫无主张，只顿足叹道：“连佛门尚且如此，这世上还有片干净地方吗？”贾芸也知他无能为力，献计道：“依我说，宝叔倒也不必理他们闲事，袍襟盖脓疮——横竖瞒不久。事情发出来，总要惩治的。若是担心芳官，不如叫个贴身小厮直接去说给庵里，就说这芳官原是叔叔心爱之人，叫她们但凡衣食用具都要从丰配给，活计也不要多使她做，不过是借她们的地方休养几日，横竖将来还要接回园子来的，就是了。”

宝玉想了想，也无他法，只得亲自出园来，向茗烟耳语几句。那茗烟原本是个多事的，大包大揽道：“二爷放心，我这便备些素斋葛袍，套辆车子送到水月庵去，指名说二爷赏给芳官的，叫净虚那老秃头出来答话。

她看了这阵势，必定心服，再不敢揉搓芳官姑娘的。”宝玉道：“便是这样。”又给了茗烟些钱，教他从速办来。

那茗烟是平地上也要起三尺浪的，既得了宝玉亲口嘱咐，又有了钱，且拿了满理在手，岂肯便宜行事？便想了一想，向后院里寻着锄药、扫红、墨雨、挑云、引泉、伴鹤诸小厮，张张势势地道：“这是咱们为二爷效力的时候，大家须得如此这般，不可藏奸。”那些人又岂肯省事，都异口同声地说好，果然套了一辆车，买些油米香烛等物，又会同平日里一处淘气的几个小幺儿，浩浩荡荡，只说往庵里来布施，打得山门雷响。

净虚听说荣府里送布施来了，喜得亲自迎出来，看见他几个，却不认得。茗烟将脚踩在车辕上，佯笑道：“二爷打发我们来送香油，你不赶紧跪接谢赏，只管觑着你那老眼昏花看什么？莫不成认不得你家茗大爷？还是看你茗大爷长得俊，想招来当女婿？”

茗烟的名头净虚倒是识得，因此常在府里走动，略有些脸面的奴才都早已备记在心，知他是宝二爷跟前第一个得意亲近小厮，因此赶紧满脸上堆下笑来，奉承道：“原来是茗大爷，老尼眼拙，一时竟未认出来。”又赶着叫小尼姑倒上好的香茶来。茗烟遂在条凳上坐了，一边看着姑子们收香米，一边问净虚道：“二爷房里的芳官姑娘，是不是被你们拐在这庵里？二爷着实想念，要我们来看看她，过几天，二爷还要亲自来接她回去呢。”

宝玉前些时候来看芳官的事，净虚早从姑子口中得知，听茗烟语气不善，忙谄笑道：“这可是不巧得很，不知道茗大爷到此，昨儿打发芳官往铁槛寺有差使。不知宝二爷哪日里来，告诉老尼，好作准备。”

茗烟更不答话，一脚踢飞条凳，便发作道：“早不差使晚不差使，偏你茗大爷来此，就说打发她有差使。你也不用骗我，那芳官上次我们原已见过，一张脸被你捣得烂茄子一般，大白天你差她出去，不怕吓坏人？必是你藏起她来，打量我们不知道你做的那些事！你茗大爷七个头，八只眼，两耳顺风，七窍玲珑，什么事不知道？既说芳官不在，有胆就让我们搜一搜，可别叫我们搜出来！”当下振臂一挥，众小厮遂拥上前来，只以找人为由，乱踹乱砸，随抛随丢，众姑子拦了这个，拦不住那个，口里只叫“阿弥陀佛”“罪过罪过”。

一时扫红在房里搜出些脂粉酒水等，大喊大叫着让众人来看，茗烟见了，更加得理，指着问道：“好你个酒肉尼姑，这难道也是敬佛祖的东西？是你家罗汉酒量好，还是你家观音爱打扮？”遂将酒坛打得粉碎，脂粉花冠尽皆抛在地上。净虚原本只当他是为芳官出头，既见被查出弊病来，才知另有机关，只疑作府里有密令使茗烟如此行事，因此一声也不敢吱，唯有低头念佛而已。

且说贾芸与贾芹虽无过犯，只因都在凤姐、贾琏麾下办事，便免不得有些山高水低，鸡争鹅斗。自从贾芹管了铁槛寺，每月往府里领来钱粮供给，足有百两，又搭上水月庵的净虚，每每逼那些女尼、道姑装扮了出来侍酒，所得缠头，也都孝敬了他，每日里不是坐轿，就是骑驴，吃风月酒，用脂粉钱，两府里进进出出，十分招摇得意。族中子弟时常论富比贵，多谓贾芸不及。贾芸既然尽知底细，难免心中不平，只碍在珍、琏面上不好声张，直到今日方出此一口恶气。当下打听了茗烟在水月庵中所为，自谓得计，兴冲冲地走去街上混堂内洗了个净浴，换了一身体面衣裳，又买了许多时鲜果品、糟鱼腊肉，提着往林家门上来。

方走至斜街，忽听得一阵嬉笑声甚是熟悉，抬头看时，却是一队人乱哄哄地拥着贾蔷自那边过来，都鲜衣小帽，吃得醉醺醺的。见了贾芸，笑着站住了，问他：“老二，你从哪里来？”贾芸忙拱手笑道：“为明儿要陪母亲见个客，特来买些果品预备。”贾蔷笑道：“什么了不起的勾当。相请不如偶遇，不如一起到我那里坐坐，介绍你认识几个好朋友。”

贾芸早已看到贾蔷身后一干人皆是华服丽冠的少年公子，且知贾蔷素得贾珍宠爱，又与贾蓉交好，远比自己体面得势，每有结交之心，苦无攀缘之机，今蒙邀请，如何不从？当下拱手道：“却之不恭，就叨扰你了。”

于是挽着手一同行来，迤逦至一座院落前，却又并不是府外头贾珍购赠之大屋，竟是深街里极僻静雅洁的一处四合院，小而深幽，沿墙种着几棵垂柳，一丛蔷薇，树下放着镂花紫藤躺椅、茶几、唾盒等物，几上茶壶杯碟俱全，另有一红填漆菊花捧盒里盛着些花样细点，最妙的是倚着茶几犹有一架琵琶，收拾得十分雅洁不俗。贾芸正自猜疑，早有一个极伶俐的丫鬟迎上来说："姑娘今早起来，又吐了几口血，已请大夫来瞧过了，这会子刚吃过药睡了。爷们儿不如先往别处去坐坐，待会儿再来吧。"

贾蔷果然便立住了脚道："既然这样，我等下再来。"遂掩门出来，向众人道："如此，还是往我那边房里去吧。"那些人都笑道："走来走去，腿都走软了，况且已经闹了这半日，也该散了。那边不过是空房大屋，有何趣味？原是想来这里求着龄官姑娘唱一曲，既然姑娘欠安，不如改日再聚。"说着一哄散去。贾芸便也另约相会之期，道别而去。一边走，一边心下暗思：从前大观园遣散十二小戏子时，听说大多都分在各府各房里服侍，唯有小生宝官、正旦玉官、小旦龄官三个辞府而去。当时众人还取笑，说是"巧得很，唯有'宝、玉'和'龄（林）姑娘'走了。"那龄官又长得和林姑娘一个模子，连脾气性格乃至体弱的毛病都像，所以记得清楚。原来这龄官竟被贾蔷收在这里金屋藏娇，倒不知贾珍等是否知道。既然别房另居，自为掩人耳目；看他呼朋唤友来此，又似乎并不避人，究竟不知是何意思。

一路揣摩，已经来到林之孝门上。林之孝在府里议事未回，只有红玉同她娘两个守着鸡足灯穿珠花。见贾芸来，红玉心中便猜到八九，忙向屋内回避了。林大娘哪里知道他们的首尾，只当贾芸要寻林之孝走路子谋差使，因命小丫头子沏了茉莉花茶来，笑道："芸哥儿现在二奶奶面前当差，谁不夸本事能干？想来不日就要飞黄腾达的，何必再找我们。"贾芸笑道："婶子说哪里话。我不过是在府里学着做些仨瓜俩枣的零碎活计，哪里就论得到飞黄腾达上头去。况且向来多承两位照应，早该登门道谢才是。"因盛赞林之孝两口子手眼通天，精明能干，又赞红玉才貌双全，聪明伶俐，最后才缓缓提出求亲的意思来，只道："箱奁戒指，织金衣裳，婶子只管说，即日办了来，三茶六礼，不敢怠慢，总要教婶子满意。"

林大娘听了，虽然意外，倒也欢喜。她求宝玉说情，心里也知道多半是不成功的，又想贾芸虽然贫薄，也是贾府旁系子孙，且在凤姐面前得势，若将红儿嫁给他，倒不负他素日的心高志大。又见他言语和气，态度殷勤，赶着自己一口一个婶子，说得天花乱坠，心里便软和了。虽未十分答应，却也态度热络，只说要等当家的回来商议，温言暖语送贾芸出去了。等到林之孝回来，林大娘烙了椒盐千层饼端上来，又备了四样菜，糟鲥鱼、过油豆腐蒸茄子、豆瓣虾酱炒黄瓜、熟烂脱皮的红烧酱肘子，又做了一大碗热汤汤油汪汪的腊肉笋丝汤，又斟了一杯官酿的高粱酒给他吃了，故意问道："今儿这菜的滋味如何？"林之孝道："正要问你，哪里来的糟鲥鱼？如今市面上是什么价钱，也是咱们寻常吃得的？只管这样大手大脚。"林大娘笑道："谁有那些冤枉钱买它？跟你说，这些鱼一个子儿不花，是自个儿游上岸跳进盐缸里腌够日子长脚走来咱们家的。"林之孝便知有缘故，笑道："这鱼倒知道孝敬。"林大娘道："可不是有人孝敬怎的，你倒是一猜就准，你要猜得到是谁，我就服你。"

林之孝乱猜了几个，皆不是的。红玉娘这才将贾芸今儿来的缘故讲明，款款地说道："女儿既然已经出来了，只怕再难回去。况且咱家也不指望她那一吊钱度日，从前也没打算她成个什么，为的是家生子儿，才不得不送进府里使唤，窝在怡红院里做了那些年粗使丫头，原指望平声静气地过几年横竖放出来，谁知竟又跟了二奶奶，虽是有体面的事，可哪天不是悬着心、吊着胆，老虎嘴里寻唾沫——便得着些也艰难。府里有我们两个侍候已是足够，那银子是好挣的？没的再把个独生女儿垫在里头。况且如今又被撵出来，传出去是什么好名声？若只管搁在家里，等着府里发卖配人，知道是个什么结局？那芸哥儿虽不是什么嫡系正宗，大小也是个爷，且不是那些虚花浮浪的子弟，很知道巴结上进，做事也勤谨，又是出了名的孝子，虽然年纪不大，倒也还老成有眼色，近来在二奶奶跟前也极有体面的，又不把女孩儿做丫头看待，说明了娶过去做平头夫妻，三络梳头，两截穿衣，只比府里奶奶少些金银穿戴，身份却是一样的。你若舍不得她吃苦，大不了多陪些嫁妆，就是破些银子，买两个小丫头子陪送也没什么。”林之孝也道：“说得极是。”又道，“既然这样，红玉终究是二奶奶使过的人，要嫁人，也该同二奶奶说一声，不然倒像怄气似的，况且也要她肯放人才是。”

林大娘答应了。次日一早，先与女儿说了，红玉如何不愿意，虽然口里只说“凭爹娘做主”，然而红生双颊、低头弄带的情形，分明千肯万肯。林之孝家的看了，也就心中有数，倒暗暗叹了口气。且进府来，诸多琐事，忙碌了一头晌，直到午饭后才寻个空儿来至凤姐院中。

凤姐才因旺儿家的来报彩霞死了，求赏发葬银子。凤姐允了，打发旺儿家的去了。因向平儿叹道：“难得我想做件好事，竟没做成，可见老天不容我积善。”平儿拭泪道：“彩霞在府里几年，同我原是极好的姐妹。我想跟奶奶请半日的假，亲去送一送。”凤姐点头道：“你去吧，我别的善积不得，你去送一送她，也就当是我去过了。好好儿替我跟她赔个不是，说我害了她了。”平儿劝道：“这是什么话。奶奶也是好意，这是她的命，却与别人无干。”凤姐道：“这也难说。只是我有心再做一件好事，却不知道做得成做不成。”

平儿忙问何事，凤姐道：“小红白跟了我一场，平时也小心服侍，偏偏一个不小心被太太撵了出去，我因为她误了巧姐，也没心思留她。如今姐儿并没怎样，想来这件事其实不与她相关，倒别白冤枉了她。你替我找个闲儿去看看她，有什么可帮可做的，就替她完了心事；再不然，就把她身价银子免了，白放了她，也不枉她服侍我一场。”平儿喜道：“果然如此，就是奶奶的天大恩德了。世人常说西方无量佛如何如何神通广大、法力无边，却多半都是拜观音，口里念着‘大慈大悲救苦救难的观世音菩萨’，可见这‘大慈大悲’是比‘神通广大’更得人心的。”凤姐听了，不气反笑道：“你这蹄子越来越坏了，连我也打趣起来。”

方说着，林之孝家的已进来了，先请了安，又问过巧姐的病，这才缓缓回道：“自小红前儿出去，我们老两口差点儿没白了头，只恨她不开眼，丢了差使事小，折了奶奶的面子事大。所以意思要赶紧替她寻一门亲事打发了，没的留在房里打脸。恰好有媒人来说，从前奶奶提拔过的那位芸二爷竟不嫌弃她，愿意娶了去，只是小红在奶奶跟前这些年，奶奶疼她，便像疼自家孩儿一样，她的终身大事，我们不敢擅自做主，所以来请奶奶的示下。”

凤姐见她来，只当她要替女儿求情，便不肯主动说要放小红赎身之事，及见林之孝家的毫无埋怨之意，仍是一味奉承，反有些不好意思的，笑道：“芸儿那小子倒有眼光，就不知他是何时存了这个心，我竟一点儿不知。”林之孝家的忙道：“自是他日常往来回应奶奶，见着女孩儿一两面，近日听说出府去，才有这番心思。若说从前就有的，断断不能，便是他有，我们也不许女儿做下这没脸的事。”凤姐犹自沉吟。平儿忙故意将方才凤姐的话说了一遍，林大娘听了，没口子道谢。

谁料那边贾芸早又求准了宝玉前来，也说为贾芸提亲，凤姐笑道：“难得你这般念旧，肯替他二人出头，我若阻拦，倒是棒打鸳鸯了。”遂一口应允，愿作保人，又命宝玉做媒证。林大娘自觉面上有光，十分欢喜，回家与林之孝并红玉说了，也都喜悦非常。贾芸与红玉的亲事遂这般定下来，只等择吉迎娶。红玉自觉终身有靠，一番祸事变喜事，倒也得意，再不提回府的话，只安心在家中待嫁。不提。

且说宝玉做成贾芸、红玉婚事，十分畅快悦意，因向凤姐笑道：“到底是凤姐姐会调教人，小红在我屋里那些年都不能显山露水，才到姐姐屋里几天，就出脱得美人儿一样，连芸儿那样机灵的人，也取中了。”凤姐笑道：“我听你哥哥说，你从前认过芸儿做干儿子，可是有这话？”宝玉不好意思笑道：“都是小时候的事情了，提它干什么？”凤姐笑道：“你可知道小红的娘是我干女儿？你做成了他们这宗亲事，从此须得叫我做婶子了。”说得旁边侍候的人都笑起来，宝玉更加不好意思。

凤姐又道：“论起这小红，还与你林妹妹有个巧处。”宝玉忙问何巧之有，凤姐便笑着说了小红原名林红玉，只为重了宝玉、黛玉二人的讳，故而改了红玉，因道：“这回出了园子，又眼瞅着要嫁人，自然便要回复从前的正名，一个叫林黛玉，一个叫林红玉，何不是巧？”

宝玉笑道："果然巧得很，听去却像是一对亲姐妹的名字，黛为青，一青一红，又相衬，又相应，再巧没有。我那里叫作怡红院，又叫绛芸轩，绛也是红，倒伏了芸儿和小红两人的名字，可见天缘巧合，早有预兆的。"说着心中却又起一念，想着贾芸同自己一样，也是排行第二，如今却与小红成此佳偶；既然廊下二爷与林红玉终成眷属，焉知不是预示着自己这个宝二爷与林黛玉的婚事在即呢？因此摇头晃脑，喜不自禁。凤姐见他喜形于色，也就约略有些猜着，因道："我没你们读书作诗的人想得多，一个名字也有这些说道。只是提醒你一句，这里说说就算了，等下见了你林妹妹，可别混说混比，她听你把她同丫头的名字提在一起，又该置气了。"

正说着，玉钏走来相请，说太太找二奶奶说话。宝玉就便辞了出来，先去外书房找着贾芸，将事情告诉了，笑道："林大娘已经得了信儿，千恩万谢地去了，如今这件事大功告成，你拿什么谢我？"贾芸笑道："金山银山搬来，宝叔未必稀罕。倒是踏踏实实地替宝叔办几件事，尽点儿孝心，再者寻着稀有花草送几盆来，或许宝叔看着还高兴些。"

忽然茗烟急匆匆地跑来，说方才看见贾雨村的轿子进门，只怕等下还要指名求见二爷呢。宝玉蹙眉道："我生平最厌这些人，偏偏走到哪里都见到他，前儿在北静王府祝寿，也看到他同一班官员在那里坐席。"又向茗烟道："若老爷找我，只说北静王府请我吃酒去了。"茗烟苦着脸道："罢哟，这要被老爷知道，是要打死的。况且二爷不在府里，我怎么倒闲（咸）在这里腌肉干呢？可不是打嘴？"贾芸笑道："猴儿崽子这会子又装没担待了，前儿在水月庵里何等威风？"茗烟便笑起来，一时豪气干云，拍胸脯道："为二爷的事，茗烟火里火里来，水里水里去，拼着被老爷乱棒打死，只说没看见二爷便是。"

宝玉笑着，别过贾芸重新进园来。因怕丫鬟来找，且不回房，只往花溆一带行走，赏玩那春光烂漫，杏红柳绿。忽见柳遮杏闹处忽地飞起一人，倒吓了一跳，定睛再看，却又不见了，正诧异间，忽然又飞荡过来，又听到树后有女子笑语声，才知道是有人在打秋千，细听那声音，似探春又似湘云，及欲看那人，只见她大红裙子扬起在风中，直如飞仙一般，悠来荡去，却辨不清脸面。

宝玉一路分花拂柳走近来，只见探春和侍书在一旁拿着衣裳、环佩等物，翠缕正推送一人荡秋千，方知是湘云，笑道："你们倒玩得高兴，怎不叫我来推？"又说，"云妹妹抓紧了，小心掉下来。"

一时湘云停了秋千下来，鸦鬓微斜，粉脸生津，拭着汗笑道："昨儿我们那些人等着你开社，且是蕉下客的芳诞，到处找不见你，这会子又做什么来了？"宝玉道："我教丫头送去的一字一画，三妹妹收到了吗？"又问要不要打秋千，自己来送。探春便也脱了织锦夹纱花枝俏的通袖袍子，露出粉白对襟琵琶小袄，下边系着杏红百裥绣花缎的唐裙，又束一束腰带，便蹬在画板之上，两手握了彩绳，道："行了。"宝玉便推送起来，起初不敢用力，只微微荡起，湘云笑道："打秋千一定要到高处才有好风景，只管这样悠着，倒不如坐下来了。"宝玉这才微微用力，探春还叫再高些。

又打了一会儿，探春已领悟到其中诀窍，也不必宝玉推送，只自己腰间暗暗用力，双腿绷得直直地微微一蹬一踏，画板已起在半天云里，杏红裙子舞的一面旗似，露出底下松花绿的绑腿膝裤，大红高帮满绣缎子鞋，直欲飞到九重霄去。宝玉见用不着自己，遂退在一旁观看，点头叹道："金履飞登杨柳翠，湘裙漫卷杏花红。斯情斯景，便是曹衣、吴带，也不能形容的。"

翠缕服侍着湘云穿上大衣裳，又将金麒麟、荷包等物一一系回。宝玉见了，忽想起一事来，向湘云道："我从前送你的那只金麒麟哪里去了？"湘云脸上一红，反诘道："沉甸甸地问它作甚？"宝玉道："前几日冯紫英邀我去他家坐席，说是边境紧张，随时便要奉命开拔的，所以在家里设了靶场、跤场，每每招些子弟前来较艺，其实不过是找个由头时常聚聚。那日射圃，恰遇着威武将军的公子卫若兰，腰间也系着这么一只麒麟，光彩闪烁，很像我送你的那只，所以问起。"湘云低了头不答，翠缕却掩口而笑。

宝玉蓦然想起，喜道："早听说妹妹有了人家，一直不曾问起是谁家有这样福分，原来竟是他！真真儿好个人物，不枉了妹妹平素为人。那卫若兰人物风流，武功了得，与妹妹恰可称作一对儿神仙眷侣。"宝玉知道史家拿自己送的金麒麟与卫家做文定，倒觉欢喜，笑眯眯地瞅着湘云不住点头。湘云更加羞涩难当，恰见探春的秋千慢下来，似欲停住，忙上前假装接应，就势避开。宝玉便也过去帮着搂住彩绳。探春下来说道："刚才远远看见玉钏过来，东张西望的，不知找谁？"

说着，玉钏已到跟前，看到宝玉，猛地一拍手道："叫我好找，原来是在这里。太太要见你呢。"宝玉一时不解，只当仍是为着贾雨村之故，笑道："你说清楚些，是老爷找我还是太太找我。"玉钏嗔道："老爷找你，与我们有什么相干？自然是太太要找你，才命我来传。袭人说你一早出去不见回来，茗烟又撒谎吊猴儿说没看见。我想着刚才明明见你在二奶奶屋里说话，怎会眨眼就飞了不成？所以进园子来，若不是看见三姑娘荡秋千，还找不到这里来。"探春笑道："我只道自己在秋千上可以看得高远，原来她在地面上看我，却也看得真切。"众人都笑起来。

宝玉因随玉钏来至王夫人房中，见王夫人正坐着翻皇历本子，见他来了，也不理他，只望着凤姐说道："几次说要让宝玉搬出来，总因这忙那忙，误到如今。难得这些日子天气晴朗，正好把这件事抓紧办起来。所以我今天找你来，特地说给你知道，从明儿起宝玉就不住在园里了，一概用度开销当减则减，除了跟出来随身服侍的这几个丫头外，怡红院只留两个守夜嬷嬷负责打扫，其余小丫头随你分给别的姐妹使吧。"

凤姐只得答应了，因怕还有别的吩咐，便不敢去。宝玉听了这话，却恰如兜头浇了一盆冷水，虽然早知道有今日，宁可挨一日是一日的，因此涎着脸求道："太太何苦急在这几天？自从二姐姐死了，宝姐姐又迁出园子，如今那里好不冷清，我再要搬出来，越发没人了。好歹让我送了琴妹妹、云妹妹出嫁，再搬出来吧。"

王夫人冷着脸道："正是因为园中姊妹多半已经有了人家，你也眼瞅着要成家的人，若再像从前那般只管在园里住着，姐妹堆里厮混，一时有个不妨头，乱说话，传出些什么不好听的来，倒把大事耽误了。所以不如尽早搬出来，省得我日夜悬心。”宝玉听到“成家”一句，却打了一个突，因问：“谁要成家？同谁成家？”王夫人笑道：“你还做梦呢。早在二月里你大姐姐行前，就叫宫里太监传下话来，说宝姑娘德行温良，举止沉重，品貌学问都是第一等的，因此替你做主，连日子都定好了，只等回京就要替你们完婚。你们从小和睦，如今亲上做亲，你可喜欢？”

宝玉不惊反笑道：“太太哄我呢。便要赐婚，也该给我和林妹妹赐婚才是，怎么倒是宝姐姐？可是太太弄错了？或者大姐姐弄错了也未可知。等大姐姐回来，我必要在她面前纷争明白的。”王夫人斥道：“真是糊涂话。婚姻大事，怎么会弄错？我亲耳听跟娘娘的抱琴说，那日娘娘省亲，叫你们姊妹每人作一首诗出来。你一个人独作四首，在那里为难。宝姑娘走来提醒了你一句什么‘怡红快绿’，说是‘娘娘不喜欢的你偏要写，不如改了’；那林姑娘却自恃聪明，替你做了一首‘杏帘在望’教你打小抄，只当别人都是傻子。岂不知太监宫女站了一屋子，难道都是木偶摆设、聋子瞎子？他们在宫里，什么不知，什么不解，生平最会的就是察言观色，哪容你们在娘娘眼皮子底下捣鬼？”宝玉辩道：“娘娘当时还夸了林妹妹作得好，说四首诗里以此为佳，怎么倒责怪起来？我不信。”

王夫人冷笑道：“娘娘当时并不知道你们的把戏，所以夸奖；及后来回宫听人说了，才知道竟被你们合谋蒙在鼓里，焉得不怒？说句重话，这便是欺君之罪。你还指望她顾惜你林妹妹不成？所以我说她轻狂，不知轻重，真要帮你，就该像宝姑娘那样，细心体上，揣摩着娘娘的心思眼色行事，这才是识大体、知轻重的千金闺秀，才是真心为你好。这样的贤德之妻，便打着灯笼，哪里再找第二个去？所以你姐姐那时便取中了她。要不后来端午节赏赐众人，怎么独她的那份和你一样呢？”

宝玉听了这话，又似有理，由不得不信，却终难平服，知道与母亲强辩无益，只道：“我找老太太说去。”王夫人厉喝道：“打量老太太便会帮你，容你胡来吗？别说娘娘已经给你赐婚宝姑娘，就是没有赐婚，林姑娘也已经是有人家了的，何容你再存什么别的想头？”宝玉听了，三魂轰去，七魄不全，大惊道："林妹妹有了人家？这是哪里的话？"王夫人冷笑道："你还不信呢。就是今儿早上，北静王府里请了从前教过林姑娘的先生贾雨村问名说媒，不几日就要定茶换盅，下催妆冠帔花粉的。你不信，只管问老太太去。"

王熙凤听到"贾雨村"三字，便想到娘娘所赐"假画"，不由心中一动。不及深思，却见宝玉听了这话，脸也青了，眼也直了，一跳三丈高，顾不得礼数，大叫一声"我找老太太去"，转身便跑，不提防绊在门槛上，一跤跌倒，连头皮也擦破了。彩云、玉钏忙过来搀扶，连站在门外廊檐下侍候传唤的绣鸾、绣凤等人也都吓了一跳，忙近前来，王夫人见宝玉额头上一缕血痕直流下来，几乎迷了眼睛，也惊慌起来，一迭声地叫人拿药水来搽。宝玉却一声不响，推开众人，牵起衣裳仍然只管向外跑，任由王夫人、凤姐在身后直着脖子叫唤，只不理会。

一径跑至贾母房中。贾母正坐在椅上，满面泪痕，看见宝玉头破血流地进来，一把搂进怀里，哭道："你林妹妹要嫁人了，你知道吗？"宝玉只觉凭空打了个焦雷，砸得天昏地暗，站立不稳，从贾母怀里挣开问道："怎么老祖宗也来哄我？"贾母道："哪里哄你？北静王爷已经再三再四致意，今天又请了那什么雨村过来，催着府里送庚帖过去，说是一两天内，就要抬聘礼来呢。"又回身叫人绞毛巾来给宝玉擦脸。鸳鸯早已拿了止血药水来，却交在琥珀手中。琥珀便上前替他搽着。

宝玉头昏目眩，如在梦中一般，药水搽在头上也不知疼，恍恍惚惚地挡开琥珀手道："从前老祖宗亲口说的'不是冤家不聚头'的话，难道竟白说了？我的心老太太横竖是知道的，可知从小到大，我心里眼里就只有林妹妹一个，老太太也说林妹妹好，怎么竟舍得把她送给别家？那是要了孙儿的命了。老祖宗疼我，万万不会这样对我的。"

贾母哭道："我的儿，何尝是我想把你林妹妹配人？实是北静王府权高势贵，他们三番四次托人来问，咱们只装聋作哑不理会，是指望拖到你大姐姐回京，再想法子回应，这都是为的谁？偏是你这个惹祸的孽障，鬼使神差的，又拿铁架子把那只碧玉缸打碎，连鱼也死了，如今王爷已经知道，虽不肯问罪，焉知心里不存疑？我们再扣着你妹妹不肯允他婚事，眼见就要大祸临头了。那时不但你林妹妹保不住，只怕这个家也要散了。”

宝玉听了，心里约略有些明白过来，才知自己方是始作俑者，更加大哭起来，说：“缸是我砸的，有罪我去领，我这便去王府里分说明白，凭杀凭剐，都随他们，有我活着一天，绝不叫妹妹去。”又说，“若领不下，宁可与妹妹一同死了，想妹妹也是愿意的。”

说着，王夫人已经扶着丫鬟，同凤姐两个喘吁吁地过来，听了宝玉这话，怒道：“又胡说了，好好地寻死觅活，婚嫁是喜事，如何只说到忌讳上头？你妹妹去那府里，是做王妃，并非寻常妾侍，北静王爷爱才慕贤，你是知道的，如今他不肯托请寻常官媒，却巴巴儿地找了林姑娘的业师贾雨村来下帖，可见至诚；况且从前北静太妃也曾亲口对老太太许可的，说进门就要封诰，花钗九树，凤冠霞帔，所有礼遇用度，都与正妃一样。这是光耀门楣的大喜事，便是你林姑妈、姑夫在世，想必也是愿意的。你正该替你妹妹高兴才是，如何只说这些不吉利的话？叫你老子听见，不剥了你的皮。”宝玉不管不顾，大哭道：“太太不知道我们的事。岂知我们是不怕死的，就只怕活着不能在一处好好地活。二姐姐已经死了，云妹妹、琴妹妹也都有了人家，虽然三妹妹、四妹妹的事还没定，想来不久也都是要散的，留下宝玉一个孤魂野鬼，活着还有什么意思？宝玉这辈子并不求别的，只愿跟林妹妹一起，要活，一同长命百岁；要死，一同化烟化灰。如今你们又要送林妹妹走，还把宝玉留下来做什么？宝玉宁可这会儿跟妹妹一同死了，倒还干净些。凭他是王爷还是皇上，妹妹又何曾是攀龙附凤、贪慕权贵之人，都看作庸猪俗狗罢了。”

众人听他说得大胆，都忙上前劝慰，用话遮掩。宝玉哪肯理会，只跪在贾母身前，插葱似的磕下头去，口口声声只叫“老祖宗救我”。贾母见他这样，越发哭得涕泪横流，拍胸叫道：“我哪世里造下孽来，有了这两个玉儿，竟不是孙子孙女儿，竟是前世里冤家，可可地要我的命来了。”

凤姐见不是事，劝了贾母又拉宝玉，因道：“娘娘尚未回京，这件事或者还有回旋余地，咱们倒不必自乱阵脚。横竖日子还早，慢慢地想法儿，三个臭皮匠还抵出一个诸葛亮来呢，大家不用慌，事到临头，我自有主张。如今还有一句话说，这件事还得先瞒着林妹妹才是，不然，她那病身子只怕抵不住。不知老太太、太太以为如何？”王夫人怪道：“这是她的大喜事，听见了自然高兴，岂有不乐反病之理？”

凤姐见王夫人一味愚钝，只得忍气吞声，笑道：“太太说的自是大道理。只是林妹妹自小在府里长大，忽然说要出嫁，怎么不惊心伤感呢？她的心思又重，身子又单薄，况且我听说她这些日子本来不好，倒是迟些日子等她安健了，再慢慢地说给她不迟。”贾母道：“这说的是。且吩咐下去，不可泄露一个字。”王夫人见贾母这样，便不再说话了。

贾母又垂了一会儿泪，年老之人，禁不得伤感操劳，歪在榻上蒙眬欲睡。鸳鸯忙上来侍候。王夫人遂与凤姐一起辞出，且命宝玉跟着，又说了些明儿如何搬迁、如何分配房间、如何安置丫头的闲话。那宝玉心如刀绞，六神无主，只恨不能速死，任由王夫人与凤姐议论，竟像与自己无关一般，呆呆地毫无反应。王夫人见他这样，十分烦恼，欲说他几句，又怕教训重了怄出病来，只得忍气命人好好地送他回去，又叫人收拾东西，预备明儿迁出。正是：

人间若有回头药，好过嫦娥不老丹。

第十回

痴宝玉情闯北静府
惠元妃梦断铁网山

且说袭人见宝玉一早忙忙地出去，半晌回来，却是眼痴神散，满脸哀伤不豫之色，大吃一惊，忙问缘故。跟的人少不得告诉了她，王夫人如何翻查皇历说要替二爷和宝姑娘成亲，贾母如何说林姑娘已经许了北静王，太太又如何吩咐明日合院迁出，只许贴身丫鬟跟出，其余的遣散别院使唤。

袭人听了，暗叫一声"苦也"，明知这几件都是宝玉生平所恨之事，更何况还要发嫁黛玉，无异于剖肝切腹，摘了心尖子，这时候心里正不知怎么百般煎熬呢，只得打叠柔肠，软语安慰："林姑娘一生聪明，所以才被王爷看中，这原是天大的喜事，别人想也想不来、争也争不到的。我知道二爷的心事，为的是跟林姑娘从小一处长大，一旦分开，自然是不舍得的。只是兄弟姐妹情分再好，也有个男婚女嫁，终不能守在一起过一辈子。况且娘娘已经替二爷指了宝姑娘，这是千真万确的事，连日子都已择定，再难更改的，连老太太、太太、老爷这些人也通不能说个不字，难道凭二爷一句不愿意，就能撺掇老爷、太太抗旨不成？要我们说，林姑娘虽好，终不如宝姑娘的为人和气，处事大方，不论上下尊卑，同谁都是和和气气的，却又不是没上没下身份不尊重的，言语行事都拿着分寸，真真儿是大户人家的千金小姐，画里描下来的美人，又和二爷知根知底，素日相处，总是厮抬厮敬，从没红过脸，将来过门来做了奶奶，自然更加和睦了。哪像林姑娘，三日好两日吵的，咱们跟着白耽了多少小心？况且宝姑娘又是太太的亲外甥女儿，太太素来倚重她，有她主家持事，省了太太多少烦心，便是我们底下的人，从此有了倚靠管束，也都是愿意的。这是双喜临门的好事，二爷如何倒不高兴？”

宝玉道：“什么好事？能容我和妹妹一道去死，好过如今这样多少呢。”说着捶床大哭。袭人明知宝玉心性，强劝无用，因另使一计，委委屈屈抽抽咽咽地哭诉道：“方才二奶奶打发人来传太太的话，说教明天就搬出去，又说不必都跟着，只留下那几个伶俐可靠的随身服侍，其余的或散或放或卖，都要打发出去呢。为我病了这些天，太太正嫌弃，打紧的心里不自在，这回说搬，只怕不要我再跟着你，要撵我出去。我既然得了这治不好的病，想来也活不了几天，便撵出去也无怨，就只怕我走了，没有人侍候得你周全。好在你已定了亲，二奶奶眼看就要过门的，我便走也没什么放不下的，就只有一句话嘱咐你：成了亲，就是大人了，再不能像从前那般胡闹。只要你记着我的这句话，就不枉我尽心服侍一场了。”说着，不由得伤心起来，捂着脸哭得花枝乱颤。

宝玉见那花袭人一张素脸，半旧衣裳，乌云乱挽，鸦钗斜垂，哭得带雨梨花一般，不禁触动往日之情，顿生怜惜，然想到黛玉受聘，伊人将归沙咤利，心下顿转凄伤，哪里还有余情管到这些，只得勉强说道：“太太天天催着往出搬，这院里眼看就要空了，那些海棠、芭蕉没人疼惜看顾，想来不久也都要枯萎，便是明月、清风，来在这空荡荡没情趣的院子里，也是不愿意停留的。不仅是你，想来过不得几天，所有的人都要散去，便连我也不知身在哪里，又如何顾得到你们？”

袭人听他这样说话，大不似平常温存亲密，心里一惊，连哭也忘了，反怔忡起来。她原知宝玉之性不可强劝，痴情之人唯须以柔情动之，所以故意说自己要走，讲些伤心话来打动他，其实是指望他反过来安慰自己，或许就好了。倒不料反招出宝玉这番“都要散去”的理论，言语间竟毫无留恋之意，依此看来，那往日相待的情分岂不全是虚影？心下顿时灰了半截，反而不得主意。

却说贾母打发宝玉去了，一时神倦思睡，午饭也未大吃，只就着盐醋拌的野苣荬菜，喝了半碗薄荷粳米粥便躺下歇了。一觉醒来，只觉胸闷胃胀，遂传了大夫来诊脉，一边又打发人去看宝玉怎样了。却见袭人满面病容，慌慌张张地跑来报说宝玉方才出门去北府了。贾母吃了一惊，骂道：“这样大事，为何不拦着？”袭人跪着哭道：“何尝不拦着，无奈二爷疯了一样，拳打脚踢，只是要走，力气竟大得怕人，因此拦不住。”贾母叹道：“这真是自作孽，不可活了。”

一时贾政、王夫人忙忙地走来，也都心惊肉跳，王夫人先就“哎哟”一声哭道：“这孽障不知天高地厚，三番两次，一时摔玉，一时装疯，我悬了多少年的心，如今索性闹上王府里去了。说出去，为是我教子不严，纵得他无法无天，竟把礼义廉耻、尊卑上下也都忘了，闯出这般丑祸来。”贾母听了，愈觉烦恼，又听贾政顿足骂“不知死活的孽障，悔当初不曾拿绳子勒死，偏生你们又拦着，到底做出祸事来了”等语，便指着斥道：“我知道你们有多嫌着我平时娇惯宝玉，纵得他无法无天，只恨不得我一时半刻便离了你的眼才好。只是宝玉这会子在龙潭虎穴里，不打紧地想法子去救，只管说这些没要紧的狠话，难道必定要看着他死了，你才称心？”贾政、王夫人这才不言语了。

凤姐一边安慰，一边忙打发小子去探问，过一会儿小子回来说，宝玉在北府里吃酒坐席呢，王爷款待得好不亲热。贾母等人这才略略放心，又伸着脖子一直等到日暮时分，仍不见回来，便又打发贾琏带了人去接。

直等到入夜时分，方见贾琏仍是独自回来，说王爷因近日外邦诸王及藩郡世子多在府里盘桓，见到贾府公子好个人才，都觉仰慕，力劝王爷留下宝玉多住几日，彼此谈讲学问，演习弓箭云云，反要家里收拾些替换衣裳送过去。贾母流泪道：“不知宝玉前去说了些什么惊天动地的傻话，教他们使出这招玉石俱焚的计策来，料想我们若不送那个玉儿去，这个玉儿只怕换不回来了。”遂放声大哭起来。贾政、王夫人、凤姐等人也都惊慌，又连夜打点宝玉所用之物托人送去。

一夜无眠。次日一早贾母又叫了王夫人、凤姐来房中商议，又叫人请贾政、贾琏来，又命凤姐：“都这时候了，也别只管避讳，且顾不上那些。”凤姐只得答应了，羞羞答答地行了个礼站在贾母身后。反是贾政因凤姐是王夫人内侄女儿，又是自己侄儿媳妇，故一直侧身而立，向母亲禀道：“我昨日听雨村说，北静王爷对外甥女儿竟是志在必得，几次托冯紫英打听出身来历，又专程备车接了雨村去，许他做成这宗亲事，必定厚谢。雨村前些时日因官运不济，被参了一本，正四处谋求门路，如今既得了这个契机，如何不尽力？他为着从前与我有些交情，因此一句也不瞒我，将前因后果表明，论起来，还是宝玉造的孽，他与园中姐妹结社，竟将闺阁文字写在扇面上四处招摇，所以流传了出去，叫北王知道，遂有此心。我从前就说他是个惹事的祸胎，果然不错，如今到底捅下天来了。”贾母不乐道：“这里紧着在商议搭救他性命，你却只顾说这些堵人心的话。要管儿子，等他回来，有多少管不得？这会子只在我耳根前儿数落他，难道由得他陷在北府里，一辈子不回来的倒好？”说着，又哭起来，王夫人也哭了。

贾政见母亲动怒，不敢再说；王夫人只顾低头痛哭，一言半语也无；贾琏见长辈在前，亦不敢说话；凤姐料着自己不出面，势必无人开口，只得走至贾母身前劝道：“我知道老祖宗舍不得林妹妹，只是第一件，外孙女儿虽亲，亲不过亲孙子；何况那北静王爷一人之下，万人之上，并不辱没妹妹门楣人品，他既然千方百计地问明了妹妹的出身来历，又特地请来妹妹的受业恩师做媒，自然不肯视作寻常妾侍，又知道是五世列侯、书香门第、巡盐御史的千金，怕不当菩萨供奉？林妹妹那般人品，那般才学，进了王府里，少不了珠冠凤袄，穿金戴银，只怕比在老祖宗跟前还风光荣耀呢；三则娘娘本来就有意赐婚，虽没下旨，已有口谕，十成已有了九成了，老太太便是等到娘娘回京，这件事也是难办。倒不如速速遣人将林妹妹的八字送去那府里，应了这门亲事，再同王爷说，虽然宝玉能在府里受教是难得之幸，无奈娘娘有旨，府里正赶着替宝兄弟办喜事，料想他们便不好再扣着宝兄弟不放的，岂不两全？”

贾母到了这个地步，料无别法，只得应了。事已至此，再难隐瞒，遂由王夫人、凤姐左右陪着，亲自来潇湘馆里说给黛玉知道。贾母入得园来，只见落英缤纷，绿叶成荫，几只雀儿在石子路上蹦跳着夺食，却不见有什么人往来，想到从前诸孙女儿围绕膝前、花团锦簇之乐，如今迎春已死，湘云将嫁，黛玉再出了门，这园里益发无人了，不禁悲感交集，一边走，一边便垂下泪来。好在潇湘馆不远，早有小丫头赶去告诉，几个丫头、婆子正在竹下乘凉，闻言忙迎出来请安。

紫鹃刚服侍着黛玉吃了药，雪雁在一旁做针线，忽然听小丫头飞报说老太太来了，都赶紧迎上前打起帘子。黛玉也忙起来了，娇娇怯怯地请了安，亲自扶着老太太在窗前鸡翅木椅上坐下，又命紫鹃、雪雁搬椅子给王夫人、凤姐。凤姐不肯坐，且拿起雪雁的活计来打量。雪雁斟出茶来，黛玉将头一盏茶亲自奉与贾母，第二盏茶便给王夫人，紫鹃又捧一杯与凤姐。贾母接过茶来闻了一闻，道：“这是雀舌，怎么不沏前儿送来的明前龙井？”雪雁道：“因薛姨太太说好喝，姑娘便都送给姨太太了。”

贾母点点头，又向凤姐手里看了一眼，问雪雁道：“上次那画屏绣得怎样了？又忙着做这些？”雪雁笑道：“自从老太太吩咐了，一日不敢停工。只是绣幅太大，须用大绷，所以紫鹃姐姐特地收拾了那边的屋子，单让我做绣活儿。手里这个，是为着琴姑娘的好事近了，所以先赶出来做贺礼的。”

凤姐见贾母一味闲话，知其难以开口，王夫人自然更不肯说话，只得先笑道：“不但琴妹妹好事近了，林妹妹的好事也在眼前了呢。林妹妹大喜，我今儿正是给妹妹道喜来了。”林黛玉早见贾母面色不善，王夫人态度古怪，现在又听凤姐出言蹊跷，便知有缘故，一时间心里早转了十几个念头，笑道：“我有何喜？自然是老太太有喜事，咱们跟着同喜。”贾母招手叫黛玉坐在膝下，摩挲着脸叹道：“好孩子，天可怜见，把你生得这般聪明可人意，所以才应了那句老话：‘一家有女百家求。’如今连北静王府也遣了从前教过你的贾雨村来求聘，要纳你为妃。过去那边，吃穿用度都与正妃一般，一样册宝封诰，且另建别院居住。咱们家原有个皇妃，如今又出了个王妃，你爹娘的魂灵在天上看见，想必也是愿意的。”

黛玉只听得一句“北静王府求聘”，已经血往上涌，身子发沉，两行泪直流下来，余下的话便再没听见，愣愣地望着贾母，一句话也说不上来。紫鹃、雪雁也都惊得呆了，忙抚胸揉背，连声呼唤，半晌黛玉方回过气来，咬着牙，只问：“老太太答应了吗？”

贾母见她这样，不禁哭了，道：“我何尝愿意答应？只是昨儿宝玉一听了这话，就发了呆病，大喊大闹地要往王府理论，想是触怒了王爷，如今尚被扣在那里，也不知是死是活。好孩子，我也知道你心里不愿意，只是那北静王的祖上原为四王之首，他又少年得志，权倾朝野，势头之大，地位之尊，正是如日中天，说句话，只比圣旨略差一点儿，我们这等小户人家，平头百姓，又怎么敢拿鸡蛋碰石头呢？若不答应了你这门亲事，只怕宝玉再难回来。我知道你们兄妹自小和气，倘若他这会子有个好歹，你心里也是不愿意的，所以竟替你答应下来，你要怨，就怨我这个不中用的老悖晦吧。”

黛玉听此，反而收了泪，跪下说道：“老太太说哪里话？黛玉自幼得外祖母抚养成人，若没有外祖母疼爱，何能活至今日？况且婚姻大事，原该由长辈做主。老太太最肯替我打算的，焉能有错？”

贾母听她这般说话，益发愧惭难当，抱着黛玉儿一声肉一声哭个不停，只说：“好孩子，你千万体谅我的心，须知我不是存心如此，但凡有一点儿法儿可想，也断不会容你出去。我何尝不想你一辈子在我面前孝顺，我活着一日，且留你们做一日的伴儿，等到死的那一天，若得你两个在我面前磕头送终，也可咽得下这口气。”凤姐听这话说得哀切，忙劝道：“老祖宗说哪里话，如今宝兄弟与林妹妹各结良缘，一个是娘娘赐婚，一个是王爷求聘，正是双喜临门的好事，想来不上两年，就都要开花结果，老祖宗儿孙满堂，重孙子、重外孙子都来膝下承欢，正是享不尽的荣华富贵，如何便说到百年以后的事上头去？”

黛玉听了这句，才知道除了北静王府提亲之事外，尚有赐婚之说，原来宝玉亦有婚约，自然便是“金玉”无疑了。这原是她心头第一件大事，一旦证实，倒忽然平静下来。明知无可奈何，反而风轻云淡，遂起身裣衣，向贾母恭恭敬敬地行了一礼道：“颦儿终身既定，外祖母也可从此了却一件心事，日后两府里安荣尊富、福泽绵延，老太太福健安康、诸事遂心，便是颦儿的孝心所望了。”贾母见她如此识大体，倒觉欢喜，亲手扶起黛玉说道：“能看着你欢欢喜喜地出嫁，我也就不枉活了这几十年。”闹这半晌，也觉疲惫，便起身去了。

王夫人随后跟着，笑道：“我就说林姑娘不至于跟宝玉一般胡闹，他两个不过打小儿一处长大，比别人略亲厚些是有的。真论到婚姻大事上头，自然是媒妁之言，父母之命。况且谁做了王妃会不喜欢呢？就是宝玉，能娶宝姑娘这样温良贤惠的大家闺秀，自然也是喜欢的。”贾母并不肯说什么，只叫凤姐赶紧派人将黛玉生辰写个泥金庚帖，用锦袋封了，送与北府合字，再打发轿子接宝玉回来，不提。

且说林黛玉一生心事，思兹念兹，疑兹信兹，无非“宝玉”二字。如今忽听得晴天霹雳，大势已去，万千念头俱化飞灰，只觉万事无可留恋，眼怔怔地送贾母去了，因回身向紫鹃笑道：“这可好了，再不用悬心了。”说罢向帐内躺下，将手绢蒙着脸，一语不发。众婆子、丫头都上前道喜，黛玉一动不动，也不理会。紫鹃和雪雁两个面面相觑，心内俱各惊疑不定，又不敢劝，于是遣去众人，坐在一旁发呆。半晌，看黛玉不见动静，并不知她心内做何打算。紫鹃刚才听了贾母与王夫人三言两语，说黛玉婚事，又夹着宝玉的姻缘，且说什么“宝玉回不来了”，听得云山雾罩，十分不明，便想着去怡红院找袭人等打听。遂向雪雁耳语了几句，要她好生看着姑娘，自己抽身往怡红院来。

雪雁拿起绷子绣几针，又回头看看黛玉，见一点儿声息也无，只当睡了，却见那用来蒙面的绢子被洇湿，连那枕巾也湿了好大一截，才知姑娘又在流泪。她小孩子家心实，见黛玉哭成这样，便也哭了，走来推着黛玉道："姑娘，你有什么话，只管说出来，便要哭，也敞敞快快地哭，千万别怄在心里，再怄出病来，弄坏了身子，可怎么好呢？"黛玉这才拉开绢子，幽幽叹了一口气道："这个身子，还要它做什么？"一语未了，呛咳起来，欠起半身欲吐。雪雁忙过来扶住，黛玉便一口一口，将早晨吃的药尽皆吐出，还只管干呕不止。雪雁人小力薄，只觉抱持不住，一手揽住黛玉瘦肩，一手替她撩起散发，满口里乱嚷"紫鹃姐姐快来"。春纤与王嬷嬷在外面听见，忙都进来了，见黛玉这样，都吃惊地叫道："这是怎的了？刚才还好好的，转眼不见，病成这样？"雪雁哭着，哪里回答得出。那黛玉力竭声嘶，呕心沥胆，直吐了有一盏茶的工夫，方渐渐止住，已经气微力尽，紧闭了眼，任雪雁哭泣呼叫，揩面抹脸，便连睁一下眼回应一声的力气也无。王嬷嬷看看不好，忙叫人去回凤姐。

恰好有太医来替贾母复诊，刚把完脉出来和贾琏说话，贾琏顺势便请他往潇湘馆来。一时诊过，因道"气郁伤肝，肝气横逆，势必克脾犯胃，致气血受阻，胃失和降而呕吐。又因禀赋不足，后天失调，或饥饱失常，劳倦过度，以及久病正虚不复等，均为引至脾胃虚弱之根源。如今胃痛只是表征，理肝顺脾才是根本"，遂开了药方，又问日常饮食，紫鹃隔帘子答应了，便又嘱道："吃的倒也罢了，茶须少饮，蜂蜜倒是相宜的，隔水蒸熟了，每于食前空腹服下。不到一月，必定见效。"紫鹃用心记了。贾琏便送大夫出去。

一时配好了药送来，紫鹃一边流泪，一边亲自看着火煎好了，端来递给黛玉。黛玉看也不看，随手打翻，仍将绢子蒙着脸，不语不动。紫鹃知劝慰无用，遂支出众人，索性清心直肠，从实说道："刚才我去怡红院里打听二爷回来了吗，袭人、麝月几个正抱着头哭呢。原来老太太也是不愿意让姑娘出阁的，无奈那府里三番四次地来催，偏偏宝玉前儿又错手砸了王爷送的那只碧玉缸，弄得尽人皆知，老爷更不好拿话去回王爷，所以只得允了；宝玉听见老太太将姑娘许人，当即大哭大闹，连头也撞破了，又跑去那府里找王爷理论，可见待姑娘心实，姑娘倒不可错疑了他，只当他存心要娶宝姑娘，其实哪里能听凭咱们呢？”说着，也哭起来。

黛玉起初听到贾母说将她许给北府，顿时急怒攻心，并未思虑得清楚，一心打定主意，只要求死；如今听了紫鹃一番话，才有些明白过来，且将自怜自艾之心尽皆收起，反一心一意为宝玉操虑起来，于是揭去绢子问道：“如今他回来了没有？”紫鹃道：“王府扣着宝玉，是因为姑娘不肯答应婚事，所以如此；如今老太太既然赶着叫人送了姑娘的庚帖去了，可知不出两天，必回来的。”黛玉想到自己从此竟许给北静王为妃，与宝玉今生心事永难团圆，不禁长叹一声，两泪横流，只道：“罢了，罢了，等他回来再见上一面，死也罢了。”

紫鹃听着，心里只如油煎刀绞一般，哭道：“姑娘说什么生死？俗话说的：‘留得青山在，不怕没柴烧。’如今咱们先换了宝玉回来，再想法儿慢慢拖着，实在拖不过，还有一个三十六计走为上。到时候姑娘只说让二爷陪着回南祭祖，神不知鬼不觉，一走了之，不信北静王府还能满天下悬红缉捕去。”黛玉听了这话，素面泛红，斥道：“休胡说，这也是女孩儿家混说得的？被人听见，要命不要？”

谁知赵姨娘打听到北静王府求聘黛玉之事，便又生起一种心思来，想着从前宝玉隔三岔五地往王府里走动，从不肯带携兄弟，果然将来黛玉嫁过去，两府做了亲，贾环再去拜访便是天经地义之事，到那时结交王侯，出将入相，便都如囊中取物一般。不如趁黛玉未嫁，早早地巴结着些，以备将来探访之由。想得妥当，便拟好了一番说辞往潇湘馆里来。恰值雪雁等人因紫鹃支她们出来，便径自往后边刺绣，春纤往凤姐处去取蜂蜜未回，王嬷嬷劳动了一早上，这时睡了，院里一时无人，便被她走至窗下，听了个耳满心满，正欲再往下听时，偏她的丫头小鹊蹬在石头上差点儿滑倒，咕咚一声，将赵姨娘晃了个趔趄。赵姨娘吓了一跳，骂道：“下作蹄子，站着也会打瞌睡，差点儿把我摔着。”

紫鹃惊动了出来，讶道：“姨奶奶什么时候来的？”赵姨娘不太好意思，讪笑道：“刚进门，正要给姑娘贺喜。”说着自己撩起帘子进来，看到药碗打翻在地，便大惊小怪地叫道：“这是怎么了？紫鹃，还不快拿笤帚来扫了，满屋子药味，薰坏了姑娘可不好。姑娘眼瞅着要做王妃的，千金贵体，非比从前，你们拿东拿西的从此可要小心了，再不能这样笨手笨脚的，将来过了门，教人笑话咱们府里没规矩。”

黛玉听到“王妃”二字，只觉刺耳剜心，不禁又是一阵呛咳喘嗽，紫鹃忙上前拍着，又扬声叫人。雪雁等人忙从后边来了，看见赵姨娘，俱是一愣，又见黛玉眼中泪光点点，脸上血色全无，便猜到不知赵姨娘说了什么不入耳的话，心里有气，却又不便得罪，都干笑道：“原来姨奶奶来了。姨奶奶且坐坐，待我们扫了屋子再倒茶。”于是众人拿笤帚的拿笤帚，拾簸箕的拾簸箕，并无人招呼赵姨娘。紫鹃又故意骂道：“没眼色的小蹄子，刚才都不知躲到哪里乘凉去了，这会子姑娘身子不爽，倒又全挤到屋里来，密不透风的做什么？还不把窗子打开，放些空气进来？”赵姨娘听了，将脸促着，好像能拧下水来，叽叽歪歪地道：“既然姑娘凤体欠安，不好叫姑娘招呼我的，倒劳神，等姑娘好了，改日再来请安吧。”说着，只是不动身。

偏偏春纤刚从凤姐处取了蜜来，拿给黛玉说道：“这是二奶奶特地翻出来给姑娘的，说是不同于寻常蜂蜜，乃是蜜蜂们采来，专门供给蜂王蜂后吃的极品。这一小瓶，抵得过寻常蜂蜜十瓶的功效还好呢。”紫鹃接过，见是小小一只羊脂白玉瓶，肚子圆两头细，缂丝勒花，十分精巧细致，瓶上贴着印花金笺，写着“枫露菁秋”四个字，拔开塞子，只闻得一股幽香扑鼻，说是花香，又有草木清爽之气，果然与寻常蜂蜜不同。忙取碗来倒了半碗，叫小丫头按大夫所说之法隔水蒸来。赵姨娘待走不走的，便又凑上前来，涎着脸道：“前些日子环儿有些不好，大夫也说要他寻些蜜吃，说给二奶奶，回了三四次，才给了些陈年槐花老蜜来，颜色不红不黄，气味不腥不甜，哪里吃得？姑娘一时也吃不完这些，便吃完了，横竖再有的，不如分给我些，带给环儿吃。”

雪雁听了，只觉匪夷所思，直拿眼睛瞪她。黛玉却因听见春纤说那蜜原是供给蜂王蜂后所食，不禁触及“封王封后”之事，顿生厌恶，况且更无治病之心，哪里在意一瓶子蜜。见赵姨娘讨要，索性说道：“我原也吃不惯蜂蜜，姨娘要，就连瓶拿了去吧。”赵姨娘大喜过望，生怕紫鹃、雪雁小气不给，忙亲手从紫鹃手里夺下来，翻来覆去看着说：“好精致的瓶子，真是人要衣装，马要鞍装，一瓶子蜜，单看盛的器物也知道身份不同。”这才心满意足，笑嘻嘻地扶着小鹊走了。

这里紫鹃仍扶黛玉躺下，因出来拧手巾，雪雁悄悄地问道：“姓赵的不早不晚的，又来做什么？眼贼手贪，次次来，总要顺点儿什么。”紫鹃道：“谁说不是，平白无故地走来，说了一车子不三不四没名堂的话，姑娘还没做王妃呢，她倒先成了太上皇了。”

不说她二人议论，且说袭人自宝玉出去，也是两日夜水米未沾牙，一时想着不知宝玉在那府里住得可好；一时又想起他走时那般死挣活脱，只管把自己踢打撕掳，一点儿情意也无；一时想着能娶宝姑娘做二奶奶固然大好，只是林姑娘自小与他情投意合，硬生生分开，这个呆爷若是十分不肯，只管这样闹下去，再犯起呆病来可如何是好？因此思来想去，辗转难眠。每听得檐上铁马叮咚，便当是宝玉回来了拍门，又或是风鼓得芭蕉叶子乱响，也只疑作脚步声，每每爬起来侧耳细听，却又不是。如此几次，不能安卧。刚欲蒙眬睡去，又忽听窗棂上剥啄一声，有个人悄声笑道：“袭人姐姐，出来看，二爷回来了。”

袭人恍恍惚惚，翻身坐起，随便披了件衣裳便往户外来。开了门，一阵凉风兜头袭来，穿墙而去，只见一弯明月，满圃落花，却是静悄悄人影也不见一个，却有些微微的落雨。袭人吃了一惊，这才真正醒过来，只觉背上一股凉气，不禁心中惊悚，暗道：都说晴雯虽死，魂灵只守着怡红院不去，她从前在的时候，常说死也不出这个门，难道竟是真的？况且好好的月亮，偏又晴天漏雨，只怕有些缘故。难道为太太下令明日搬出园子，晴雯不愿意宝玉出去，所以又来显魂？如果一味倔强，只怕不祥。这样一想，便将些外邪鬼祟招入膏肓中来，病势愈重而不自知。

到了后半夜，雨势愈急，便如撒沙筛豆一般，那袭人辗转反侧，一夜不曾睡安稳。次日一早，王夫人打发人进来传话，吩咐园中诸人回避，就有婆子带人进来搬动的。袭人强撑着爬起，顾不得骤雨初收，花荫浸润，自出园子来，风鬟雾鬓地跪在王夫人跟前禀道："太太要二爷搬出来，是为二爷好，然而二爷如今尚在那府里未归，虽然听说老太太已经打发人去接了，料想就回的。但这两日来在那边吃住，想必不尽如心意，好容易回到家来，又见人去楼空，岂能不惊心伤神？二爷又是个最重情义的，少不得胡思乱想，赌气事小，伤身事大。太太请细想，从前原是我劝着太太要把二爷搬出来的，岂有反愿意他留在园中不去之理？只是近日家中事情接二连三，一波未平，一波又起，前日二爷为了二姑娘的事伤心难过才好些，又为了林姑娘的事寻死觅活，如今再挪个生地方，一时住不惯，反和太太怄气，伤了母子情分倒不好。因此我想了两日才敢拼着一死来与太太商议，求太太略缓些时日再提搬迁之事，太太若嫌我多嘴，便把我打死也无怨的。"

王夫人听了，如梦初醒，亲手扶起袭人道："好孩子，你果然替他想得周到。若不是你提醒，我险些误了大事。既然这样，就叫那些人回来，过两天再搬吧。如今倒是备些定神丹、安心丸，好歹叫他先压压惊才好。"王夫人看着袭人去了，又点头叹了两声，方梳洗了往贾母处来。

贾母一早便打发了人去北静王府里听候动静，贾琏不放心，随后又带了小厮亲自骑马去接。王夫人、李纨等人都聚在前堂里等候，贾政亦不出门，只候在书房里听消息。凤姐不得闲，理一会儿家事，又过贾母这边来看一眼，说两句宽心话，复往园里走一遭，看着发放了月钱，抽身出来，一径走过穿堂，亲自往垂花门台阶上站定。二门上小厮们见了，都吓得垂手拱肩而立，不敢抬头。

凤姐略站了一站，并不说话，回身往角门抱厦里来。众婆子拥着，忙叫起司茶炉的，周瑞家的得了信儿，一阵风走来，迎着凤姐没口子说道："奶奶今儿怎么亲自出来？也不叫个奴才通传一声，好叫咱们准备。看这一屋子的土，小心沾脏了奶奶的衣裳。"婆子笑道："周嫂子说哪里话？这抱厦天天有专人打扫的，预备着主子坐息，从不放闲人进来。"周瑞家的只做没听见，亲自用袖子把椅面擦了又擦，方扶着凤姐坐下，又咋咋呼呼地道："这茶哪里喝得？还不叫里边柳家的洗了壶来，重新炖过。"又亲自往里边去传茶。凤姐也不与人闲话，且向鬓边拔下一支银鎏金西番莲镂花嵌翠耳挖簪来掏耳朵，默默地出神。

一时，贾琏的小厮兴儿先回来了，凤姐忙传进来，问他："二爷怎样？"兴儿一愣，向上看着凤姐只眨眼不言语。凤姐燥起来："问你话呢，聋了还是哑了？"兴儿吓得忙磕了个头，才敢说："不知奶奶问的是哪位二爷？"倒逗得凤姐笑起来，方想起原是自己说的不明白，遂问："宝二爷如今怎样？"兴儿回道："已经接着了，快到家了。"凤姐放下心来，复问："琏二爷呢？"兴儿道："陪着宝二爷一道回来了。"凤姐骂道："既是两位爷都回来了，有什么不明白答不得的？就说二爷回来了，不就得了？夯口笨舌的蠢东西。"既得了准信，便不敢耽搁，赶紧往贾母处来报讯，使贾母放心。

又过了一盏茶的工夫，贾琏方陪着宝玉回来了。宝玉便急着要回园里去。门上早有七八个小厮迎上来，抢着报："老太太、老爷、太太都在堂上等着呢，说二爷回来，立刻去见。"贾琏忙将宝玉一把抱住，劝道："好兄弟，凭你有一千张嘴一万件要紧的事，也先随我见了老太太、太太再说。"拉着宝玉往贾母处来。

贾母、王夫人早已迎出门来，看见宝玉，一把搂在怀里，儿一声肉一声地哭起来，数落道："你这个不争气的孽障，为何要做出这不要命的事来？倘若你有个好歹，叫我和你娘活是不活？"王夫人哭得几乎背过气去，李纨紧紧搀扶着，也自垂泪。

一时贾政得了信儿走来，李纨忙回避了去，宝玉忙过来跪着磕头，给父亲赔罪，道辛苦。贾政老泪纵横，骂道："逆子，那北静王府是何等去处，龙潭虎穴一般，焉能容你这大逆不道的孽畜撒野？倘若惹怒王爷，这一家子都要被你毁了。到时，看你有几条命来抵罪？"宝玉跪着回道："并不敢撒野胡闹，不过是登门拜访，负荆请罪，王爷只说不知者不罪，并不曾发怒，反设席相邀，留我在府上住了几日，每日听戏观花，十分礼遇。临行还赠了这把扇子。”说罢，将扇子从袖中取出，双手奉与父亲。

贾政接过来，见是一柄四十四骨樱桃红木、青绿两面夹纱的高丽贡扇，正面是一幅山水真迹，背面题着水溶亲笔抄录的石榴皮题壁句：“白酒酿来因好客，黄金散尽为收书。”看罢，不禁叹了两声，连说：“孽障，孽障。”垂下泪来。贾母向贾政斥道：“他在那府里拘了这几日，好不容易得了命逃生回来，一口茶还没喝，你就又来吓他了。他刚回来，魂儿还没定，再被你吓病了，我是不依的。”贾政只得权且告退，自回书房中长吁短叹。贾母便又问些在北静王府里起居饮食诸节，听说不曾为难，放下心来，叹道：“且往后走着瞧吧。”

接着邢夫人、薛姨妈和宁府里也各打发人来问候。王夫人还欲说话，宝玉推说骑马累了，只要回房去歇。贾母便说道：“他从生下来也没经过多少事情，这几日够他受的，叫他且回自己屋里睡一觉儿，回过魂儿来再说吧。”王夫人见他神思恍惚，形容憔悴，虽有满腹的话要说，也只得权且搁下，放他去了。

麝月、秋纹早在园门口接着，见宝玉走来，便如见了活菩萨一般，迎上来道：“你可回来了。满院子人几日里全都没睡过一个囫囵觉，袭人只差没有急死在这里。”

宝玉随手脱了大衣裳交在她们手中，三步并作两步走在前头。麝月见不是往怡红院去的路，不禁愣了一愣，忙婉转劝道：“二爷好不容易回来，总得先回房里换件衣裳，喝杯茶，喘匀了气再去看林姑娘。哪有出门两三天，不回家先串门子的理？况且袭人姐姐病得正重，只为二爷担心，两三天里饭也不曾吃过一口，方才是我强按着答应不出来迎候，这会儿正伸着脖子苦等呢，二爷忍心教咱们空等？”宝玉道：“既然这样，你就先回去说一声，说我一切都好，到潇湘馆里略坐坐就来的。”说着话，脚下更不停留，早一溜烟脚不沾地地去了。

麝月同秋纹抱着衣裳，望着背影叹了两声，无可奈何，只得回房来说给袭人。袭人愣了半晌，叹道：“我倒只担心他累了饿了，只怕他心里再不会为自己算计，就只有他林妹妹。”原还躺在床上只望宝玉回来安慰两句的，此时便也无心再睡，挣扎着起来，重新洗脸匀面，不肯教病容落在他眼里。

这里宝玉一径来至潇湘馆。紫鹃一天几次地往怡红院里打听着，也已知道宝玉回来了，早已报给黛玉，打量着过午必来的，谁料他这会儿便来了，看身上的衣裳未换，便知是刚进园子，遂问："从哪里来？"宝玉道："从老太太处来。"说着，便随身坐在黛玉榻前，问她："身上觉得怎么样？大夫来过没有？可吃过药吗？晚上睡得好不好？"

黛玉眼中早滚下泪来，哽咽道："你别只顾着问我，这两日，在那府里住得怎样？你怎么这样大胆，竟然……"说着又咳起来。宝玉忙道："妹妹放宽心，如今可大好了。我已经向北静王爷明明白白说了心里的话，王爷已亲口允了我，说原不知我有这个心，所以才求人下聘，如今既然知道了，君子不夺人所爱，再不会教人来提亲了。临我去时，还赠了我许多礼物，且许我将来成亲之日，还要亲来向妹妹道贺呢。"黛玉听了，满面通红，急道："你说你自家的事，别扯上我。"宝玉叹道："妹妹恼我，我也要说的。平素都是因为宝玉一味小心，不敢明白说出心里的话，才惹得妹妹疑心，众人又金一句玉一句地混说混比，拉扯旁人，倒惹妹妹烦恼。这回我索性打破了这个闷葫芦，把我的心思在老太太、太太跟前剖白个通透，便是死了，也不屈。"黛玉先还愣愣地听着，及至最后一句，正碰在心坎上，不禁哭得哽咽难言，便要责他大胆妄言，也是无力。紫鹃也觉伤感，连劝也忘了，只在一旁拿着绢子垂泪。

宝玉不禁也哭了，益发说道："好妹妹，我的肠子都碎了，你还只管哭。我早说过我这个心里除了妹妹再无第二个人，妹妹只不信，到底弄出这些阴差阳错来。前儿我已与老太太、太太说明，若要我舍妹妹而就别人，除非是死了，拿尸首去成婚；这回索性都闹得明白，看谁还敢来啰唆妹妹。"

黛玉自从听了贾母说将自己聘与北静王为妃的话，心里万念俱灰，已死了大半，只想着再见宝玉一面，其余更无所求。如今听宝玉说尚有转圜之机，遂重新唤起求生之意，心思清爽，便又想起一事，哭道：“你又何苦来说这些没意思的话？又替我打算什么，不如让我干干净净地一口气上不来死了，好让你清清爽爽地做成好姻缘去。”宝玉道：“你到今儿还不信我，还来怄我，除了妹妹，我又有什么好姻缘？”黛玉道：“娘娘已经赐婚，全府里都知道了，什么‘金玉良姻，天作之合’，你还瞒着我。”

宝玉这几日只为北静王求聘黛玉的事焦心，竟没想到自己身上，及听黛玉提醒，才想起还有这一宗公案，愣了半晌，方道：“我就不答应，难道他们牛不喝水强按头吗？便是大姐姐也不能强人所难的。何况赐婚只是传闻，并未真的有旨意下来。老太太早许了我，等娘娘回京，亲自进宫去代你我求情。我连北静王府都闯了，还怕别的吗？别说是大姐姐，就算皇上赐婚，我也敢闹上金銮殿去，看谁还挑着头儿混说什么金呀玉呀的不说。”黛玉听了这话，反不好意思起来，啐道：“谁许你到处混说……”说到一半，却又咽住，满面涨红，喘成一气大咳起来。宝玉情急，便欲上前搀扶，恰好麝月、秋纹已收拾了衣裳来接他回房，宝玉虽不舍，然而见黛玉抖得如同风中桃花一般，却还勉力抬头望他，冲他摆手，那眼里的意思分明是要他去，生怕自己待着不去更惹她着急，且紫鹃也在一旁劝道：“二爷的话，姑娘已尽明白了，如今且回房去歇着吧，来日方长呢。”宝玉只得去了。

这里黛玉思前想后，起初也信了宝玉的话，只道暂且无事，转念一想，那北静王何许人也，焉肯出尔反尔，如此轻易放弃？元妃赐婚更是势成定局，又岂是宝玉三言两语可以逆转的？想来二人竟是万无遂心如愿之理。又想宝玉为了自己的事闹上北静王府，何等大胆莽撞？倘若他为自己有个闪失，自己却又情何以堪？况且女孩儿家私情原是闺阁中万死不赦之过，自己虽与宝玉持之以礼，并无失检点处，然而这回宝玉为着自己如此妄为，想必闹得阖府皆知，更不知为将来埋下多少祸根后患、口舌是非。思来想去，没个结局，那眼泪只如断线珠子一般，成串滴落，不能休止。

话说这些事体，黛玉既能想到，贾母自然更加虑到了，明知北静王必定另有文章，只恨猜不透，欲找人商议，想着贾赦、邢夫人是事不干己不劳心的，贾政为人耿直不会转弯，王夫人又愚钝没主意，唯有贾琏、凤姐夫妻尚可议事，因此命鸳鸯请了他二人来，又想了想，到底不好瞒过王夫人，便命人也一同请来，遂将自己一番担忧说了。凤姐先就回道："老祖宗考虑的极是。想那北静王爷为这事惦记了不止一二年，又叫少妃来亲自探看，又叫冯紫英打听出身来历，又跟咱们老爷几次递话，又打听了妹妹的生日送来厚礼，又特意请了林妹妹的启蒙先生贾雨村说媒，就是寻常王府里结亲也不过如此，哪里是王爷纳妃，直与皇上选娘娘差不多。若从前年北静太妃跟老祖宗商议纳妃的话头想起，这主意只怕早就拿定了，若不为守制，还等不到这时候。他既品度了这二三年，好容易等得孝满才提亲，分明一招出手，志在必得，焉肯为宝兄弟几句话就打了退堂鼓？不过是想留个好名声，不肯让人说他强娶豪夺，所以才说了那些冠冕堂皇的场面话先稳住咱们，回头必定还要想个什么法儿，逼得咱们府上主动去攀交，倒反赶着他去结亲。想来我们若不肯结这门亲，他保不定还有什么新招儿埋伏在后头。"

贾母叹道："我何尝不是担忧这个？想来他借口讲谈学问练武艺把宝玉扣留在府上，还只是第一计，后头不定还有些什么千奇百怪的厉害法宝呢。这次宝玉安然无恙地回来了，不过是个提醒，敲锣听音，下次未必能这么容易。"

贾琏见贾母既已明说了，便也禀道："我听里头的公公说，皇上不在京的这段日子，四位王爷共同监国，凡有奏章，都是四位王爷合议，忠顺王与北静王多半政见不同，正是水火不两立；东平郡王和南安郡王又一味和稀泥，两头不肯得罪，所以许多大事都耽误下来，裁议不决。比如海疆之乱，北静王主战，忠顺王主和，一个说要发兵去打，直叫兵部拟定出征名单，凡是世袭武职的人家都要逢二抽一，充军作战；一个说该以和亲怀柔，前时叫各府里适龄女子都画像造册，便是为了备选。"贾母这些日子一直为了探春、惜春备选的事忧心，却并不知还有征丁一事，闻言不禁一愣，问道："这样说来，不论主战主和，咱们竟然都是跑不掉的？老爷不是说造册备选是为了联络那些海外王储吗？怎么又变成议和了？”

贾琏叹道：“朝廷里的事，哪里说得准呢。同海国联姻是北静王提的，为的是好教那些岛国帮咱们发兵；跟藩邦议和却是忠顺王提的，总之都拿着这些造册备选的女孩儿们做筏。孙子还听说，东平、南安两位郡王因年迈多病，如今都不大理事了，所以朝中大臣都推北静与忠顺两府马首是瞻，各立山头，斗得你死我活。咱们府上向与忠顺府不大投契，再把北静王得罪了，将来若有一时急难欲投倚处，东、南两位王爷未必得力。何况不论征丁出战还是郡主和藩，咱们两府里可都在册，说不定抽着什么签，要生要死，都攥在两位王爷的手心儿里呢。因此以孙子浅见，北静王府万万不可得罪。”王夫人也道：“便是没有北静王爷提亲这件事，娘娘也是有意要赐婚的，哪里由得宝玉呢？倘若北静王做主把宝玉充军打仗，他哪里吃得了那种苦？并不是我不疼爱外甥女儿，逼她嫁人，奈何世上并没有顺心如意两全其美的事，说不得，也只有舍卒保车了。”贾母自然知道王夫人话中所指哪个是卒，哪个是车，并不入耳，只得道：“娘娘的旨还没下呢，哪里就说到后边的事了。早知这样，当年我就该早有个准主意——如今也说不得这些，只是北静王爷既然已经说了不议亲，一两日间总不好意思又来为难的吧？”

凤姐见贾母话里有话，知道不乐意，忙道：“正是呢。上吊还要喘口气，不信他一个王爷，说出来的话竟好意思收回去，总得做两天表面文章，假装宽慈，就算有什么招数，也会等些日子再施展。咱们如今不如就来个将计就计，骑驴看唱本儿——走着瞧。横竖拖几日等娘娘回来，还有得商议。”贾母方点头，说道：“也只得这样。”

一时从贾母处出来，王夫人便埋怨凤姐：“好容易已经说得老太太心动，答应把你林妹妹许给北府了，你女婿也说了一大篇话，劝老太太结这门亲，偏你又来提什么将计就计的话，只顾哄老太太高兴，就不想想，那北静王府是何等威势，难道是我们这种人家可以得罪的？”

凤姐辩道：“我何尝不是和太太一样的心思？只是老太太心里不愿意，与其一味逆着说，惹得老太太不高兴，倒不如暂且将些宽心话稳住，一切只等娘娘回来再拿主意。反正北府里三五天内总不会再有动静，咱们乐得消停几日不好？”王夫人无话可说，又随便问了几句家事，便打发她去了。

谁知赵姨娘早在隔壁听见，情知王夫人不满意凤姐，便要趁机煽风点火，遂掀帘子凑近来说：“太太当真不能由着二奶奶的话。宝玉的婚事，可得着紧上心，越早定下来越好，我前儿听说……”说着，故意左右看。彩云知机，故意道：“今天是太太吃斋的日子，我去厨房看看备了素菜没有。”说着，便出去了。余人见彩云如此，便也不等王夫人说话，都借故避了出去。王夫人见那赵姨娘蝎蝎螫螫的，本不待听她弄舌，然而正所谓关心则乱，身不由己地问道：“有什么话，只管说吧。”赵姨娘便压低了声音做张作势地道：“我前日去林姑娘处瞧她病，正听见她与丫头长一句短一句，计议着要同宝玉两个私奔呢。”王夫人吓了一跳，忙问：“你听的可是真的？”

赵姨娘赌咒发誓道：“绝不敢欺瞒太太。难道我不知道这是要命的大事？所以一直压在心里不敢说。因为是宝玉的事，才不敢隐瞒，我想太太就这一根独苗儿，平日里看得心肝上的尖儿一般，老太太又着实疼爱，若要有个闪失，那还了得。想了几日，还是要冒死禀告太太，好有个防备。他们果真连法子都想在了那里，说是林姑娘捡个日子跟老太太说要回南边老家去祭父母，叫宝玉陪着，两个人卷了细软搭船走，神不知鬼不觉，把阖府蒙在鼓里，连日子都定了呢，可惜我一惊，就没记得清楚。”

王夫人听了，虽不肯信，然而想起宝玉前日在老太太跟前说的那些大胆狂言，口口声声只要死要活，竟似有殉情之意，不由心惊意动，便有几分动摇，口里只说道：“林姑娘是名门千金，怎么会连廉耻礼义也不顾？必是你听错了，快别混说。”

一时饭至，王夫人便留赵姨娘同吃，赵姨娘原先听她今日吃斋，便无肠胃，正想指个谎自去讨些荤菜来吃，及见彩云已经摆下桌子，玉钏、绣凤等人依次端上菜来，什么虾油豆腐、珍珠菜、素烧鹅、松菌、面筋、鸡腿蘑，主食是一盘子十色素菜细馅夹、荠菜馅千层炊饼，还有一大碗三鲜笋丝面汤，香喷喷清亮亮，都是素日未吃过的，不由食指大动，便站住了，笑道：“既然如此，我也讨一讨太太的福荫。”便每样挟了几筷到碗中，细细嚼了，又道：“都说水月庵的素斋做得好，连宁府里珍大爷也称赞的，倒不知比这个怎样。”

王夫人因心里有事，便没听出破绽，一时吃毕，打发赵姨娘去了。自己思前想后，半信半疑，以为总是有几分影儿，赵姨娘才会说出那些话来，倘若宝、黛两个果真存了这个心，可不害苦我也？王夫人因此更厌黛玉，且暗暗布置耳目，提防宝玉有所异动，一心只等元妃回京，好早早请准懿旨，了却这番心头大事。暂且不提。

只说是夜三更，王夫人辗转反侧，难以成眠，忽听一阵风掀得门帘响，便闻得一股血腥之气扑面袭来，王夫人欲起身时，却见那贾元春竟做从前在家时的打扮，怀里抱着个孩儿，摇摇摆摆地走了进来，便在床前跪下，意欲磕头。王夫人吃了一惊，忙拦道：“我的儿，你如今贵为娘娘，君臣有别，怎么反倒给我磕起头来？”

那元春眼中含泪，口内作悲道：“娘啊，你只知孩儿一朝选在君王侧，乃是尊贵光荣之事，岂知宫闱之内，风起云涌，纵然百般小心，终究暗箭难防。女儿为了保住这贤德妃的封号，含辛忍辱，殚精竭虑，这许多年里，何曾安稳度过一天半日？却还是弄巧成拙，求全反毁，如今一死万事休，纵然醒悟，也是迟了。只为悬心不下爹娘，才不顾这山长路远，一夜万里，赶来见爹娘最后一面，还有一句话要提醒爹娘。”

王夫人听了不懂，只恍恍惚惚地道：“是什么话？”又问，“你这抱的是谁家的孩儿？”元春道：“女儿离京前已经怀有身孕，自以为眼前就要有大富贵，大荣华，一心要好，百般防范，瞒住消息跟随皇上出京。不料心强命不强，如今反连累了这个孩儿，可怜他没见天日就要随女儿命入黄泉了。女儿死得委实冤枉，个中因由，便说给爹娘知道也是有害无益，如今倒也不必再提。只望爹娘以女儿为戒，休再一味攀高求全，从此倒要退步抽身，看开一些，还可保得数年安居。若不然，眼前就要大祸临头了。倘若儿身还在时，还可设法为爹娘筹措转圜，趋吉避凶，如今天伦永隔，幽冥异路，再不能略尽孝心了，爹娘自己保重吧。”

王夫人更加不懂，却忽听得贾政的声音道：“娘娘垂训的是。”清清楚楚，响在耳边，不由一惊醒了，才知是梦，身上冷汗涔涔而下。一旁贾政犹自呓语道：“娘娘且慢。”说罢，却也醒了，怔怔地瞅着王夫人发愣。王夫人心下惊动，问道：“你做了什么梦？只是说梦话。”贾政叹道：“我刚才看见咱们大姑娘来了，怀里抱着个襁褓孩儿，一进门就给我跪着磕头，又说了许多话，什么‘伴君如伴虎’，什么‘提防暗算’‘求全反毁’，又是什么‘退步抽身’，我正想问清楚，她便走了，苦留不住。”王夫人更加惊骇道：“我刚刚也做了一梦，和你说的一模一样。莫不是娘娘有什么事？”贾政心下栗栗，却不肯相信，只劝道：“这都是你我思念女儿太甚所致。娘娘如今与皇上在潢海围猎，会有什么不妥？即便是着了风寒，又或是遇些阻碍，随行自有太医、护卫，又何劳你我操心？”

王夫人却只是挂怀不下，这一夜翻来覆去，何曾安睡片刻。次日一早，便又叫了贾琏来，让去宫里打听消息。一时贾琏回来说，诸王为着海疆战事不稳，宇内又有乱党起事，已经加派官兵前往铁网山护驾，想来皇上不日便要回京的。王夫人听了，这才略略宽心。正是：

剖开莲子心犹苦，拨断筝弦声更哀。

第十一回

盗玉瓶凤姐失算计
借银钗探春思远行

且说自提亲事后，黛玉之病一日重似一日，所进汤药尽皆吐出，反徒增一番辛苦。阖府这时多半都听说了北静王求婚之事，无不罕异，有说宝玉有情有义，竟胆敢闯进王府抗婚，只怕惹下祸根的；有替他两个惋惜，说“好好一对玉人，竟这样被拆散了”的；也有称心如愿，借机散播流言，惹是生非的，这也不消说他。如今只说凤姐因连日操劳，又犯了旧疾，身下淋漓不止；便连贾母身上也不大好，日间每每思睡，夜里偏又多梦，一夜醒来几次，太医每日来往诊治，只不见效；王夫人自从梦见元春后，亦是坐卧不宁，又不敢对别人讲出，只在佛前告诉，说是若能保得元春平安回来，自愿吃长斋，捐庙散经，点长明灯孝敬佛祖。

这日刚吃了饭，贾母觉得心里发闷，正想着寻些什么消遣，破闷行食，恰有水月庵的姑子净虚带着智通来府里请安，觑看颜色，打探虚实。贾母正想寻人说话，见她二人来了，倒也喜欢，便歪在黑漆描金靠背椅上道：“你们来得正好，我们二太太才说要从此敬佛，吃长斋，你们既来得巧，且与我们讲些因果来听听，也叫我们时常心中念着佛祖，积些缘法。”净虚便先说道：“老菩萨原是极通的，这些年来行善积德，礼经拜佛，那佛经掌故只怕比我们还熟透，且又见多识广，解得通，叫咱们可说些什么好呢？”贾母笑道：“哪儿能呢？都说佛法无边，我能知道多少？九牛一毛罢了。”净虚道：“虽说如此，咱们修了一辈子佛，也终是俗人俗身，论缘法，却未必通得过老菩萨。”贾母只道：“这说得过了，过了。你且随意讲几个来听听。”

净虚便命智通讲来，说：“讲得好，老菩萨喜欢了，师父赏你；讲得不好，回去且要罚背经书呢。”智通道：“既然老菩萨如此虔诚，我就讲个尸毗王割肉买鸽的故事吧。”贾母道：“这个确实听过了。”智通又道：“那便说个九色鹿王拯救溺人的故事。”贾母道：“这个也听过。”智通想想又道：“那便说个摩诃萨太子舍身饲虎的故事。”贾母仍说听过了。智通又故意说了“五百强盗成佛”“须者提太子割肉事亲复国”“善事太子入海求珠”等几个浅显熟惯的佛经故事，果然贾母都说听过了，智通便叹道：“我就说老菩萨普天下再没有不知道的故事，寻常往别的人家讲经说法，谁家不是听一个赞一个？就只在老菩萨这里，竟没什么新鲜的，可难为死我了，这哪里是讲佛法，分明是考举，我若能唬得过老菩萨，我也不用讲经宣卷，可以直接去考试做官了。晚上这顿罚经，竟是逃不掉的呢。”自嘲一会儿，这才又说了一个“佛图澄听铃音辨吉凶”的故事。

王夫人、凤姐、李纨等也都坐在旁边听她讲法。便听那姑子说道：“原来深山里有一座九级佛塔，塔铃垂檐，随风作响，有位高僧佛图澄，最擅长从铃音中分辨祸福吉凶，人们便常求他听铃，以便趋吉避凶，预知生死。某年某日，有位赵太子石宣，想要谋害亲弟弟秦公韬，弑父举事，又怕计不得逞，便故意先去拜访佛图澄，想试试深浅。又不好说明来意，恰听得塔上一铃独鸣，便问道：‘大和尚素识铃音，究竟主何预兆？’那佛图澄慧眼佛心，早猜到他来意，却故意不说破，只答道：‘乃是胡子洛度四字。’石宣吓了一跳，连忙又问：‘什么叫作胡子洛度？’说着，恰便石宣之弟秦公韬徐步进来，佛图澄便盯着韬的脸只管凝视。韬自然觉得诧异，问其缘故，佛图澄答：‘公身上有血腥味，恐近日有不吉之事’……”

说到这里，宝玉、探春两个走来请安，贾母拉着问了几句话，又向姑子道：“这故事杀气太重，倒还是说些平和通畅的来听听就好了。”王夫人早变了色，闻言也忙道：“正是，刚吃过饭，别说这些不吉利的故事。”

净虚察言观色，早猜到贾母心思，又见宝玉进来，知道他们这些公子哥儿多半喜听香艳故事，便得了一个主意，忙阻住智通，笑道：“这倒是我来讲一个孔雀王的故事吧。”因说，“从前有个孔雀王，有五百个妻子，他却独恋着一只青雀，把五百个妻子都抛弃了，就只想得到这青雀的欢心。因这青雀喜欢喝甘露，吃蜜果，那孔雀王就每天早晨亲自往深山里采露水蜜果，回来奉养这青雀，好哄她高兴。”

宝玉向来不好听经说道，本意只想请了安略坐片刻就走的，听了这几句，却是心里一动，暗想：甘露、蜜果，倒好像在哪里听过的一样。这便坐住了，脱口问道：“这孔雀王这般痴心，倒不知那青雀拿什么来还他？”那老尼一愣，道：“这个佛经里倒没有说的，想来那孔雀王这般迷恋青雀，自然是因那青雀有其特别的好处，或者两个有夙世因缘也说不定。”贾母道：“且别理这个，只往下说吧。”

净虚遂道：“却说这国的王后得了一病，百药不医，是夜却做了一个梦，醒来便与国王说：‘有仙人告诉我，只要吃了孔雀王的肉，我的病就会好。’于是国王悬赏求药，说谁若抓到了孔雀王，不仅赏银万两，还把公主许他为妻。有个常在山里走动的猎人听见了，他从前原得过孔雀王的搭救，知道他每早要替青雀采食蜜果，便想了一个主意，把自己浑身涂了蜜糖躺在地上诱那孔雀王走近。孔雀王果然中计，被这猎人捉住。孔雀王情知被猎人出卖，只得同他商量：‘你如果放了我，我告诉你一个地方，那里有座金山。’猎人不信，说：‘我放了你，金山又没有该怎么办？国王的赏赐可是写得分明。’遂把孔雀王献给了国王。”

宝玉听到此，顿足道：“这猎人忘恩负义，着实可杀。”贾母与王夫人也各自出神。凤姐催促道：“不知那孔雀王医好了王后了吗？”老尼继续道："那孔雀王见了国王，便又谋之于王，说：'你不要杀我，我只要对着一碗水念咒，就可以让王后康复。'国王听了，果然命人拿来一碗水，孔雀王对着念了几句咒，拿水给王后喝了，王后本来病得连身子也抬不起，喝了水，立刻就下地走动了，出脱得比病前更加光彩夺目。国王自然高兴，要重赏孔雀，封他做宫中御医。"贾母点头道："这国王倒有个正经主意。"老尼笑笑，继续道："孔雀王说：'大王且不急赏赐，这算什么，我如果对着湖水念咒，湖里的水便有了仙气药性，可医百病。'国王更加高兴，便把孔雀带到了湖边。孔雀跳到湖里作了法，百姓饮了湖水，瞎的也看见光了，聋的也听见声了，哑的唱起歌来，瘸的跳起舞，就跟过节一样。孔雀王见灾难已满，便飞到枝头对国王说：'您可知道这世上有三个蠢人？'"说到这里，故意打住。

贾母正听得起劲儿，忙问："哪三个蠢人？"净虚笑道："老菩萨同国王问的竟是一样。那孔雀王便答道：'第一个是我自己。我有五百个妻子，却只爱青雀一个，每天早早晚晚跑来跑去替她采果觅露，就像差役一样，还差点儿丢了性命，自然是第一个蠢人。'"宝玉打断道："此言差矣，此乃痴情，弱水三千，只取一瓢饮，本是天地间最珍贵难得的，所谓择善而固执，怎能称之为蠢？"探春忙道："且别打岔，听她说完。"老尼又道："'第二个蠢人是猎人，他背信弃义，以假当真，拒绝我许他的整座金山，却贪图万两黄金，还不是一个蠢货吗？'"宝玉道："以假当真，因小失大，也确实可称之为蠢。倒不知这第三个蠢人是谁？"老尼笑道："国王也是这样说，竟跟哥儿想的一模一样。只听那孔雀王说：'第三个就是国王您了，我有这样法力，您怎么竟能轻易放了我呢？'说罢，孔雀王拍拍翅膀，转眼就不见了。"

讲毕，众人都道好听。贾母笑道："这世上又贪心又固执的人原多着，依孔雀王说的，我们这屋子里坐的，也都是几个又不知足、又不识货、丢了西瓜捡芝麻的蠢货罢了。"说得人都笑起来，姑子自然又是满口奉承不已。凤姐笑道："我虽不信这些报应因果，说不得，倒要替我们姐儿行行善，捐点儿香油，烦师父闲了也在观音菩萨、弥勒佛、二郎神面前常替我们姐儿祝祷祝祷。”智通道：“奶奶若求平安，心中只须默念‘大慈大悲救苦救难观世音菩萨’可也，我可帮奶奶在佛前求一串佛珠，念一句拨一粒珠子，每天念三遍经，缘法自然生。倒不必拜二郎神、弥勒佛的。”凤姐笑道：“都说到哪个山头拜哪座庙，我却不知道将来我们姐儿都要经过哪些山头哪些庙，那些庙里面又是哪些佛爷主事，依我说倒是早早送了礼，混个人情熟络的好，横竖礼多人不怪，有人情比没人情好。免得真要求到的时候，‘临时抱佛脚’，只怕不应急。”说得众人都笑了。

两姑子又奉承不已，直说得天垂宝像、地涌金莲。宝玉渐听不入耳，遂告辞了出去，凤姐妯娌姐妹几个也都散了，唯有贾母和王夫人两个人仍坐在那里听姑子讲经。

正说得热闹，忽然二门上小厮一迭声报进来，说是内相夏公公来了，贾母吃了一惊，吓得抖衣乱颤，忙忙更衣出迎。贾赦、贾政、贾珍、贾琏等皆出仪门外等候。

只见那夏守忠坐着四人轿子，后边羽林军执缨枪列队跟随，一路喝道而来，贾赦等人忙接上前请安，羽林军在仪门外停住，夏太监仍不停轿，径命抬进中堂来，方喊停下，扶了小太监的肩下来。贾赦等只得跟从进来，见那夏太监一身素服，面色凝重，都不知发生何等大事，皆战战兢兢，且请入大厅，不及看茶，且跪下听旨。夏太监却又一手一个扶起赦、政二人，且道：“国丈爷请起，老奴非来传旨，乃是报信来的：皇上銮驾日内便要回京，娘娘的棺椁也随后就至，所以特来报给尊府知道，以便准备迎灵之仪。”

贾政听了，几欲昏厥，只疑听错，浑身震颤，不能说话。贾赦施礼问道：“公公请说得明白些，什么棺椁、迎灵，下官愚钝，一时不能明白。”夏守忠叹道：“我也是听探子八百里传报，原来娘娘在京时已经怀有龙种，月前随驾狩猎，不慎坠马，竟然一病而殁。皇上伤心不已，无心围猎，因而提前起驾回京。娘娘的棺椁随后回来，特来告知府上早做准备，免得届时筹措不及。”夏守忠细细告诉众人，说是元妃也许是怀孕日子尚浅，行前竟未及诊出，及到了铁网山，连日马上颠簸，饮食不便，虽觉呕心胸闷，百般不适，却只当车马劳顿所致，只勉力支持，既不肯宣太医问诊，亦不肯教圣上劳心。那日随驾出猎，皇上一箭射中兔子，御前侍卫倒提了来报喜，元妃想是闻到血腥气作呕，忽然身子一偏堕下马来，偏偏靴子踏在蹬上未能脱出，那马受了惊，竟载着她一阵狂奔，侍卫们忙围堵追截，好容易拦住，救下元妃来，已是气微神散，下体更是淋血不止，及宣太医来，才知竟然小产了，虽百般施药，哪里救得活。不到天明，便断了气。皇上因此无心狩猎，留下一队人马且与元妃装殓，自率亲军返驾回都。大约一两日就要升殿的。

贾政听了，老泪纵横，稽首痛哭，贾赦已经陪着夏太监走出好远了，尚跪在地上不知起来。贾琏早飞报与内府，贾母听了，大叫一声“我家完了”，往后便倒，两眼倒插上去，凤姐、李纨忙一边一个抱住了哭着叫唤，好容易叫醒来，又听彩云哭道：“太太晕过去了。”凤姐忙又来拍抚王夫人，命平儿拿鼻烟来嗅着，一时手忙脚乱，披头散发。幸得邢夫人、尤氏也都闻讯走来，帮着料理。

一时宁、荣二府哭声大作，缟素齐张，灯笼彩绸尽皆掩起，门楣树木悉挂白幡，又因大观园原为娘娘省亲所建，更是着紧布置，银砌素裹，装点得雪窟云洞一般，素宫灯自园中一直挂到街上去。大观楼便安作灵堂，旁边含芳阁为坐息处，南边三间小花厅仍收拾出来预备宫中，又从正门往大观楼一带皆以帏屏依着自然山势遮挡使与园中分隔，另搭了五间大棚，请和尚道士念诵《解冤》《楞严》诸经，开西角门专备和尚道士出入。又有清虚观订了几日打醮，演水陆道场；铁槛寺几日念往生咒，搭台放戏；并水月庵、水仙庵等凡与贾府有瓜葛的寺庙庵宇都上门请送仙冕，来往络绎不绝。不在话下。

且说皇上銮仗方起驾时，便迎上北王派去护驾的卫兵，因此一同回来，走至半路，忠顺府的亲兵也到了，都一同返京。诸王早在郊外设帐候迎，跪接銮驾，君臣互道辛苦，一同回宫，先议了国政，次日方诏贾府有职人等晋见，告以元妃事，犒银若干。贾政磕头谢恩，忍痛奏禀：“荷蒙皇上天高地厚洪恩，日夜思欲竭其犬马之力，图报捐埃而未能。前日皇上回京之先，已命内相告知娘娘身殁事，殷殷垂顾，臣感激涕零，镂心刻骨，口笔难述。今更蒙皇上亲劳抚嘱，奴才不胜惶悚顶沐之至。归家之后，唯有设案焚香、叩首仰祝而已。”遂谢恩归府，告知元妃灵椁回京日，又派出家人分班往亲眷处告诉，安排坟上助事，又叫进裁缝来量做衣裳，银匠来打首饰，纸匠来扎彩明器，石匠来刻印志铭抄本，又因宫中虽有画师传影，府里也须另请相公造像供奉，又于栊翠庵另起一坛诵经，又叫多多准备帐幔香烛，订戏班礼生，一时忙得人仰马翻。

王夫人又忙里生事，想要赶在热孝里替宝玉完婚，贾政踌躇道：“服中娶亲岂不违制？”王夫人道：“这是娘娘的遗旨，奉旨成亲，怎算是违制？”贾母虽不愿意，也不好拦的，况且势成定局，料难挽回，早早水落石出了也罢，只好由得他们张罗，淡淡道：“只怕他姨妈不乐意。”王夫人便教凤姐请进薛姨妈来，将这重意思说了，因道：“南边原有这样的规矩，要么守制三年，要么就得赶在百日热孝里成亲，只是不能吹打。我想着宝玉还可等的，宝丫头今年已满十八岁，再等三年，未免耽误青春，所以意思断了七就赶着把婚事办了。日子原是宫里天文官选定了的，也不必改。只是一概笙箫鼓吹，宴乐全免，只先拜堂合卺，三年孝满后再补行礼乐，虽是权宜之计，未免委屈了外甥女，不知妹妹意下如何？”

薛姨妈虽是为难，也觉在理，只得道：“这也是他们的缘分如此，须争不过，但凭老太太的意思就好。”又道，“不瞒你们说，当初和尚与了宝丫头八个字叫錾在金锁上时，还送了一句话，说是要应在婚事上头的。”王夫人、凤姐等人忙问何话。薛姨妈倒也记得清楚，便慢慢地念出来，道是：

雪藏金锁犹寻玉，莫将假来认作真。

贾母、王夫人都笑道：“这真真儿是他从胎里带来的一块宝贝，天生口含，哪里假的？珍珠也没这么真。这倒是和尚早已料在头里了。”一时众人议定，八字是早已合过的，也不必问名相亲、下茶换盅，便即交换了庚帖为定。自此宝钗禁步闺中，日夜操持针凿，再不往前头与贾母、王夫人晨昏定省，亦不往园中走动，便有事体，只教莺儿、文杏等人往来传话，不提。

且说府中事繁人杂，便免不了许多窃盗瞒匿之事，或是走路子寻差使不得、挟私报复的，或是拉帮结伙彼此勾连做假账的，甚至有假造对牌兑银子挪作他用的，一起不了一起又生，正是按了葫芦起来瓢，那凤姐近来身上原本不好，又摊上这件大事，未免心绌力怯，渐不能支，邢夫人又隔三岔五指件由头打发人来要这要那，贾母、王夫人、黛玉处天天有大夫出出进进，无数细枝节末，大事小情，都要由凤姐操心分派。这日刚打发了吴新登家的出去，贾菖、贾菱两个又跟脚进来，说配药的人参用完了，问是向府里领取还是支钱去买，凤姐叹道："还人参呢，旧年学里老太爷来要，连须末子都翻出来，统共才那一包，都拿去用了，如今柜子里只怕连草根子也再找不出一根来。"因与菖、菱两个商量，且照大夫开的方子，将就配了汤药来煎就是了，丸药不妨暂停配制，等眼前这些大事了了再行设法。

贾菖、贾菱两个无法，只得耷拉着头应了，快快地出去。平儿便向凤姐道："奶奶忙了这大半日，连茶也没喝一口，不如趁这会子没人，略歪歪吧。"凤姐点点头，拿了个拐枕放在身后，刚想歪着，贾琏挑帘子进来，却是为打发帐幔银子，一时钱不凑手，所以进来与凤姐筹借。凤姐道："你做梦呢？年前的租子，难道不是你收着？况且给娘娘治丧，朝廷自有赏赐，如何又来问我要钱？"

贾琏道："去年田庄因大旱歉收，匪众又抢去大半，统共只剩那一点子钱，还不够应付过年的，这些你又不是不知道，如今青黄不接，哪来的租子钱？这会子突然闹出这件事来，竟没个凑钱处，朝廷那点子赏银，搭棚都不够，早两日就用完了，你好歹哪里挪腾些，先让我打发了素幔帷幕、蜡烛元宝这笔。"凤姐冷笑道："这话说得蹊跷，土菩萨过河，倒叫泥菩萨背着——你没有，难道我有不成？这些年来出的多，进的少，每有事情派下去，不论子侄奴才，都是两手一伸只管要钱，二十两的营生，不要足一百两都不肯动动窝儿，如今竟成了例了，哪里还有剩余？依我说，娘娘的事原是皇家的事，宫里原有份例银子，守着多大碗，就吃多少饭也罢了，又要耍虚头，图排场，打肿脸充胖子，又是白绫衣裙，又是全素头面，又是多少座纸亭子、纸车、纸房子，连栏杆、池子、花树、草虫也都要依模照样地用彩纸剪出来，足足的要再搭一座大观园出来才罢了。十几个巧匠忙了多少日子，也不过备着到时候一烧。哪里是烧纸，竟是烧钱！如今我还不知道向哪里弄钱来给众人裁衣裳呢。好在刚忙过二姑娘的事，好歹省几件衣裳簪环的钱。还有个新闻呢，大概宝姑娘怕她弟媳妇没有素头面，悄悄地叫人送了一对佛手簪、一对楼阁童子纹银耳环来给邢姑娘。不知怎么又给老太太听见了，说：‘倒是她想得周到。’便又开了私房箱子，捡出许多银钗素簪散与众人插戴，连我也赏了这根簪子。”说罢，凤姐从头上拔下一支珍珠满地麒麟送子镂花簪来给贾琏看，又道，“可笑这个脚打后脑勺的节骨眼儿上，太太还要火上浇油，倒催着办宝玉的婚事，说要奉遗旨成亲，商量打多大床，多少只柜子，又是什么织金衣裳，三牲六礼，都还指着天上往下掉金子呢。”

贾琏笑道：“我进来原为同你商借，倒听你这一箩筐的牢骚，饶是不借，还有这许多废话说。宝玉的婚事，老太太不是早有准备的，怎么倒问你要？且不理那个，赶紧打发了手上这笔是真。不如还是找鸳鸯商量，或者还有些办法。”凤姐忙阻道：“快别去讨那个钉子碰。因为她上次帮你弄了一箱子东西去当，不知怎么给太太知道了，人前人后不知念叨了多少次，又扔些不酸不醋的话给鸳鸯听，弄得她如今且远着你，避嫌还避不过来呢。你看这些日子你同她说话，她何曾肯拿正眼儿瞅过你，别说求她弄银子，就是你拿着大捧白花花的银子给她，只怕她都未必肯要。”贾琏焦躁起来，顿足道：“这也不行，那也不行，难道叫我空手去回人家，把幔子退回去不成？”

凤姐想了一想道：“这也不是个事，纵然今儿你还了幔子这笔，明儿银爵盏、银灯台那笔出来，还是不够。”贾琏道：“谁说不是？只恨无法子可想。”凤姐道：“法子倒有一个，只是不知道你敢不敢？”贾琏忙问何计，凤姐因道：“上次甄家不是存了许多东西在这里，钥匙可是你收着？如今何不拿它出来换些银子。反正那甄家已经是漏船沉了底，未必再有机会翻身的，那些东西又不能吃又不能用，搁着也是白搁着，不如拿来且派些用场，救救急，灭了眼前火再说。”贾琏沉吟道：“这倒也不失为一个救急之法。只是那些多半是御制之物，寻常当铺未必敢收。”凤姐道：“你还惦记着有当有赎呢，我劝你不如肉包子打狗——只望它去，别望它回了。我跟你说，太太陪房周瑞家的女婿，叫作冷子兴的，说是京里有名的古董掮客，认识各省各府许多大户，依我的意思，不如叫他弄出京城去，找个山高水远的地方卖给那些深宅大院，一则解了燃眉之急；二则又隐秘，岂不两便？”

贾琏笑道：“连我尚不知道他有这么个女婿，你倒打听得清楚。”凤姐道：“放屁！你不清楚，难道我是耐烦打听东家长西家短的？原是那年他女婿为了一桩古董生意和人打官司，被告说来历不明，要递解还乡，周瑞家的巴巴儿地来求我出面撕掳，我因此记下了。”贾琏道：“原来这样。这事我怎么一星儿也不知道？这也且不去说他。他既欠着你这个人情，少不得会应承下来。只是远水解不了近渴，此时却往哪里去腾挪这笔银子呢？”凤姐道：“你若肯答应把甄家的东西卖的钱分我一半，我就先借你二百两对付了眼前。”贾琏咬牙道：“你这个没足餍的，劝你也能着点儿吧，‘一锹撅出个金娃娃，还非要寻娃他娘’，难道都能带进棺材里去？”凤姐骂道：“放屁！难道我是故意有钱不给你的？这就是老太太拿出来给宝玉办喜事的钱，也只先给了这一笔，叫做衣裳。太太倒会做人情，又说什么反正要做起来，琴姑娘、云姑娘的婚期也眼看着就到的，不如把礼也一并提前备下。恨不得把一个钱掰成两半花。这钱我明日就要付给绸缎庄的。如今给了你，明儿还不知去哪里挪凑呢？”

贾琏却又踟蹰道：“周瑞家的既是太太陪房，这件事只怕瞒不住太太。”凤姐道：“太太是个胆小躲事的，又不肯承担，这事被她知道，反而束手束脚，宁可瞒着她的好。你放心，周瑞家的不答应便罢，既掺和到这件事里头，自己也有不是，未必有胆子往外说去。”

正自商议，有人来报“冯紫英、陈也俊两位公子来了”，贾琏忙出去迎接。这边凤姐便命人叫进周瑞家的来，与她细细说了，又命她说给女婿冷子兴知道。周瑞家的起先不敢，后来听凤姐说自己并不出面，所有交接都是她同女婿打理，情知有许多好处，便利欲熏心，大包大揽下来。凤姐又道：“太太胆小，且这些日子正为了红白两件大事着忙，这件事却不可以让太太知道。”

说着，王夫人又打发了彩云来找凤姐，周瑞家的吓了一跳，忙起身道：“既是奶奶吩咐了，我回家说给他老子，必教拿棒子打得他知道。”彩云笑道：“周嫂子同谁生气，舞刀弄棒的？”周瑞家的故意叹道：“还有谁，就是我那个不争气的儿子。上次奶奶教训了他，好了两天，没几日又惹出祸来。”彩云一笑，并不再问。

三人遂一同出来，周瑞家的自回家去，凤姐便随彩云进角门往王夫人处来。只见邢夫人、尤氏、李纨也都在此，却是为商量两府迎灵事。凤姐便先回道：“刚才二爷回去说，幔子、旌幡都已齐备，只是衣裳还差着老太太、太太们的几件，因是订制，要迟一两天。”王夫人点点头，叹道：“我何曾办过这些事？再想不到，我吃斋念佛一辈子，竟没积下德行，落得个白发人送黑发人，一儿一女都走在我前头，珠儿是这样，大姑娘也是这样……”说着又哭起来。

李纨听见提起贾珠，哪里禁得住，也拿绢子堵着嘴呜咽起来。便连尤氏也觉伤心，勉强劝道：“娘娘是享尽了福才去的，原不同于我们平民凡人。这是她的寿数如此，不可强争，婶娘不要太伤心了才是。”王夫人哭道：“只可惜了那没现世的孩儿，连是男是女也不知道，就跟他娘一同去了。宫里太监说，娘娘原在京时已然有了身孕，竟未查出。想那宫里太医按月诊脉，如何竟能疏忽了，莫非有人害她？”凤姐心里一惊，忙劝道：“太太想到哪里去了？娘娘一向身子健壮，况且又是刚刚有孕，想是并未来得及召太医诊脉，又或是太医错诊也是有的；娘娘原是皇上心爱之人，哪里会有人敢加害呢？”邢夫人冷笑道：“这也说不准。那戏里常有的，宫中嫔妃众多，都是你害我，我害你，自己没孩子，便巴不得人人都生不了孩儿，眼见娘娘有了龙种，还不想方儿害死她呢？都以为宫里严谨，岂不知越是大的地方越藏污纳垢呢，不然，那狸猫换太子的故事从哪儿来的？”

凤姐原本心中有鬼，听不得这些话，又不好驳回，只得道：“便如两位太太说的，或者娘娘正是因为有这些个担心，才故意瞒住消息，不让太医知道。太太想，伴驾春围，这是多大的恩宠，后宫佳丽三千，贵妃、昭仪一大堆，皇上谁都看不上，偏就点了咱们娘娘伴驾，这是别的妃子想争还争不到的荣耀呢，娘娘如果不去，想必就另有别的妃子顶缺儿，未免夺宠，说不定伴在皇上身边的两个月里会吹些什么闲风碎语。所以娘娘才不肯以实相告，想法瞒住了众人，勉力远行；又或者娘娘怕皇上离了宫，那些妃子更有机会加害自己，所以宁可以身犯险，随驾躲出宫去。就是月信来迟，自然也只推在路途遥远阴阳不调上，不肯教太医诊脉的，倒未必是有人故意加害。这原是娘娘的一片苦心，只可恨天不从人愿，倒辜负了娘娘的一生聪明。”说着，也拿绢子拭泪掩饰。

邢、王二人听了，都觉有理，点头道：“你说的也是人之常情，大概总不出你说的这两种缘故。宫廷里的事，原本难猜。”遂不复提起。凤姐反心神不宁，独自思忖了半日。

是晚，贾琏亲自找着冷子兴，将一箱器物交与，再三叮嘱不可在京中出手。冷子兴正有一宗生意要往南边去，便大包大揽答应下来，只说：“二爷放心，若不能办理得明白，再不回来见二爷的。”

谁知他二人交头接耳，早被周瑞的儿子禄儿看在眼里，这禄儿平日不学无术，只以斗鸡摸狗、赌钱吃酒为意，因输了钱，没有银子吃酒，又不敢跟老子娘说，便来姐姐、姐夫家借贷，正看见贾琏与冷子兴说话，又见贾琏的小厮兴儿、旺儿两个搬挪箱子，不禁思忖：早听说琏二奶奶瞒着上头私放利银，赚的黑心钱，又说二爷偷了老太太的东西去当。如今看他们鬼鬼祟祟的样子，必定不是什么见的光的好东西，我便偷了，料他们也不敢嚷出来。

想得定了，遂趁人不备，觑空儿踅进房中，撬开箱子，也不敢细挑选，只随便拿了几件趁手之物，神不知鬼不觉溜出。待出来灯下细看，见是一只镶金嵌玉的羊脂瓷瓶，一个镂花雕纹三足鼎，一只玲珑剔透玉如意，都珠光宝气，料想价值不菲，不禁心中大悦。又见那瓶纹理细腻，绘着五彩人物，衣袂分明，须发毕现，十分精致可人，便不舍得出手。次日天明，先藏起瓶，只将玉如意和铜鼎拿到当铺去，顺顺当当押了五十两银子，心中得意非凡，哪里知道早已闯下弥天大祸来。这且不论。

如今只说赵姨娘听见贾母分首饰，便又急起来，因此踮着脚来探春处借簪子。探春正在窗前临字，闻言诧道："你并不少这些，如何倒问我借？"赵姨娘便抱怨道："我虽有几根鎏金的，无奈这种日子不合戴。若论银的，统共那一只双股素簪，还是那年你舅舅死时现打的，偏前儿又断了一股儿。我记得历年府里办白事，你头上分明不少戴的，如今老太太又赏了你，一个头哪里插得下这许多。你平时又不爱戴这些簪呀钗的，不如借我戴两天，过后还你就是。"探春听见"舅舅"两字便打心里怒起来，冷笑道："姨娘别说还，就借了不还也使得，谁不知姨娘亲戚多，我今儿借了你，明儿你又不知借了谁，只怕就算姨娘想给我，那借的人倒不肯还给姨娘呢。要不然，姨娘前年跟我的丫头翠墨借的素裙子，还有环儿瞅我不在家借去的一幅字画、两盒子胭脂，怎么一直不见还呢？别的且不论，那胭脂原是我去年生日时大姐姐宫里赏的，寻常便拿银子也没处买去，环儿一声不响拿了去，也不知给了什么上不得台面的烂猫臭狗，传出去，不只我没脸，便连宫里的脸面也丢了。倒说得好听：借！谁还指望着还呢。"

赵姨娘听了，恼羞成怒，道："不过走来同你借根银簪，又不是什么金的翠的，能值几何，就被你兜头兜脸翻出这许多旧账来，只管拿话堵我。左一句'姨娘'长，右一句'姨娘'短的，生怕喊一句娘就折堕了你大小姐的身价。我倒不怕明白告诉你，那孝裙子借去，也是为了吊你舅舅的丧，你又不肯去磕头尽孝，你的裙子替你尽了礼，你还该谢我才是，倒问着我。就是那字画、胭脂，也是你亲兄弟拿了去，你做姐姐的难道不该照应点儿亲兄弟？倒把钱攒下来添活那些钱多得压沉箱底的外人，都不记得谁才是跟你一个肚子里掉下来的。姑娘也别太势利了些。'得胜的猫儿欢胜虎'，我知道姑娘瞧不上我，那又如何？你能耐，难道能耐得重托生一次，生在太太肚子里不成？"

探春哪里禁得住这些话，直哭得声哽喉咽，恨道："我自然知道自己是姨娘生的，不用姨娘这么三天两头地提着，变着方儿作践我，自己作践了不算，生怕别人不跟着作践，所以每每地要闹些事故来好教我没脸。姨娘自己被人瞧不起，就见不得我活得有点儿人样子，拿着下三烂的奴才逼我认舅舅，又每每造谣生事，说我拿钱添活外人。别说没有，就是有，也是我自己的份例，给那我添活得着的人，只要我愿意，就算把钱撂在水里，抛到街上，姨娘管得着吗？"侍书、翠墨看见，忙上来解劝，又嗔着赵姨娘道："姨奶奶是怎么了，既然口口声声提着姑娘是姨奶奶生的，倒不知疼爱，次次来必惹得姑娘伤心。"探春骂道："你们也胡说了，我凭什么要她疼？难道老爷、太太疼我还不够的？我倒肯知足，并不指望谁疼爱。只望她少来两遭儿就是我的造化了。"

赵姨娘见探春哭了，也怕闹大了自己吃亏，不敢再嚷，却只嘟哝着不肯去，道："这府里难道还缺少疼她的人？我就把心剖出来给她，只怕她还嫌腥呢。只当自己是金枝玉叶，把生身母亲嫌得脚底下泥也不如，我实话告诉你吧，这些日子官媒没少往府里跑，倒也羡慕姑娘的美貌学识，巴不得娶回家去，只可惜，不是门第寒酸，就是身家贫薄，就难得有个把王孙公侯之家，又是讨姑娘去填房的。为的是什么？我倒也不必说明，姑娘既然天天念着正呀庶呀的，只管自己想去。"

一席话，更说得探春面红耳赤，掩面而哭，枉然伶牙俐齿，又岂是悍妇对手。侍书见姑娘哭得可怜，又知道赵姨娘得不着好处再不肯走的，只得从自己头上拔下根白菜蝈蝈的银押发来递给她说："姨娘若不嫌弃，就把这押发拿去戴吧，好过在这里惹姑娘生气。"探春道："你又充什么潘通、石崇，有那些金银散发？便有，倒不如施济穷人去。”赵姨娘道：“正是呢，这府里，我们不是穷人，谁还是穷人？丫鬟的插戴也比我们体面。”说着摔帘子去了。翠墨叹道：“真真儿是‘贼不走空’，饶是得了东西，还要撂这许多闲话。”侍书忙把她衣襟一拉，不叫说话。探春这里气得哭了半日，只说“什么时候彻底离了这府里才算好呢”，晚饭也没吃便睡下了，不提。

且说潇湘馆诸人起先听得元妃身殁，都道：“这回可没有什么金玉赐婚的了吧。自古以来都只说‘金童玉女’，谁听过‘金女玉童’的呢？”后来又闻说王夫人决意奉旨成婚，要赶在热孝里办了白事办红事，连日子都择定下来，就在陪灵回来的当月里，不禁都瞠目结舌，叹道：“口谕成了遗旨，是更难收回了。”

黛玉早自贾母提亲日起，已知万无生理，如今闻说金玉佳期已定，更是万念俱灰，一尘不起，唯有心头一点儿留恋固执不破，虽是神色淡然，若无其事，脸上却一天天瘦下去，水粒俱绝，身如燕轻，只日进梨汁一盏续命，虽精心烹调，何尝有粥饭之思？纵浓薰绣被，终不能安枕片刻。大夫每日一次诊脉开药，贾母一日三次地遣人来看顾，有时亲眼看着进汤进药，无奈刚吃下去，略一转眼便又吐了。贾母看了，又是忧心又是烦恼，无法可想，也唯有叮嘱紫鹃等小心服侍而已。

紫鹃到了此时，明知便说尽千言万语亦不能略解黛玉之忧，每日里夕卜灯花，晨占鹊语，当庭拜月，临鼎焚香，无人处便暗暗垂泪祝祷，只盼还有回天之机。看着园里人忙进忙出，商量着怎么装饰新房，怎么打床造柜，又是怎么订制衣裳头面，只恨不能堵住双耳，不闻不见。这日回过贾母话回来，又见黛玉依在床头抱膝沉思，面上木无表情，腮边泪痕不干，眼里却是空空的，不禁叹道：“姑娘好端端的怎么又哭了？”黛玉闻声回头，惨然笑道：“谁哭了？这两天我只觉眼睛发涩，这泪大概是终于流到尽头了。”紫鹃心里难受，强笑劝道：“姑娘又说笑了，泪是人体之水，哪有流尽的时候？”

黛玉听得一个“水”字，又觉刺心，猛回头“哇”的一声，将早晨吃的燕窝尽皆吐出。紫鹃忙过来揉抚胸口，便忍不住哭起来。黛玉喘吁吁笑道：“傻丫头，我不哭，你倒哭了。哪里就死了呢？”紫鹃更听不得这话，越发掩着脸大哭起来。雪雁、春纤等听见哭声，只当发生了什么大事，及进来，才知黛玉又吐了，都叹道：“姑娘不吃东西这个毛病，可怎么样才好呢？医生便有回天妙手，仙丹灵药，也得姑娘肯吃才行。”捱了一会儿，收拾了出去，也都坐在石矶上纳闷儿。

恰好宝玉从外面进来，看见她两个，忙拉了雪雁的手走到竹下悄悄问道：“妹妹这两日怎样？我每每问她，只说好些，竟连我也生疏起来，我又不好驳她的。”说着眼圈红起来。雪雁不由得哭道：“哪里‘好些’？你只看她脸上瘦得那样就知道了，刚刚还吐了呢。”宝玉听见，忙掀帘子进去，果然看见紫鹃在给黛玉揉胸口，忙凑近问：“妹妹觉得怎样？”黛玉微微叹道：“好多了。”一语未了，又喘起来。宝玉坐在椅上，见她玉容惨淡，形销骨立，心里只如万千勾戟抓挠一般，疼得有口难言，半晌方道：“妹妹放心，凭别人说什么，都别往心里去，也别理会。待我迎了大姐姐的灵回来，自有决断的。”

黛玉叹道：“你也不用多说，这些日子，我思前想后，也想清了许多事。我这病横竖是好不了的了，你只和宝姐姐两个好好地过吧。”宝玉大惊失色道：“妹妹说什么话？我的心妹妹是知道的，如何又来怄我？”黛玉眼中流出泪来，摇摇头不教宝玉说话，又喘了半晌方继续说道：“我已经想明白了，娘娘殁了，大祸眼看就要临头，这偌大一家子几百口人，指望可都在你身上呢。你负了他们，天也不恕你。我是不能尽力的了，可你是这家里的人，你不管，谁来管呢？”

宝玉心痛如绞，哭道：“妹妹这么说是拿刀子剜我的心呢，我也不指望当官做宰，就算家败了又怎么样，只要我们在一块儿，有一口粥吃我就不怨什么了。”黛玉收了泪，摇头苦笑道：“只怕一口粥吃不上的日子也还有呢，那时可又怎么样呢？乌鸦尚知反哺，我来这府里十年，并不能报恩，再叫你为我惹祸生非，是叫我死也不安生、不清净了。我也背不起这骂名，你要真心体谅我，就听我这一回，拿待我的心待宝姐姐，只要你好，我也就……”说到这里，又咳起来，眼睛看着宝玉，无限怜惜，却再没有一滴泪。宝玉哭得肝肠寸断，黛玉的话只是一句听不进去，紧紧地攥了她手哭道：“好妹妹，我决不负你！”

黛玉见他这样，更觉不忍，暗想我同他自小相知，如今我撒手去了，叫他情何以堪？此时黛玉心中并无自己，只是一意为宝玉伤感，愣愣地望了他半晌，方叹道：“我在这世上，并无一个亲兄弟、亲姐妹，所知己者，不过你和宝姐姐两个。从前我在窗外头看见你穿着贴身衣裳睡在床上，她坐在旁边替你绣肚兜，一边摆着蝇帚子，我心里还不自在。这几日不知怎的，闭上眼睛，便每每想起这个情形来，想来今后你们两个在一处，这情形自是家常见的，我想着，倒觉得安心。如今我要去了，不指望别的，能看见你两个好好在一起，我的魂灵在天上看见，也是欢喜的。”说罢，手慢慢松开，竟转身睡去，不复再言。

宝玉哪里听得进这些话，只疼得肝胆俱裂，恨不得将心剜出来千刀万剐，整个人灵魂出窍般，木呆呆的眼神也散了，脸色也青了，眼泪流下来，也不知道擦拭。紫鹃、雪雁见了，都唯恐他犯了呆症，忙将他一阵乱摇乱叫，半晌，宝玉方“呀”一声哭出来，因见黛玉力倦神微，只怕吵着她，因将手拳起堵着嘴，哭得喉梗声嘶。紫鹃等见了，更觉伤心，忙将他拉出来，扶他在竹下藤椅上坐着，叹道：“二爷好歹保重身子，若是不肯自己珍重，岂不辜负了姑娘的一片心呢？”

正劝着，袭人与秋纹已经闻讯来了，紫鹃惦记着黛玉，抽身回屋。袭人见宝玉面无人色，忙搀了回房。宝玉却不用人扶，一路飞跑回怡红院，扑在榻上，这才放开声音，尽兴大哭起来，叫道：“这回活不得了。林妹妹天仙一般的人物，老天何以叫她受这般荼毒？想是我家运道尽了，后头更有许多腌臜不堪的事情不忍心叫她看见，所以早早地要收她回去。”袭人听了又好气又好笑，推他说：“听听你这满嘴里说的什么？哪有红口白牙自己咒自己家运道差的。老爷听见，问你还有命在吗？”又道，“这些日子府里为着娘娘的事忙得不可开交的，太太还要在百忙里抽出工夫来，乱着裁尺头做衣裳订床打柜，为的是谁？你倒事不关己的，只做撒手大爷一般，还有这许多抱怨，太太听见，岂不寒心？”宝玉哭道：“我才不要结那劳什子亲事，我只要跟妹妹一起，要活一处活，要死一处死。什么金玉良姻？又是什么娘娘遗旨？活人的事，凭什么倒要一个死人做主？”袭人听他说的大胆，吓得忙上前捂住他嘴道：“我的小祖宗，这话也是混说得的？”看他这样，深觉忧心。

且说到了灵柩进京这日，贾母亲自率了邢、王二夫人及尤氏、凤姐、李纨、探春、惜春等嫡亲女眷，贾赦、贾政率领敕、效、敦、珍、琏、玉、环、琮、珩、珖、琛、璜、琼、璎、璘、蓉、蔷、菖、菱、芸、芹、蓁、萍、藻、蘅、芬、芳、芝、蓝、荇、芷、范、兰等一干男丁，无论有职无职，俱披缟着素，苴棒菅履，或坐车，或乘轿，或骑马，或疾行，都往东出城十里外高丘上站定，铭旌蔽日，帷幄如云，恰如银山匝地，雪浪翻伏，更有僧尼高宣佛号，各王府亲宅也都设了路祭斋坛，也有送和尚道士念经超度的，也有送整台素轿车马金银山的，也有送吹打班子的，远薄一点儿的也都依例送了许多猪羊香烛并扎了百花亭男女童来，直将东郊十里亭铺成一片雪山银海。紧接着，大明宫掌宫内监戴权也带着一众侍卫内相着素车打锣张伞而来，与贾政等人厮见了，连道“节哀、珍重”。

一时羽林军护着梓宫队伍来到，执事太监高宣一声“停棺”，顿时鸣锣檀板齐响，佛号哭声大作，贾母、王夫人等人扶着棺材几次哭得昏死过去，贾赦、贾政一边哭泣，一边跪请老太太节哀，凤姐命人抬了陈年铁梨木扶手靠背椅子来请贾母坐下。抱琴裝裹得绢人一般，过来给贾母跪着磕头，贾母见了抱琴，便如见了元春一般，一把抱在怀里，复又放声大哭起来。

执事太监高喊一声“宣旨”，顿时四下里偃旗停乐，贾府众人忙都过来列队跪倒，数百人群，只闻呼吸之音，不闻抽泣之声，静得月夜风轻一般。戴权遂高声宣旨，备述元妃生前身后事，椒房失鸾之痛，今上哀悼之情，因潢海往京城路途遥远，又为解木造棺诸事，已经耽搁近旬，头七已过，二七将即，况且天气炎热，尸身不敢久停，宫中监天正又早择定入殓日期，不得有误，因此特命梓宫不必进城，径往孝慈先陵归葬可也。

贾母等人听了，俱是一愣，无奈只得山呼万岁，磕头谢恩，一时只见素浪翻滚，雪山起伏。戴权亲自扶起贾母来，再三劝慰，又说先陵早已派人通报告诉，一应事宜都是预备妥当的。贾母只得再谢皇恩，临时命人回家去打点行囊，又将贾赦、贾政、贾珍、贾琏等叫至跟前来叮嘱一番，眼看着太阳下山，不便久留，方又抚棺痛哭一回，就此别过。

于是前头执事太监执牌引路，先是九命丧仪牌一对，诔言五座，肃静牌、回避牌等两列，接着吹手四名，清道旗一对，门旗一对，御棍、腰锣、伞瓶、令箭、令旗等一队队过去，又有贾珍、贾琏、宝玉等孝主骑马开道，引马、对马共计十六匹，后头六十四个杠夫轮番抬着梓宫灵轿随行，再后面是僧尼队伍一路诵经响板，皇帝圣旨、诰命、王侯等座轿亭十数座，每座八人抬轿，明器和下帐香亭等五亭，每亭四人，再后面才是亲眷所赠绢亭、金银幡、引魂轿、宝盖华伞、食案罂缶、香鼎提炉、角灯宫灯，前呼后拥，又有魂帛、执幕、执披、高照等数十人，扯白布穿白服男女执事者七十四人，吹手三班十二人，最后面才是孝妇诸眷，以及留灵路仪执白条纸花、散纸钱的数十人，一路鸣锣开道，响号喧阗而行，径往先陵破土下葬，守制哭灵，须七七四十九天方可回京。

贾母年迈不禁，且又是长辈，便不亲往，凤姐因病情严重，巧姐又年幼，且府中事务也着实离不了她，探春、惜春又都因造册待诏，黛玉、湘云等是亲戚，也都随贾母留京不去。凤姐扶着贾母，探春、惜春等人跪着，眼睁睁地看着送殡队伍浩浩荡荡径自往东去了，足有一盏茶的工夫方过完。贾母犹自引颈遥望，直看得人影不见，才打起轿子回府。府中又另设祭仪，每日请僧尼道姑念经超度。不在话下。

且说薛姨妈因是亲戚，不必随灵守制，贾母因怕闷，便请她仍搬进来住在潇湘馆，薛姨妈因要打点薛蝌与宝琴两桩婚事，推辞不肯，只答应每日过来一处说话；贾母无奈，便又请了李婶娘来园中略住几日，李婶娘为着李纨与贾兰不在园中，避嫌不愿前往，贾母命人再三请了来。宝琴和湘云两个，便仍陪贾母住，日夕承奉起坐，小心服侍，每每贾母伤心垂泪，必想方设法，设辞安慰。凤姐因诸事繁杂，精神恍惚，反不及她两个周到。

宝钗又寻空约了湘云来家，悄声向她说道："你的大好日子就在眼前，料想你叔叔婶子未必肯替你准备周全，倘若嫁过去，也是这样单衫零钗的，岂不落人褒贬？虽说我们诗礼人家不讲究这些虚名，总也得面儿上过得去才好。因前些日子替琴儿准备嫁妆，我便私下做主也替你备了几件。你若多心，我就不好拿出来了。"

湘云听了，眼圈泛红，低头愧道："姐姐一心待我，我感激还来不及，哪有什么多心？只是姐姐的日子也近了，难道不替自己留着些？"宝钗眼圈便也红起来，连颈带腮一并泛起桃花，半晌说道："这宗亲事其实不妥，只是娘娘有命，哪里容我说一句半句？如今也不好进园去，许久不见颦丫头，也不知她怎样了？"湘云叹道："不是我说句咒她的话，只怕不好呢。太太还说过几日办了你同宝玉的事，就要再托人同北府里说，还叫来下催妆礼呢，哪里是催妆，依我说分明是催命呢。"说着，滚下泪来。宝钗亦低头不语。

湘云又坐一坐，告辞欲去，宝钗送出门来，这才拉着手叮嘱道："你好歹多替我去劝劝林妹妹，同她说，并不是我不念姐妹的情分，但有一点儿法儿可想，我宁可她做我，好过这样吞心的。"湘云劝道："这是你多虑了，她虽多心，也断不会这样想。这原是各人的命，哪里怪得了你呢？"说着，又洒了几点泪，方进园来。

却说黛玉送灵回来后，也许是劳动着了，反而肯略进些饮食，倒比前些时候觉得舒展些似的。紫鹃、雪雁等都大喜过望，只说："阿弥陀佛，宁可好了吧。"这日晚间，黛玉吃过药，又见紫鹃端上玫瑰花熬的粥来，倒也颜色鲜美，便尝了几勺，幸喜不曾呕吐。因取茶来漱了口，问道："宝玉走了多久了？"紫鹃答道："刚走了三天。"黛玉点头叹道："那是还有四十多天，只怕见不到了。”紫鹃听了难过，忙劝道：“姑娘刚刚身上好些，怎么又说这样丧气话？”黛玉点头不语，凭窗出了一会儿神，自觉身上清爽些，便欲去给贾母请安，亦是宽解之意。紫鹃看她双颊潮红，似比以前精神些，想着走动一下也好，免得老太太惦记，一天几次地派人来问，遂扶出园来。

果然贾母见了她，脸上有些喜色，道：“你又起来做什么？这早晚凉，小心风吹着，回头又吐了。”凤姐、湘云等也都在贾母处定省，见了黛玉，都拉着手问长问短。黛玉道：“这两日倒比之前好些，昨日并不曾吐。”贾母更觉放心，说了几句话，仍催紫鹃送她回去，叮嘱：“刚好些，千万别劳动着。”凤姐笑道：“可看出个亲疏远近来了，妹妹病了，老祖宗一日三次地叫人探问，略走几步路就怕妹妹累着。我现也病着，老祖宗非但不心疼，每日里还嫌我懒，干的活儿少，恨不得叫我扛了笤帚扫院子去。”说得贾母笑了。

这里黛玉进了园子，方走到沁芳闸边，忽然一阵风，吹得满树落英缤纷，便如识人性的一般，飞飞扬扬地扑了黛玉一头一身。黛玉不禁站住了长叹一声，心道久病不起，竟将春光也辜负了，可怜这些花儿早已凋萎，只为自己不来收葬，宁肯枯死枝头亦不随风飞落。因叹了一声，回头道：“紫鹃，你回去将我的花锄锦囊取来。”紫鹃劝道：“姑娘刚好些，又要操劳了，况且天色已晚，不如等明儿好了再来收拾吧。”黛玉喟然长叹道：“哪里还有好的日子呢？”挥挥手只命紫鹃快去。紫鹃无奈，只得回身去了。

黛玉遂慢慢行来花冢之旁，猛然想起那年三月中浣葬花时，与宝玉同读《会真记》的往事，一时许多句子扑上心头，思及“玉宇无尘，银河浣影，月色横空，花阴满庭，罗袂生寒，芳心自警”诸句，正应着眼前景物，一点儿不差，又想及“去住无因，后退无门”“玉堂人物难亲近”等句，不禁心恸神驰，柔肠百转，顾不得风清月冷，树荫露寒，身上一软，就便坐在花下石凳上。却又忽然想起，此处便是自己瘗花埋香，哭作《葬花吟》，后与宝玉互剖心事之地，耳边蓦地清清楚楚响起一声“妹妹，你放心”，听着就像是宝玉在自己耳边说话一样，更觉万箭攒心，喉头一甜，猛地一口血喷出，手扶着花树，便软绵绵地倒下来。

紫鹃取了花锄回来，却不见黛玉，正欲寻时，迎面见着玉钏手里托着一瓶子玫瑰露进来，因拉住问道：“可见着我们姑娘没有？”玉钏道：“我正奉了老太太的命，去给你们姑娘送这个呢。老太太听说林姑娘肯吃东西，喜得什么似的，立逼着二奶奶找出这个来，叫给林姑娘换口味。”左右看看无人，便又拉着紫鹃的手道：“我因信你，才问你这话，别管有没有，你只别往外嚷去。”紫鹃听她说得蹊跷，心中惊疑，忙问：“何话？”玉钏道：“我听人家说，林姑娘和宝玉商量着要私奔，只等宝玉守灵回来，就跟老太太告假，说林姑娘要回乡扫墓，叫宝玉跟着，两个瞒天过海，远走高飞去，可有这话没有？”紫鹃叫一声苦，顿足骂道：“这是哪个烂了舌头的嚼蛆，可不屈死我们姑娘？”玉钏道：“我也不信林姑娘会说这样的话，可太太竟有些当真呢。从前我姐姐还不是一句玩笑话，就枉丢了性命？要说宝玉，真就是个害人精，远的不说，那晴雯、芳官、四儿是服侍过他的，自然容易招惹是非，小红却是已经跟二奶奶去了的，谁知就为着同他说了两句话，便惹了多大不是……”

话犹未了，却听石后头有人笑道：“这不是林姑娘吗，怎么睡在这里？你身子又弱，倒和史大姑娘学。”却是老太太房里的丫头傻大姐的声音。紫鹃、玉钏俱吃了一惊，忙往石山后寻去，果然见黛玉倒在花树之下，双目紧闭，面如银箔，脸上身上覆了半扇落花，静无声息。即伸手向鼻下轻探，只觉气若游丝，似有还无，不禁都吓得连声呼唤，忙叫了人来将黛玉抬去潇湘馆，又命雪雁飞报与贾母知道。正是：

船到江心桨已断，那堪风雨不饶人。

第十二回

潇湘泪尽绛珠还珠 狱庙情伤宝玉失玉

且说贾母送走黛玉，又向凤姐等人叹道：“都说你林妹妹要做王妃，是喜事；我看着却未必是福。你们大姐姐倒是贵为皇妃的，我前日看她出殡的阵仗，竟不如前头蓉儿媳妇去时的气派。我虽不是贪慕虚荣、一味爱排场的，可也不能失了大格，可怜她一生争强好胜，到死竟不能得个身后哀荣，便连诸王侯、诰命也都较先前冷淡许多，想来娘娘一死，我们宁、荣二府的气数便要尽了。”

宝琴、湘云虽能言善道，却因为这话说得严重，都觉辞穷，竟不知如何劝慰。只有凤姐强撑着劝道：“老太太说得过了，蓉哥儿媳妇是咱们宁府里出的殡，想要怎么铺排，只管随心思弄了去，珍大哥哥又舍得花钱，好面子，爱排场，所以气派；如今娘娘贵为皇妃，原是宫里的体面，从奢从俭，原有一定之规，哪里由得着我们呢？何况咱们本来并不知道要当下就归葬先陵的，所以许多事情都不及准备，就是诸王侯相府里亲戚旧故要奠祭拜仪，也都措手不及，况且事关国体，反而拘礼，不便张扬，哪里就说到亲疏冷热上去了。老太太素来最心宽大度的，如今怎么反倒多心起来？”贾母叹道：“你哪里知道这些？那日在十里亭，戴公公宣读圣旨，虽然说得天花乱坠，字眼动听，可是到底连个追封谥号都没有；而且当地里就喝令扶柩着归孝慈县，连城也不让进，家也不让回，便连铁槛寺停放几日也不许，虽说尸身不便久搁，哪里就急到这样？总要过了三七再发引也不迟。况且提前又是一丝风不透的，弄得爷们儿一点儿准备没有，竟闹了个措手不及……”

正说着，忽见雪雁满脸泪痕闯进来，跪下回道：“老太太，我们姑娘不好了。”众人听了，都是心头一惊，不由得滴下泪来。湘云早拉着宝琴抢出门去。贾母亦是老泪纵横，哭道：“我苦命的孩儿啊。”扶了凤姐往外便走。刚出门来，只见前头几个小厮一阵飞跑进来，满口里只嚷：“不好了，不好了。”差点儿迎面撞上贾母。凤姐气得劈面一掌，把为首一个打了个倒仰，骂道：“我打你们眼里没主子的混账奴才，不在二门外侍候，怎么竟跑进里面来了？满嘴里说的什么昏话？吓着老太太，我揭你们的皮！”

那小厮打了个趔趄，忙直挺挺地跪下，也不知磕头，也不知求饶，仍是乱嚷着：“不好了，来了好多穿衣戴帽的大人。”凤姐更怒：“放屁！难道你是不穿衣服、光着身子的不成？到底什么人来了，把你吓成这样？”贾母心中惊疑不定，颤巍巍地道：“慢点儿声问他，别吓坏了他。好孩子，跟你主子好好说，到底是什么事？”小厮定一定神，方回道：“外面来了一队穿官衣的衙役，还有许多戴官帽的，奴才也不认得是什么官，都不是从前常往府上走动的那些人，各个执棒拿牌，好不威风，都像黑脸包公一样，见了人只管踢打，教把几层门通通打开，不放一个人出去，说是什么王随后就到……”

凤姐大惊道：“这不是抄家？”贾母一句没听完，早已倒仰过去，浑身抖颤，喉咙里咳咳作响。凤姐和鸳鸯忙一边一个抱住了，掐人中，揉胸口，哭着乱喊。便见一队皂隶杀腾腾地进来，叫道：“贾府的人听着，北静、忠顺两府传旨办事来了，出来一个喘气的领罪。”雪雁看见光景不对，早飞跑着去了。

这里凤姐忙扶着贾母跪下，贾母气息奄奄，几次张口想要说句什么，竟是一个字也吐不出来。于是先是一队执事军卒进来，把守两边门口，接着北静王爷与忠顺王爷各带一路人马进来，分头站定，忠顺王遂高声宣读圣旨，凤姐也没大听清，只说是什么“窝藏赃物”“私卖禁品”云云，便知是自己委托冷子兴捣卖甄家古董种下的祸根，哪里还敢言声。

原来皇上回京不久，忠顺王便悄悄将北静王水溶告下，说他趁皇上外出期间，借生日为由聚党闹事，私交外邦，亲近佞臣，平日往来的多是些夤缘钻刺、心怀不轨之辈，每每非议朝政，狂言谤上，又举出贾政、贾雨村等一干人来。皇上听了，半信半疑，唯念在元妃之情，并不肯轻易办理，只命有司提审相关人等，明察暗访，免不了审出宁国府贾珍、贾蓉父子夜夜设局聚赌，斗鸡酗酒，且以女尼、道姑侍酒，充作粉头之类。当今原是至仁至圣之君，闻此丑事，能不震怒？又看了参与聚赌的一干人等的名单，所来往的，都是些世家显宦、王孙公子，连宫中内相也偶有加入，更觉严重。

看官须知，自古以来，朝廷最忌之事便是官宦勾结，私设赌寮妓寨。这赌与嫖还是其次，只怕以赌为名，以色为饵，行贿赂之实，蓄虎狼之势，勾结各方势力，聚党乱政才是至大隐患。当今又将北静王府客如云来、海上志士多所投辖之事，与宁国府夜夜聚党两宗并看，愈觉严重，更又有待罪之臣、前兵部大司马贾雨村以做媒为名，走动两府之间，设结通家之好，岂无祸心？遂命忠顺王亲提贾雨村严刑审问。

那贾雨村起先只抵死不认，偏偏祸不单行，百密一疏，滔天大案往往泄于芥豆之微。原来，贾雨村从前在应天府时，因有个来自葫芦庙的门子深知自己底细，心里大不自在，遂将其寻衅充发，只当无事。不料前些年遇着大赦，那门子得还自由身，改姓更名，辗转来了京城，又托亲靠友做回老本行，心下将雨村恨死，只因为惧他权势，不能如愿。如今既遇着雨村降职，皇上又令人明察暗访其所有经手官司、往来官员，各府县衙门俱得了密旨。这件事被那门子知道，正撞在心坎上，如何不报仇？便将从前贾雨村在应天府的所作所为添油加醋地举报了上去。府衙不敢怠慢，道密折奏了上去。贾雨村听见事发，情知逃脱不过，心想此事原为贾、薛、王三家而起，如今贾府大势已去，自己身上正有许多谋私贪污、断案不公之罪不能自辩，不如都推在贾府身上，只说碍于宁、荣两府及王子腾淫威，不得不徇私枉法，并取出当年与王子腾、贾政等往来书信为据，又供出贾赦贪求古扇授意自己逼死石呆子等事来，但求脱身自保，陷之唯恐不深，且道："若不信，只管去荣国府搜检，那二十把古扇想来自然还在府里的。"又一力开脱北静王，说两府联姻之事原是贾政为慕北静王府之势，再三托自己代结红线，意欲攀龙附凤，其实王爷并未应允。贾雨村只望开脱了北静王，可为自己护身之符。

皇上本不愿与北王分崩，况且宁府聚赌之众，牵连甚多，一旦治罪，必定朝廷大乱，群臣反目，此时边疆不稳，外患不绝，如何再可引发内乱？然而贾府既为北静王之羽翼，却是不可不除，只恨不能以聚赌罪处之。今既得了贾雨村这番供词，遂顺水推舟，且将北静王水溶开脱，一边命府衙重审薛蟠、冯渊一案，一边又另寻隙端处治贾家。恰在此时，京中又有探子来报，说查得贾府奴才周禄私当御制违禁之物，经查问，得知乃是贾门孙媳王熙凤委托古董商人冷子兴运出变卖；内务府又对出此物原为案犯甄家所有，并将宝月瓶献呈御览，禀道："此乃朝鲜国进贡之物，却为甄犯吞没。玉瓶原为一对，已查过冷子兴所卖货单，并无此物，想来还藏在贾府未出。"

至此，铁案如山，终成定议。当今便是再仁慈宽厚，也不免龙颜大怒，遂将甄家之案审结，指其："行为不端，亏空甚多。朕屡次施恩宽限，令其赔补。非但不肯感激朕成全之恩，尽心效力，反而将家中财物暗移他处，企图隐蔽，有违朕恩，甚属可恶！"当即判了个削去户籍，卖身为奴；复下旨"贾府藏匿犯臣家资，是明知故犯，罪同欺君"，令其"家中财物，固封看守，并将重要家人，立即严拿"。

忠顺王又上疏云："既然贾府敢于藏匿甄家之物，想来查抄贾府之际，必定早有防范，将财物他移；况且贾府在朝中党羽颇多，说不定有人通风报信，又或是贾府中人四处求告，阻逆官差办事，恐生枝节。"遂献了一个调虎离山之计。因此朝廷上下密不通风，皇上一道圣旨，命贾府所有男丁往孝慈县守灵，趁其毫无防备、府内空虚之际，命忠顺王联同北静王一道夙夜抄检，亦是敲山震虎之意。

北静王亦深知圣意，更不敢稍有懈怠徇私之处，遂与忠顺王并肩前来，先问一声："谁是王熙凤？"凤姐颤巍巍地答应一声，早有侍卫上来用一条绳五花大绑，便喝令着送往狱神庙去监禁起来。接着忠顺王一声令下，众衙役便搜家的搜家，撵人的撵人，贴封条的贴封条，捱屋逐院的抄将起来。先抄了宁、荣二府正房大院，将看家的仆妇尽皆赶出，都教押往宗祠去暂且看守；又抄出大量赌具、宫用缎纱、当票、书信等物，又果然自贾赦房中抄出二十把古扇来，与贾雨村所供毫无二致，都交两王过目了，命师爷记录在册。

两王早听说大观园之名，平时恨无机会领略，趁此机会正要仔细玩味一番，遂都不理宁、荣二府，只由得士兵抄检，自己且先进园来，但见屏山掩路，清溪九曲，引池叠石，饶有幽致，不禁都点头叹息。忠顺王便向北静王笑道："这里比府上后花园如何？"水溶谦道："寒舍鄙陋，不如此处多矣。"忠顺王笑道："北王何必过谦？此处虽然也算得上玲珑可观，却只得'清秀'二字，依我说不如府上远矣。我听说府里后花园有座瀑布，一丈多高，声或擂鼓，巨丽无匹，只可惜无缘亲见。"水溶忙道："忠顺王若有雅兴，小弟扫花煮茗以待。"士兵们各处打门呼喝，搜房撵人，只惊得鸥鹤逃飞、鹿兔奔走，他二人只是闲庭信步一般，一路把玩闲花野石，奇山秀水。

只见迎面一个院落，妆红砌绿，门额上写着"怡红快绿"四字，院内曲径游廊，蕉叶冉冉，室内屏障泥金，玻璃镜隔断，博古架上杯盘碟碗俱全，皆可式可样地搁在预先凿好的槽里，什么青花蕃莲碗、二龙戏珠流云花朵葫芦瓶、五彩仕女敞口盘、宋代汝窑红梅、元代龙泉中盘，还有许多叫不出年代名号的精致器物，都鎏金烫花，文采辉煌。忠顺王喜得眉开眼笑，都叫侍卫小心收起，一一记录。

北静王且只顾欣赏对联字画。兵士们早冲进去驱撵丫鬟，搬拿东西。

袭人正病在床上，行动略迟慢些，就被那些兵役死拉硬扯地起来，拖在地上，麝月忙走来搀起，与众丫鬟一起出来院中，役卒们这便翻箱倒箧，又搜出许多珍玩古董来。因其中有大红汗巾子一条，北静王只觉眼熟，忙命人拿过来，可不正是从前茜香罗女国王赠给自己、自己又转赠了琪官之物，且新配了石青的绦子，极是抢眼出色。忠顺王却也认得了，不禁微微冷笑。水溶只做不闻，问道："这是谁的？"那袭人半死不活，走来跪下回禀："是我们二爷赏给奴才的。"

水溶便知是宝玉之物，约莫猜到几分，遂将袭人看了几眼，虽是满面病容，倒也温柔端丽，便知必是宝玉身边心爱之人。这水溶虽然位极人臣，毕竟年轻，有些少年心性，既知袭人是宝玉近身之婢，便故意要同她捣乱，遂笑道："这人病成这样，只怕活不长，若一时半会儿死了，倒是不便，且传出去也不雅，不如叫她家里人领了去吧。"便又打听袭人可有什么家人在此，因问知府外头尚有个哥哥，便命人找了花自芳来，领他妹子回去。

袭人哪里肯走，只哭道："奴才情愿与主子在一处，死也死在府里。"无奈身虚体乏，哪里挣扎得过，早又吐了两口血，晕死过去。麝月搂着袭人大哭，那些衙役哪会有怜香惜玉之心，只觉不耐烦，大声呵斥着，强行分开两人，将袭人生拉活拽地丢出府去，只等花自芳来领。怡红院众人一并撵出园去，与鸳鸯等人拘在一处。那袭人趴在地上，睁开眼来，只见自己衣衫凌乱，袜甩鞋脱，身边许多衙役指点嘲笑，却连一个姐妹熟人也没有，不禁既羞且愧，忽想起从前抄检怡红院撵晴雯之事，比起今日何等相似，而自己形容狼狈，更比晴雯尤甚，不由得心灰意冷，垂下泪来。

水溶俟着忠顺王往栊翠庵去了，又将搜捡之物一一细察，捡出多件自己历年赠送宝玉之物，都叫亲兵藏了收起，这才闲闲出来。

妙玉禀烛开门，凛声道："我是本庵住持，并非贾族亲眷，既然此处已为是非地，便是我缘尽离开的时候。你们不可阻我。"众隶听了，面面相觑，做不得主，便将妙玉带至忠顺王爷前，说了一遍。那忠顺王看见妙玉仙姿绝色，玉骨冰肌，便起了垂涎之心，故意道："你在贾府多年，虽依你说原本无亲无故，如何能信？最好别被搜出证据来。"因教皂隶搜检。一时果然搜出大量瓷器字画，都是稀世珍玩，不可多得。便又闯入卧室中来，只见素帐高悬，清香袅袅，沁人心脾，最可异者，是窗下置一青玉五枝灯，高七尺余，雕蟠镂螭，以口衔灯，燃之，则鳞甲皆动，灿若列星。忠顺王笑道："一个尼姑，如何藏有这般宝贝？自是贾府之物了。"遂令抄没。妙玉虽不舍，然而见那些人凶神恶煞一般，自知尚且不能保全自身，更何况身外之物，也只得道："东西你们拿去，但我本方外之人，并无过错处，不可拘禁我。"忠顺王道："既然这样，我就差两个军卒送你去别的庵里挂单，也好知道你的下落，将来说不定还要提审对证。"说罢，果然命两个亲随跟从妙玉出府。妙玉往外走时，有意无意，将袖一拂，便将自己平日吃茶用的那只绿玉斗拂落在地，跌成几瓣。忠顺王也不在意，只嘿嘿冷笑。

众衙役一路抄至潇湘馆前，紫鹃堵着门跪着，手里握把剪子，将鹰口对准自己心口，哭道："我们姑娘死了，我反正也不想活了。你们还要搜，还要翻！姑娘千金贵体，岂是你们可以亵渎的？谁敢碰她一下，我就死在这里。"雪雁见她这样，便也一旁跪下，也说愿意随姑娘去死。春纤等看了，也都跪下了。衙役们不敢妄动，只得又飞报给两王知道。

水溶早有心要借抄检之机好歹见黛玉一面再做道理，听说竟然死了，顿足不已，因来至院门前远远地向里面一望，只见两边翠竹成荫，夹着一条石子路，那石子被月光照得雪亮，如冰如银，印着树影参差，苔痕浓淡，越觉清幽，月洞窗里帐幕低垂，银烛高烧，朦朦胧胧的看不清爽，却有一股异香如兰如菊，闻之令人肃然起敬，不禁叹道："原来这里叫作潇湘馆，倒是个好所在。"又见紫鹃一身缟素，披发执剪而立，更觉感慨："有其主必有其仆，鬟婢辈尚且如此，可想姑娘为人。"从前只知她才貌双全，如今方知更是冰清玉洁、刚烈忠贞之辈，益发捶首叹息。便令军卒不许骚扰，自己在门前恭恭敬敬地拜了几拜。紫鹃看着，不禁又发呆想，心道倘若姑娘果真嫁了这位王爷为妃，未必就不如意了，说不定还不至于死。想着，更加流泪悲泣。

那忠顺王听说死了人，便也过来看了一看，只见院宇深沉，帘幕掩映，竹树葱茜，溪榭幽绝，森森然似有冷气袭来，心想新死的人灵魂未远，打扰了恐不吉利，且北静王一力环护，不教搜检，便不坚持，只道："把院门封了，不许一个人进出。"复带队向前搜去。

水溶拜罢，忽闻半空里有女子叹息声，且吟道："尔今死去侬收葬，未卜侬身何日丧？侬今葬花人笑痴，他日葬侬知是谁？"不禁一惊问道："何人说话？"紫鹃跪答道："是鹦哥，念的是我们姑娘的诗。"水溶听了，悠然向往，暗思近朱者赤，所养鹦哥尚且通灵至此，可想那林黛玉是何等超凡出世的一个谪仙人物了，我终究是个俗人，竟无缘一见。不禁向着鹦鹉点头再三，方始离去。早有亲随从檐上取了鹦鹉笼下来，跟在后面，紫鹃等人看着，虽怒而不敢拦。

众人遂到秋爽斋前。探春听说抄检，叹道："我从前说什么来着？果然来了。"并不消兵卒们喝命，只自带着丫鬟出来，请求面见王爷。两王听了兵士报告，均觉惊讶，心道一个姑娘家，看见这许多兵来抄家，不说惧怕躲避，反要主动求见，这样的奇女子，倒是不可不见的。遂命人带来。探春站定，不卑不亢地禀道："我并不知我家犯了什么弥天大罪，但知我父亲月前已经奉旨将我绘像造册献上，一日未将我从册中除名，我便一日还是侯府千金，待选郡主，如何容得这些兵卒造次？"

原来朝中规矩，凡是待选之女，皆比男人高贵，且在放定之前，权作皇族看待。如今贾府虽抄，然探春、惜春却因为已经送册入宫，并不在罪属之列，故而探春有是语。忠顺王哑口无言，且也衷心感佩，遂向北静王笑道："此女前程不可限量。"复向探春道："姑娘见教的是，既然这样，姑娘请收拾了随身衣物，我教几个士兵送姑娘出去。"又故意当着探春的面传令下去，不许为难贾府女眷。探春这才看着侍书等人从从容容收拾了几件衣物出来。

忠顺王看着探春去了，才命番役进去搜检，自己便也步进院来，只见梧桐挺密，芭蕉扶疏，又是一番景象。及进了屋，更觉布置的与别处不同，虽为琼闺绣阁，却无一丝脂粉气，房间甚是宽敞阔大，彝鼎图书、棋枰茗具咸备，靠东壁设一白玉盆，大如瓮，浸着各色香花，西壁设一水晶瓶，内插珊瑚树，长九尺余，衬一鸟尾，金翠灿烂，既非孔雀，亦非稚鸡，长七尺余，瓶更莹澈，内外可鉴。中设花梨大理石大案，案上置着一尊七尺高的汉青铜长信宫灯，绿锈斑斑，铭文累累，又有宝砚成堆，插笔如椽，四壁书画琳琅，皆为名家笔墨。忠顺王不住点头赞叹，又将宫灯拎在手上颠了一颠，大约有二三十斤重量，不禁笑道："这位贾府三小姐倒是个女中豪杰，闺阁陈设与寻常公侯千金大不相同。"水溶亦打量着壁上字画道："这幅米襄阳的《烟雨图》甚是难得，如今书画市上，便有一千两银子，也未必求得来。"因见桌上放着茶吊子，触手犹温，便取一只玉枝梗光杯来斟了一杯，润了润，笑道："这是千叶多心茶。走了这半日，正觉得口渴。"又让忠顺王爷一杯。

一时有侍卫进来回禀，稻香村现住着贾府孙媳的娘家亲戚母女二人，请求辞去。忠顺王问明身份，无非寡妇弱女，料无干系，便命人检查了随身包裹即可放行，只不许带走府中财物。两王就便出了秋爽斋，往稻香村来。方至门前，众役已抄检已毕，不过是些家具被褥，再略有几件古董摆设，除此竟没一点儿值钱东西，别说金银珠宝，便连几轴字画也都是近代仿品。忠顺王听了不信道："必是你们搜检得不仔细。"又命人重新搜过，且叫李婶娘打开包裹给士兵再搜一回，虽有几件头面首饰，四季衣裳，李婶娘咬紧口只说是自己娘儿俩的，忠顺王却也看不上眼去，只得挥挥手叫她们去了，自己倒也觉诧异："阀阅之家，何以有如此粗陋窳劣之物？政公对待寡妇儿媳如此苛刻不成？"及进院中来，看见篱落萧疏，鸡飞狗跳，井台边上尚有洗衣盆、捣衣杵等物，遂不疑有他，反笑道："荣府里亦有自食其力者乎？倒是孤儿寡母的有志气。"

接着，薛姨妈也哭着进来，带了宝钗、宝琴、湘云、邢岫烟等人辞去，也都只带些随身衣裳，并无违禁之物。薛姨妈还惦记着黛玉，却闻潇湘馆中忽然哭声大作，紫鹃泣血一般喊着"姑娘"，情知黛玉不好，便欲进馆去瞧，却被差役拦住，喝问："你说是亲戚，这亲戚也忒多，难道你竟一胎生了四个女儿不成？还要拉三扯四的。你若不走，就一条绳绑了。”宝钗只得劝着母亲离开，想着与黛玉姐妹一场，临死竟不能见上一面，都不禁伤心流泪。

那妙玉此时已走至曲径通幽处，但见风扫残红，香阶乱拥，正自叹息，忽闻哭声，便又站住了向两王求情道：“原来潇湘馆主人仙逝，我本佛家弟子，岂能袖手旁观，视而不见，理该为之诵经超度。”这话却投了水溶的心，叹道物以类聚，人以群分，这林黛玉所结交的竟然个个都是凤毛麟角、百不逢一之人，忙道：“既然这样，仙姑请便。”忠顺王虽不情愿，也不便阻拦，仍叫亲兵跟随监管便罢。

正乱着，忽然一个带发修行的小尼姑穿着簇新的直裰僧袍走来，也说道：“我也不是他家的人，只是来讲经的，被留宿在此，你们抄家封门，须得放我出去，怕回庵里晚了，师父骂。”湘云展眼看得清楚，惊叫一声：“四妹……”宝钗忙将她嘴捂住，使眼色不教叫破。那些皂隶正忙着搜检，衣饰细软，俱各登记，哪里耐烦分辨，也不细问，便向忠顺王爷禀报，说有个小尼姑因说经留在府中未去，绑也不绑，忠顺王爷看她只有十三四岁年纪，僧衣布鞋，面目冷淡，并不留意，只道：“佛门中人，不必为难，教她各自去吧。”竟然就此轻轻放过，教她走了。宝钗等人看着她头也不回地离去，都望着背影点头叹息。

湘云却又另起一番心思，暗想跟出去也罢，留下来也好，横竖都是寄人篱下，且自己又和邢岫烟不同，她原是薛家未过门的媳妇，又有老子娘住在外边，自己虽与宝钗要好，毕竟不是她家的人，与其仓皇出去，倒一动不如一静的，倘使叔叔婶婶来找，也容易联络。便说情愿留下，同贾母等人一处。宝钗也不深劝，反是薛姨妈拉着垂了几滴泪，说道：“我这一出去，必定立时写信与你叔叔，叫他们派车来接你。”

及出来，才知道自己家门前也拥着许多官差，不禁大吃一惊，忙拦住一个差役道：“我们只是借住在此，除房子是贾家的，一总衣食都是我们薛家自己带来的，如何也一同抄了？”那番役道：“管你什么薛家、贾家，皇上下旨抄检宁、荣二府，咱们不听吗？皇旨明明白白：凡府内财物一概封存，你既然住在贾府里，自然要抄。凭你天大冤屈，且到金銮殿上喊冤去，咱们听旨办事，却不管查案的。”

薛姨妈还要再说，另一个官差模样的人走来说：“原来你是薛家老太太，薛家也不干净，你们两家既是至亲，又住在一处，已经该抄，况且自己还有错处。”一句未完，早见宝蟾从人群里窜出来，拉住薛姨妈道：“大爷被他们带走了。”薛姨妈听了，抖衣乱颤，忙问：“你们封了我家东西也就罢了，怎么人也要带走？难道住在这里也有罪？”那官差笑道：“应天府打死人的，可是你儿子？杀人偿命，你们躲在这府里几年，俗话说的：‘善有善报，恶有恶报，不是不报，时候未到。’如今是时候归案了。”

薛姨妈怎么也想不到是这件事发，心知薛蟠此去凶多吉少，往时还有贾、王两家帮忙周旋遮庇，如今却靠谁去？不禁哭天抢地，喊着薛蟠的名字哭道：“造孽的儿啊，你这一去，可教你娘死也闭不了眼啊。”又数落起冯渊、香菱来：“我知道你们死得屈，可是初一、十五、清明、重阳，没断了给你们烧纸、诵经，如何阴魂不散，又来缠他？”宝钗唯恐人听见笑话，忙拉住母亲劝抚：“这都是哥哥宿日积下的冤孽，应有之劫，妈妈这时候且别乱说话，叫人听见，反落话柄。”又命人出去打轿子，送岫烟去邢大舅处。

薛姨妈自知失态，又见岫烟在旁边，更不好意思，欲要忍着泪叮嘱几句，哪里忍得住。宝钗一颗心恨不得分作几瓣，又惦着里头贾母等人这会儿不知怎样，又要安慰母亲，又为哥哥难过，烦恼焦虑难以形容，碍于闺阁身份，又不好上前同人打话，只得问宝蟾：“可见着薛蝌兄弟？”宝蟾道：“二爷跟着大爷去了。”宝琴吃了一惊，忙问：“我哥犯了什么罪？”宝蟾方知匆忙中答得不妥，忙道：“二爷没罪，是他们带大爷出去，二爷跟着出去打点了，说是就回来的。”宝琴这才略略放心，遂拭泪与岫烟道别，只说：“等我们安顿下来，再给姐姐送信去。”岫烟见薛家如此，心下也自暗惊，又不好多说的，况且对薛蟠、香菱的旧事虽有风闻，原不深知，此时更加不便说什么，只得含泪安慰了薛姨妈几句，登车而去。

好在不多一会儿，薛蝌进来，找见薛姨妈，说已经问准了薛蟠押往之处，容后再找门路疏通便是。方才已雇下一辆大车，就停在外面，此处虽然封了，幸喜城南的几十间房子俱已收拾妥当，如今便往那里去好了。薛姨妈也无别法，只得应允，又乱着找人往里边报信，宝钗经此一番变故，却早暗自打定主意，遂向母亲禀道："母亲有琴儿与薛蝌兄弟照料，想必暂且无妨，倒是这里除了探丫头外，竟无一个正经主子留下，又都没经过什么事，未免大乱，不如我留下来帮他们料理几日。"薛姨妈讶道："这又何苦来？他家弄成这样，你留下，岂不是自己往坑里跳？"宝钗道："我留下来，不过是亲戚的情意，朝廷里便有旨下来，也未必会难为女眷，纵然有什么事，少不得还要放我出去，总不见得将我一同治罪；这时候走了，倒显得咱们薄情寡义，以后也难相见；况且咱们家现在也弄成这样子，若说为怕株连要躲开，终究也是躲不开的。"薛蝌和宝琴也都深知缘故，都道："既然这样，婶娘倒不如成全姐姐的义气，所谓'患难见真情'，大家彼此也好互通声气，况且有咱们照顾婶娘，姐姐也放心的。"薛姨妈想了想，只得允了。于是哭哭啼啼地出来，一家人上了车，且往城南去了。

接着蘅芜苑、紫菱洲、藕香榭等处也都搜过了，不过是些字画玩器、头面衣物而已，两王游兴已尽，便命人封了大观园门，只留角门一处派人把守，预备另有用途。遂将宁、荣二府一干人都先押往宁府西边宗祠中暂时安顿，黑油栅栏外拦了粗粗的绳索，派着几个兵轮流看守，等候御裁。

一时两王去了，贾母悠悠醒来，神思渐定，见探春与鸳鸯等人正围着哭泣，且不问搜检之物，却先向人群中撒目一周，因不见黛玉与凤姐两个，便向二人询问。探春哭得两眼肿起，不敢告诉，鸳鸯知不能瞒，从实禀道："二奶奶被那些人捆着，说要带去什么狱神庙监押候审；林姑娘方才于搜检之前，已经气绝升天了。"贾母听了，长叹一声："她倒去得干净。"两行老泪流出，左右看看，又问其他人。探春只得也都照实说了，贾母听说岫烟、宝琴被薛姨妈带出，点了点头，又见宝钗守在身边，叹道："你这丫头痴心，怎么不跟你娘出去，倒在这里陪我老婆子受罪。"说到惜春竟然就此易装出走，又流下泪来："傻孩子，她打小儿就爱和小尼姑做伴，动不动就说要剪了头发做姑子去，这佛门是容易进的？可怜她身上一个钱也没有，就这样走出去，却吃什么？"

宝钗强忍悲痛劝道："古语说：一子出家，九祖升天。今日之难，是咱们家命中有此一劫也未可知，倒是四妹妹这一走，或者可以托带着一家人都功德圆满了，想来过不了多久，就会风平浪静、雨过天晴的。"探春、湘云也都道："宝姐姐最博学多识，说得一定不错。"贾母叹道："但愿如你说的就好了。"遂命探春与鸳鸯扶她起身。探春与鸳鸯原本担心贾母风烛残年，禁不得这样惊动，又不能请大夫来诊治，急得只是哭。及贾母醒来后，略作休息，便已神清气定，反安慰她们道："你们平时也都是能经事拿主意的，如何经历这一点子事，就这样张皇起来？他们爷们儿不在，原该庆幸，好歹外面留些可以打点的人。这时候倒该想想，派个什么人出去，通知爷们儿一声，想些法子才是。"一言提醒了鸳鸯，拭泪回道："宝姑娘方才进来前，已经拜托了他兄弟薛二爷，想来这会儿已经派人去通知老爷了。"因见贾母心智清明，知道一时不妨，略略放心，这才慢慢镇定下来。

原来贾母素来最是胆小，每于尊荣之时，常思没落之日，况且前些时候为甄家抄没的事，一再悬心，每每虑及后事，忧心不已，及后元妃殁了，便知运数将尽，日日夜夜只担心这一刻。如今果然抄了，心中一块儿大石落地，反倒坦荡，只一心一计为儿孙打算起来，眼看枝叶凋零，自己再不出来说句话，只恐难有把持大局的人，因此非但不用探春等人照顾自己，反打头安慰众人道："这是祠堂，列祖列宗在上头看着，不可哭哭啼啼，叫祖宗见笑。虽在非常之时，不能沐浴更衣，亦不可蓬头乱发，举止失仪。"遂正一正衣冠，来至宁、荣二公像前，带头拜下去。众人见了，也都整衣理鬓，依次跪拜，一如往日祭祖之仪。

堂中原有坐息之所，茶炊之具，并有专人打扫看护，一切甚是干净齐备，堂中松柏蓊郁，夹着白石甬路，庭内锦幔高张，彩屏环护，鼎彝香烛俱全，贾母向鼎内焚了香，暗祝暗祷已毕，复回身命探春道："念上面的对联与我听。"探春恭敬念道："勋业有光昭日月，功名无间及儿孙。"

贾母道："解给众人听，这是什么意思？"探春道："这是先皇御笔亲赐，称颂咱们祖上建下不世功勋，可昭日月，惠及儿孙。"贾母泪流满面，叹道："解得好。我并不信祖宗打下的百年基业，就这样败在我手上，有列祖列宗保佑，我们贾家将来必然还有出头之日。眼前艰难，是我贾家的一道劫数，只要咱们上下齐心，安贫乐居，终归过得去，唯今之计，须得节衣缩食，再说不得从前如何如何的话来，亦不可哭哭啼啼，抱怨牢骚，另生是非。"探春等人俱跪下道："老太太教训的是。"

看守在黑栅栏外的那些差兵看见贾府女眷先前那样张皇纷扰，一眨眼工夫却又安静平定下来，列队拜祖，有条不紊，都觉佩服，赞叹："这才是诗礼大家的气派。"及仆妇们将陋就简，胡乱炖了些稀粥咸菜来，众人都觉难以下咽，贾母却吃得津津有味，反向众人道："有的吃，且吃一口吧，说不定后边连这一口粥也没得吃的日子还有呢。"虽粗茶淡饭，倒一日日似乎更健朗起来。众人见老太太这样，也自宽心打气，渐渐安定下来。薛姨妈又买通侍卫，每每送些衾枕被褥，弄些汤水进来与贾母等人享用，不在话下。

如今且说宝玉随着贾府众人在孝慈县结庐守灵，终日禾席草枕，咽菜食粥，十分辛苦。更兼思念黛玉，想起行前一日辞别之际，许多话都未能出口，反有无限可回思处，心上反复掂量，不能放怀。

这夜宝玉守着灵前烧了些奠器纸扎，放过焰火，跪了会儿经，又守着王夫人吃了药，这才回屋睡下。刚刚蒙眬欲眠，忽听一阵音乐声，似琴筝又似箫管，竟不能分辨，不禁暗想：水陆道场已散，又哪儿来的声响？况且清幽雅致，也不似那些和尚道士吹打的那般。又闻一阵幽香缥缈，亦不是寻常檀香麝香。正纳闷儿时，便见许多仙子簇拥着一位丽人走来，羽衣缟袂，遥遥站定，且向宝玉凝眄不语。宝玉定睛看去，竟是林黛玉的模样，却比黛玉显得丰润，不禁大喜道：“原来妹妹大好了，我这里还只是替妹妹悬心。却不知吃了哪位太医的药？回去定要好好谢他。”

那林黛玉这方敛衽施礼，轻声叹道：“原来你都忘了，可还记得灵河岸三生石畔灌溉之情吗？”宝玉听了这一句，只觉心头恍惚，若有所思，却又一时想不清楚，因问：“妹妹说什么灵河岸？宝玉愚钝，一时不能明白。这又是什么典故？”黛玉叹道：“你果然都忘了，想当年离恨天外，我承你日夕以雨露灌溉，总没什么报答，所以在警幻仙子座前立誓，自愿跟你到世上走一遭，把一生的眼泪尽还给你，以完此债……宝玉，只愿你能以待我之心对待后人，就是不辜负我了。否则，若只是一心以我为念，更有负佳人，岂不令我之罪愈重，令我之债难还？”说罢，连连叹息。

一番说话，宝玉总未听懂，只这句“把一生的眼泪尽还与你”却是锥心刺骨，痛不可抑，不禁哭道：“妹妹要去哪里？我跟妹妹一同去。”说罢抓住黛玉袖子只是不放，却被黛玉迎面一拂，只觉身上一凉，惊醒过来，室内空空如也，哪有什么黛玉，只一缕幽香，如有似无，依稀仿佛。

宝玉心如刀绞，遂放声大哭起来，道：“林妹妹故去了。”贾政等人都被惊醒，听见这话后斥道：“三更半夜的胡说些什么？都因为你日里胡思乱想，才会做这些乱梦，有这些邪话，还不好好睡去？”宝玉哪里肯听，只说要备马回京，说是再不回去，就赶不及最后一面了。

贾政气得浑身乱颤，喝命李贵等人：“把他给我捆起来，把嘴里塞上，看他还敢胡说不了？”李贵等人原不敢动手，只为贾政喝命得紧，只得胡乱将宝玉捆了，绑在牲口栏边拴马桩下，又用随身汗巾子塞了嘴，叫他跪着给元妃守灵。贾政亲自提鞭打了几鞭，被李贵等人苦劝住了，只说：“众人都还睡着，太太现又身上有病，刚吃过药睡了，惊醒了倒不好。”贾政扔了鞭子，又指着骂了几句，只道“明日再揭你的皮”，这方去睡了。

茗烟看了不忍，俟贾政去了，便要上前解缚，李贵赶忙拦住，骂道：“贼小猴崽子，难道只有你心疼主子，咱们的心都不是肉长的？只是老爷已经发下话来，谁敢放了二爷，要剥我们的皮呢。”茗烟哭道：“李贵，贵大哥，你若放了二爷，我从此叫你贵大爷。不然，休想我们再听你差遣。”李贵骂道：“猴儿崽子，我有什么可差遣你的，我又听谁差遣？我今儿放了二爷，明天老爷问起，难道是你替我挨鞭子？”茗烟道：“咱们做奴才的，不能为主子分忧，还算人吗？别说挨鞭子，还有人替主子去死呢？”

他们这般吵嚷哀告，早又惊动了另一个痴人。你道是谁？便是那宁府里年老仆人焦大。原来这焦大也随众人来孝慈守陵，却给派了个看守牲口栏的差使，自然不乐意，约着几个小厮往墟上喝了点儿酒，便又忍不住借着酒意大发牢骚，说是：“从前你焦大太爷在战场上何等威风，一夫当关，万夫莫开，任他千军万马，我焦大单枪匹马，杀进杀出，不在话下。不但自己活得出命来，还保全国公爷整个进去，囫囵出来，所以才有这些后福可享。要不是你焦大太爷，你们能有今天这大米白饭吃着？都还不知在哪个林子里鬼哭狼叫呢。如今得了意了，都不把你焦大太爷放在眼里，可知太爷眼中原也看不上这些败家的子孙，都没一个好东西，哪有从前国公爷的影子？”

那些小厮原是哄他拿钱出来打酒吃肉，既见他醉了，越说越不上道，生怕惹起是非牵连到自己身上，便都一哄散了。焦大遂骂骂咧咧，提了酒壶自个儿摇摇晃晃地往牲口栏来，冷冷月光下，远远地看见茗烟正苦苦求告李贵，宝玉却被缚在拴马桩上，登时大怒，骂道：“反了，兔崽子竟敢把主子捆起，还有王法没有？”便要上来给宝玉解缚。李贵忙拦道：“不与你老人家相干。这原是我们府里二老爷叫捆的，谁敢放了二爷，老爷要剥我们的皮呢。”

焦大醉眼看去，见那宝玉形容样貌竟与当年国公爷一般无二，顿时激出一腔忠勇义愤之情，用力推开李贵骂道：“兔崽子，仗着爷们儿给你几分脸，连你焦大太爷也不认得了。焦大太爷说放人，谁敢拦着？千军万马也不是你太爷爷的对手。”说着三两下解开宝玉。李贵被茗烟抱着手，急得只喝骂别的人帮忙拦阻，岂知那些人原惧宝玉，又知焦大粗莽，出手重，都怕他酒醉之人不知好歹，若是被打伤了倒不值，况且并不与自己相干，便都躲的躲了藏的藏了，那实在躲不过的也只上来装模作样地拉扯，哪肯真心使力。

宝玉被解绑，更是不停留，只道："贵大哥请了，回来老爷要打要杀，凭我领去，不连累你们就是。"旁边便是牲口栏，甚是方便，遂与茗烟两个人解了马缰绳骑上就走。那焦大看见，大喝一声："爷，等等我焦大。"便也抢了一匹马，扬鞭踢蹬，随后追上。李贵连声追着喊"二爷且听我说"，却只听马蹄清脆，炒豆般"哒哒哒"一阵去得远了，先还见得马蹄扬得尘土飞起，转眼便连一丝声也不闻了，只见一弯冷月，半天箕斗，哪里还有三人的踪影。李贵朝着去的方向瞪了半日，唉声叹气，顿足不已，只得垂着手来回贾政。

宝玉等人遂打马扬鞭，一直奔回荣府里来，却见门上贴了封条，且有官兵把守，只惊得魂飞魄散，便要撕封条闯进去。那些兵忙拦住道："奉皇上旨意，两府已被查抄，你们是什么人，胆敢在此闹事？"宝玉只得拱手央告："军爷请了，我是这府里的贾宝玉，却不知我家人如今怎么样？"那人道："有的死了，有的押着，有的关着，谁知道你问的是谁？"宝玉听见"有的死了"，便知是黛玉，大哭道："你许我进去看一眼，就出来的。"说着，也不知哪里来的力气，推开那兵便抢进门去，且向园里奔来。将及穿堂，眼见园门近在眼前，却被那兵追上，扯住手臂叫道："反了，你敢撕皇上的封条？"便大喊大嚷起来，各处把守之兵也都闻声赶来，焦大、茗烟忙拦住，且护着宝玉往里冲。无奈寡不敌众，哪里是那些侍卫的对手，早被拉手拖脚，死死按住。

宝玉大哭起来，只道："放开我，只放我进去看一眼就出来，忘不了你们的好处。"那些人哪里肯听，反随手抓些草来只管堵他的嘴。茗烟气得乱踢乱打，骂道："我们二爷何等尊贵，岂是你们这些王八羔子可荼毒的，早晚茗大爷脱了困，一个也不饶你们。"那焦大仗着自己年轻时强弓硬马，出生入死，便全然忘了如今老迈，久不用武，只当可以护着宝玉冲杀进去，不料只三两下交手，便被众侍卫掀翻在地，踏在背上笑道："你这老货也敢来现眼。”焦大趴在地上，见那些人一边拦截宝玉，一边指着他口出秽语嘲言，只气得目眦欲裂，忍辱不过，奋起余力一跃而起，大喝一声：“爷，我焦大来也！”便如蛟龙出海，猛虎下山一般，冲着那两个拉扯宝玉的侍卫直撞过来，那人见他来势勇猛，忙撒手让开，焦大一冲而过，撞在墙上，顿时头破血流，瘫倒在地，口中犹喃喃道：“主子，焦大帮你。”遂撒手而去。茗烟见了，大哭起来，跪下道：“焦爷爷，茗烟今儿认得你了。”那些人见闹出人命来，都不再嬉笑，将宝玉主仆二人绑起，径自报与北静、忠顺两王。

两王正连夜看着书记官将查抄之物登记造册，以备明日上朝禀明圣上，单头饰一项就有：金镶珠宝头箍十四件，金厢珠玉宝石头箍两件，九凤朝阳挂珠钗一件，双龙夺珠勒丝嵌宝挑心一副，鸿燕衔枝金镶玉发梳两对，饰斧钺五兵玳瑁簪九根，这是几样大的，其余簪、钗、梳、篦、步摇、翠翘、珠花、帽花、金银宝钿、金玉搔头等不计其数；

项饰又有：累丝嵌玉双龙戏金珠项圈一领，珍珠翠毛璎珞圈四只，金镶玉项圈挂金锁饰麒麟送子、福寿双全等共计二十四件，海棠四瓣镶猫眼石红宝石衔东珠金锁两件，镂金裹珊瑚嵌珠玉坠角项圈六件，大东珠二十挂，其余长命锁、银铃、桃心、挂件总有上百之数；

耳饰约有：金水晶仙人耳环四对，金点翠珠宝耳环四对，纯金方楞耳环四对，金镶玉灯笼耳环二十对，金累丝灯笼耳环二十对，嵌翠环金流云飞蝠耳环十四对，丹凤衔珠九连环耳坠三对，玉兔捣药金玉耳环各一对；其间装饰祥禽瑞兽的有龙、凤、鹤、鹿、麒麟、十二生肖、狮子、蝙蝠、鱼、蝴蝶、蜻蜓、蜜蜂、蝉等，奇花异果的有牡丹、莲花、梅、菊、竹、灵芝、石榴、桃、佛手、葡萄、葫芦等，人物神仙的有观音、童子、八仙、福禄寿三星、和合二仙、刀马人物以及戏曲故事等，其余还有文房四宝、吉祥文字、暗花古钱、方胜如意等等，难述其详；

又有许多家具屏障，也有紫檀雕镂，也有铁梨玳瑁，皆泥金镶嵌，文采炫耀，便比寻常王府也不差什么；又有纹龙金樽、金盘、执壶、碗匙、象牙箸无数，许多绣龙刺凤的内造衣料，纹龙金玉纽扣、别针，紫貂、玄狐、豹皮，蟒衣、玉带，西洋大玻璃镜、自鸣钟、自行船等，皆为逾制之物；至于金银赌具、洋呢倭缎、纱绫绉丝、棉单夹袄、名人字画及古扇名帖，更不可胜计；至于利契当票、家人文书，自然更在查抄之列。两王和书记官一边造册，一边叹赏不绝。

尚未誊清，忽闻侍卫捉了宝玉主仆，且打死一个老家奴，俱是一愣，水溶便要起身亲自出见，忠顺王劝阻道："他现是犯官之属，私晤恐怕不妥。倒是先送去狱神庙，同那王熙凤一起关押，明日朝上禀告了皇上再听从发落吧。"水溶原也要避些嫌疑，遂点头应允，命侍卫将宝玉押去狱神庙与王熙凤关在一处，分别拘押待审。

凤姐见了宝玉，自有许多别情可诉，及见他颈上空空，不由讶道："你的玉呢？"宝玉这才发觉不知何时竟将那块随生即来、刻不离身的宝玉丢失，咕哝道："谁知道落在哪里了，我如今只恨不得一时三刻死了，又理那劳什子干什么？"并不放在心上，只一心记挂黛玉，不提。

且说次日忠顺王上朝面圣之际，便备述抄检详情，并递上查检单子。皇上阅过，沉吟不决。两王均知圣心仁慈，不愿降罪元妃亲眷。北静王水溶趁机进言，力陈贾政为人忠禀正直，恪守本分，向来言不妄发，身不妄动，虽然勒管家人不严，本人却无过犯；忠顺王虽与贾府不睦，既参得他势败，料其再无死灰复燃、柙虎出笼之日，便也不放在心上，且正在力主和议之际，既然见皇上有意网开一面，也乐得送个顺水人情，又成全自己之势，遂盛赞贾府之女贾探春智勇孝义，端方得体，不啻恺悌君子，堪负议和重任，力举和谈。

皇上因连日来朝廷中主战、主和两派争议不下，其枢纽处又在于议和一派并无恰当人选，皇族王公之女固不肯负楫远行，就连寻常侯府千金凡有备选女儿者亦多有怨尤，无不贿赂内监良工以免入选，今上孝悌为先，更不肯强人所难，致使人家骨肉分离，况且有那羞手羞脚无胆识之辈，即便不敢抗旨，勉强从嫁，倘若不能安抚夷敌，反为不美，未能议和，反招嫌隙，岂不有违初衷？因此久决不下。如今忠顺府既有绝佳人选，且可减贾家之罪，正是一举两得之计，不禁龙颜大悦，遂召贾探春进殿面圣。

忠顺王亲自往贾氏祠堂传旨，先叮嘱贾探春数句，恩威并施，询其心意。探春暗想：我家已败，且子孙辈更没有力挽狂澜者，便留在此，也是牛衣对泣而已。况且我每欲出人头地，建一番不世功业，苦无机会，今日果然能学历代先贤烈女，以一介闺阁弱质，而抵千军万马，息干戈，平战乱，也是一件功德，更不负此生素志。遂垂泪道："若牺牲探春一人，而能于家国有益，既解君王边疆之扰，复脱父母狴犴之困，使其得免囹圄，安享遐龄，虽万死而莫辞。"反再三拜谢忠顺举荐之功。忠顺王大喜，即命探春辞别贾母，带回府里着意装饰。

探春遂整一整衣裙，在宗祠牌位前跪下，再三叩拜了，又请贾母上座，也跪下磕头。贾母早一把将探春抱在怀里，放声大哭道："叫我如何舍得你去？"探春流泪道："老太太那般不舍得林姐姐，她要去，还不是撒手便去了；我这一去，老太太也只当我死了，再不必为孙女牵挂。不然，反教孙女于心不安。离合聚散，原是各人的定数，老太太说过：'不信贾家从此败了。'孙女此行，若能为重建贾家略尽绵力，已是万死莫辞，何况只是嫁人？老太太该为孙女高兴才是。便是我爹娘，能见一面固然好，若竟无缘再见，也只有求老太太与他们说，孩儿这里再三拜请堂上各自保重，万不可为我悬念操心，便是成全孩儿的孝心了。"说罢，磕下头去。

贾母数日里经历了这许多生离死别，心如刀绞，只哭得说不出话来。众人也都掩面痛哭。探春又与湘云、宝钗等人一一话别，又再三拜嘱宝钗："我今日去了，不知还有没有再见的日子。你我原本就是好姐妹，如今你又与我哥哥定了亲，不如今儿就改了口，让我先叫一声好嫂子。我能得宝姐姐做嫂子，便不能亲在爹娘面前尽孝，也可放心了。若是爹娘想我时，还求嫂子多多劝解，请他们保重身体，勿以探春为念。"说着，便拜下去，口称"嫂子"。

宝钗也顾不得羞耻，忙忙还礼，拉住探春道："妹妹这一去，必当雀屏中选，替闺阁扬名。你素来志向高远，今能如此，方不负你素日为人。至于家里的事，尽请放心。”侍书、翠墨等人，更是死死拉住探春不放，只说愿随姑娘一起去。忠顺王权情道：“果然事成，宫中少不得也要陪送许多宫女，若府里有愿意随行的，倒是可以相伴的，且等上朝回来再议。”遂催促着去了。

次日陛见，那贾探春丰容靓色，仪止端方；肩若削成，腰如纨束；宝髻玲珑，步摇金钿之蝴蝶；冰裙百褶，动转翠环之跳脱；蛾眉淡扫，裁拂窗之新月；粉面轻匀，绽映水之娇花。额黄侵绿云之鬓，碧钏透红袖之纱；香如高阁浮屠，而幽远益清；明若长廊宫灯，而高华犹胜；虽美玉之莹洁，不足喻其神；既宝珠之光润，不能夺其志；俊眼修眉，文采精华，顾影徘徊，竦动左右。皇上见之大惊，赞道：“此非明妃再世乎？”询其志，探春又应对自如，言必有据，跪陈自愿抚夷远嫁：“非邀王嫱、文姬之名，实效缇萦、木兰之志。妾以罪臣之女，蒲柳之姿，而能上解君王社稷之忧，下慰椿萱养育之慈，此乃天恩祖德，集于探春一身，何敢不从？”

皇上听其出语不俗，愈觉嘉许，叹道：“此既曹娥、昭君，亦不能比肩矣。”当即令皇后认为螟蛉义女，更其姓氏，脱离贾氏宗籍，授宝封号，赐“杏元公主”，暗含元春之名，也是悼念之意。遂命探春即日迁入宫来，命内廷教养仪礼，择于三月十九日起行，羽林军护送。皇上为其孝心所感，法外开恩，赦免贾政之罪，并许贾母及贾政夫妇等送亲，只不许相认。探春听了，既惊且悲，无可奈何。她原为开脱父母缧绁之苦方请命远嫁，却因此永别膝下，失天伦之缘，移异域之花，岂能不痛？

是年三月十九恰值清明，漫天淫雨霏微，无远弗届，江边自有许多人家不惮细雨，应节应景，放风筝，点荷灯，都教侍卫遣散了，一早插屏拦幕，搭棚彩结飞龙舞凤之形，设御座，铺红毡，单等送亲仪辇。探春的嫁妆船队妆金堆花，停在江边，只等择时起航。到了吉时，皇上亲临江畔，升御座，祭祖先，诸王进表称贺，领皇上宴。

一时宴乐大作，半空里鸾鸣凤舞，乐部人员着紫绯绿三色宽衫，齐作百鸟之鸣，最前一列乃是拍板，次用画面琵琶，金妆画台座上放着三尺箜篌，有一人高髻大袖，交手轮捻，跪而擘之；又有高架上画花地金龙大鼓两面，击鼓人宽袖外于肘处又套着黄窄袖，垂着绦子，挥舞着两条金裹鼓棒高低互击，宛若流星；再后面又有羯鼓一队，杖鼓两列，都是长脚幞头，紫绣抹额，扎着宽袍窄袖，次列箫、笙、篥、笛等，歌一阵，舞一阵，箫一阵，鼓一阵。酒过三巡，菜已数道，贾探春所乘文车始至，镂金为轮，丹画其毂，轭前有杂宝为龙凤，衔百子铃，铿锵和鸣，响于林野。两列有宫女洒花前引，其后使臣、烛笼、打扇、提灯相随。

至墀下，钟鼓齐歇，有司仪上前打起蹇帷，探春步下车来，凤冠霞帔，袅袅婷婷，由宫女扶着，来至御前跪倒，口呼“万岁”，自称“孩儿”，行宫廷叩拜大礼。当今与皇后均离座起身，执手叮咛，殷殷垂嘱。一时万众跪伏，口称“万岁万岁万万岁”，声动四野，震天撼地。寻常百姓不得近前，都围在帷幕之外，沿江倚着码头踮脚翘首而望，有赞叹皇家排场声势浩大的，有羡慕公主风姿逸艳高华的，也有感叹海疆路途僻远的，不消详叙。

却说贾政、王夫人、赵姨娘一干人已于前一日被侍卫接回，与贾母会齐，都夹在百官中相送，陪坐末席，却只可远远看着，不能挨近，别说抱头执手，便连说一句话也不得其便，情知今朝别后，永无相见之日，都五内摧伤，悲啼不已，又不好出声的，只得强自忍耐，两泪默流，杯中酒只当苦药一般，迥难吞咽。

那探春也于行礼之际暗暗寻找，好容易方远远看见祖母、父亲等在席末悄悄招手，不禁痛在心中，泪盈双睫，唯以双目遥遥注视、微微点头而已。复回身禀于皇上：“昔蔡文姬出使有胡笳十八拍传世，昭君亦有琵琶，女儿虽不才，得无一箫管乎？”

皇上闻言自是欢喜，即命人取来点金紫竹笛一管，探春遂当庭吹了一曲《游子吟》，如鹤语长空，雁鸣旷野，时抑时扬，若断若续。贾政等人听了，都暗暗点头，越发伤感，喉中哽咽难言。

一时，礼炮三响，吉时已到，探春遂郑重拜别今上，弃岸登舟，扬帆起行，船已去了老远，犹站在甲板上不忍归去，烟水渺茫，早已看不见岸边人影，半空里却有几只风筝摇曳，依依有不忍别之态。探春看见风筝，不禁想起生日时，湘云与宝琴送了一只带哨风筝，还没来得及放起，而那一社定了题目咏水，也为宝玉哥哥的缺席终未起得成，如今自己渡江而去，连与哥哥见一面辞别几句都不可，大观园诗社，已成绝响，风筝断线，更无归家之日。想到此，泪如雨下，将袖掩面，唯一声长叹而已。

且说京中诸人闻得贾府被抄，所谓墙倒众人推，那素来不睦的，便告他营私舞弊，仗势欺人；那原有仇隙的，便告他草菅人命，结交外官。于是牵牵连连，又扯出贾琏强娶尤二姐案、张金哥被逼婚致死案，又有王熙凤私设银贷、重利盘剥等等一干事来，大大小小足有一二十件，男女人命也有七八九条，一齐告在御前。更有甚者，贾赦与平安州节度使的通信也被查抄了一并呈上，这私交外官罪名非轻，尤难开脱。

皇上看了邸报，既惊且怒，唯念在元妃惨死之情、探春和番之功，法外开恩，免其亲父贾政之罪，其余人等，那本该问斩的便改了充军，本该充军的便改了杖刑，本该杖刑的便改了革职，且许折银抵罪，不急充发，日前只在孝慈守陵，面壁思过，不许私自回京，亦不许与外界往来，断七方可还家。

贾政等人俱向上磕了头，含愧谢恩领罪而去。法度虽严，无外乎人情，既有了这一个多月供人奔走，少不得又上行下效，权情从宽，虽不能大改，那流放三千里的便作一千里，杖责一百的改作五十，无职孺妇诸如李纨、贾兰等人更有许多脱身免罪，只降为庶民了事。又因大观园本为元妃省亲所建，皇上念在元妃情分上，准予赐还，仍命贾母、贾政等一干人住进去。宁、荣二府虽为前朝敕建，然而贾赦、贾珍罪不可赦，遂予削爵籍没。这都是后话，不提。

只说黛玉既去，北静王伤逝之余，自愿一力承担其身后事以慰芳魂，遂问及潇湘馆诸人。紫鹃垂泪回禀：“姑娘早有遗言，愿死后灵柩得还故里，与父母相伴。”北王遂派了一队亲兵护送棺椁往姑苏安葬。妙玉听了，便也请求扶灵同去，因道：“我本是姑苏人氏，原在蟠香寺修行，既然林姑娘回南，我愿一同回去，也使她沿途有伴，不致孤单。”北静王听了更喜，准予同归。便遣了两只船，一只是雪雁、妙玉等护着灵柩同行；另一只便是北静王委派护送的差兵。紫鹃因是贾府家生子，不得同去，临行前扶着棺材哭得死去活来；黛玉的乳母王嬷嬷年纪老迈，膝下并无一儿半女，便不愿回去南边，北王打发了她一些钱，让她自求生计去了。

那船行了将有半月，来至瓜州一带，风势渐紧，波涛恐人，船夫望一眼天上，只见冻云四合，银蛇狰狞，惊道：“只怕要下雨。”话音未落，一声焦雷，天便黑下来，大雨倾盆，黑浪翻滚，船公乱喊着要收帆靠岸，哪里腾得出手来，都抱住桅杆船舷滚爬号叫，且伸手不见五指，张嘴便灌进水来，竟不知此身是在船上，是在水里。

雪雁闹乱里犹抱住黛玉的棺椁不放，心里想着：“姑娘死得那般孤单，咽气时身边竟连一个亲人都没有；当年她来京城是我陪着，如今回南又是我陪着，我若再舍了她，姑娘孤苦伶仃的该有多么可怜，今天这船若沉了，我便随姑娘一道去了也罢。”这般想着，心中倒觉平静安详，忽听云中似有仙乐缥缈，如凤吹鸾吟，清妙不可言，又见许多华服丽人嬉笑行来，都道：“绛珠仙子总算到了，雪雁妹子也一起来了，如此更妙。”

雪雁看时，那些人中也有晴雯，也有司棋，为首的一个更似从前东府里小蓉大奶奶的模样，恍恍惚惚，并不记得这些人已死，便连黛玉之死也已忘记，只笑问道：“你们怎么都在这里？难道知道我们姑娘回南，特来相送吗？”那些人都拉着她的手道：“只管问什么，且随我们到警幻仙子案前销号，自然知道的。”雪雁身不由己，便随那些人前去，却隐隐记得还有一人不曾随来，因此回头不住张望，却见黑浪翻滚中似有一女子随波逐流，面目依稀，只一时想不起来，还欲看时，忽然眼前现一座大石牌坊，上书“太虚幻境”四字，遂被众仙子拥过石坊去了。

那妙玉披头散发，也死抱着一根船桨不放，黑暗里只见江水滔滔，荆榛遍地，虎狼同行。忽然一叶轻舟自天边飞流而下，船上有两个人向她叫道：“妙姑还不上船？”妙玉趑趄道：“这是何地，汝系何人？”二人道：“此乃迷津，深有万丈，遥亘千里，我乃木居士，他是灰侍者，特来